Anne B. Ragde

Je ferai de toi un homme heureux

Roman traduit du norvégien
par Hélène Hervieu

Balland

Titre original : Jeg skal gjøre deg så lykkelig

Ouvrage traduit avec le concours de Norla.

130, rue de Rivoli
75001 Paris
www.editionsballand.com
ISBN : 978-2-35315-177-6

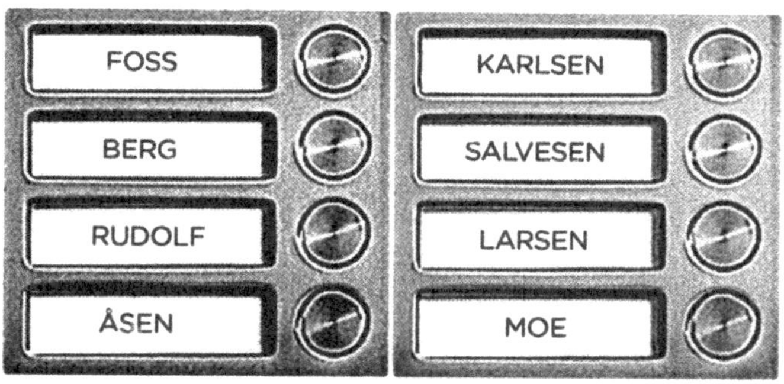
FOSS
BERG
RUDOLF
ÅSEN
KARLSEN
SALVESEN
LARSEN
MOE

PREMIÈRE PARTIE

Rien de tel que de laver à grande eau

C'était pour rendre service, rien d'autre. Elle aimait laver, se sentir utile. Ah, mélanger le savon à l'eau, voir l'écume bouillonner dans le seau en plastique ! Après, quelle satisfaction elle avait de vider l'eau devenue noire ! Plus celle-ci était sale, plus c'était la preuve qu'elle avait fait du bon travail. C'est pourquoi elle se réjouissait de voir le savon mousser au fur et à mesure que le seau se remplissait et que l'odeur d'ammoniaque, qui promettait monts et merveilles, lui chatouillait les narines. Et puis, au fond, elle avait aussi *le temps* de s'occuper de la propreté de l'escalier, puisqu'elle et Egil n'avaient pas d'enfant.

Elle ne comprenait pas pourquoi les autres prenaient ça comme une offense personnelle quand elle lavait les marches jusqu'au palier du premier, même si rien ne l'y obligeait. Bien sûr que c'était toujours plus sale devant chez elle et Egil, vu qu'ils habitaient au rez-de-chaussée et que tout le monde passait par là. Mais quand elle se donnait la peine d'en faire un peu plus, ils pouvaient au moins… Ils ne voyaient donc pas qu'elle faisait ça par pure gentillesse ? Non, elle ne comprenait pas leur logique, à ces gens-là. Depuis qu'elle était toute petite, on l'avait élevée en lui inculquant que mieux valait en faire toujours un peu plus, aller au-delà de ce qu'on était en droit d'attendre de vous. Et c'était devenu pour elle presque une question d'amour, ou disons, de bienveillance, de sollicitude. Mais ici, dans cet escalier, la sollicitude semblait être un gros mot.

Personne, ou presque, ne s'essuyait les pieds avant d'entrer, et ce quel que soit le temps qu'il faisait dehors, même si elle laissait une serpillière mouillée juste derrière la porte. Le pire, c'étaient les gosses. Et le facteur, bien entendu. Mais il avait tant d'escaliers à monter dans cet immeuble qu'il n'avait pas le temps de respecter le travail d'autrui – dans son cas à lui, ça pouvait se comprendre. Et puis il y avait les roues sales du landau appartenant au couple d'en face, sur le palier ; la jeune mère rangeait toujours le landau sous les boîtes aux lettres, alors qu'elle aurait quand même pu le tirer en haut des quelques marches qui menaient à son appartement. Et elle, on ne la voyait jamais avec une serpillière. Non, jamais.

Cela dit, peut-être qu'un jour Mme Rudolf, du premier étage, la gratifierait d'un « merci beaucoup ». Il n'est pas interdit d'espérer. Oui, peut-être qu'un jour ça lui ferait enfin plaisir et elle arrêterait de s'imaginer que si une voisine lui lave ses marches, c'est uniquement pour la mettre mal à l'aise.

Elle avait réussi à laver presque jusqu'au perron du premier étage quand la porte d'entrée de Mme Rudolf s'ouvrit en laissant échapper une odeur de chou bouilli qui parvint — quel exploit ! — à couvrir l'odeur du savon noir et de l'ammoniaque.

— C'est pas vrai ! s'exclama Mme Rudolf. Vous n'allez pas recommencer ?

— Vous savez, il n'y a rien de tel que de laver à grande eau, répondit Mme Åsen, sans lever les yeux.

De Mme Rudolf elle n'apercevait que les chevilles : des socquettes blanches dans des pantoufles et les jambes nues, alors qu'on était seulement mi-avril. Elle sentit son pouls battre au creux de ses poignets. Impossible de laver la dernière marche maintenant, Mme Rudolf avait, comme d'habitude, l'air en rogne. Alors elle replia lentement sa serpillière et recula de quelques marches avant de saisir la rampe et de se redresser. Elle lâcha la serpillière dans le seau avec toute cette eau encore bonne, se retourna et redescendit calmement l'escalier, toujours sans un regard pour Mme Rudolf ; dont elle connaissait par cœur les accusations – au point de les sentir se ficher dans son dos.

Mme Rudolf fit tomber la cendre de sa cigarette sur son propre paillasson. Comme Mme Åsen avait préféré ne pas lever les yeux, elle eut tout le loisir d'étudier cette grosse baleine que plusieurs hommes de l'immeuble qualifiaient d'un mélange d'amazone et de sirène. Comme s'il n'y avait pas déjà assez de sirènes, avec Peggy-Anita Foss au troisième.

Mme Åsen avait noué un tablier sur une robe imprimée bleue qui, sans avoir jamais été conçue ou cousue pour mettre en valeur les formes féminines, avait pourtant cet effet sur elle. On voit bien qu'elle n'a pas eu d'enfant, songea Mme Rudolf, c'est pour ça qu'elle a les hanches rondes et le ventre plat. D'ailleurs, la couture au dos de la robe craquait le long de la fermeture Éclair, on apercevait sa colonne vertébrale à travers les longs fils de nylon brillants prêts à lâcher.

— Je n'en ai rien à faire que vous vouliez laver à grande eau, répliqua Mme Rudolf. Ce sont *nos* deux escaliers, à moi et à Mme Larsen. Vous trouvez sans doute que je bâcle le travail, mais moi je ne lave jamais avant le repas, quand c'est mon tour.

Peut-être qu'une robe de ce genre lui irait à elle aussi, elle n'avait pas un physique si ingrat que ça, mais bon, il la lui faudrait plusieurs tailles en dessous.

— Je n'ai jamais dit que vous…

— Mais pourquoi vous tenez absolument à laver ailleurs que devant chez vous ?

— Rien de tel que de laver à grande eau, répéta Mme Åsen. Et comme mon seau est plein de cette bonne eau savonneuse, autant ne pas la gaspiller.

Mme Rudolf regarda son dos courbé, l'armature de son soutien-gorge qui s'enfonçait dans le gras de sa chair.

— Vous n'avez qu'à la jeter. Ou, tiens, laver le trottoir, si ça vous amuse !

— Laver le trottoir ?

— Oui, un peu de cette bonne eau lui ferait du bien, non ? Vous pouvez laver d'abord et votre mari rincera après, suggéra Mme Rudolf, de plus en plus remontée.

S'il y avait bien une chose qui la mettait hors d'elle, c'était de parler à un dos, surtout lorsque celui-ci descendait l'escalier en se dandinant...

— Mais je n'ai *jamais* dit que vous...

— C'est pas tout, mais j'ai mon repas à préparer, moi. Après seulement, je laverai mon escalier moi-même, dit-elle à l'intention du dos à imprimé bleu qui disparaissait lentement vers le rez-de-chaussée.

C'était incroyable comme certaines personnes avaient le don de vous exaspérer. Comme si elle n'était pas capable de laver ses deux escaliers assez bien et en temps et en heure ! Elle entendit Mme Åsen rincer et essorer à fond la serpillière, alors que ce n'était pas nécessaire. Ensuite elle allait l'étaler soigneusement sur son paillasson et ça sentirait le propre pendant quelques heures — comme s'il y avait de quoi être fière ! — avant que la serpillière sèche et redevienne un vulgaire morceau de toile sans intérêt.

Mme Rudolf regarda sa propre serpillière — une boule qui partait en lambeaux, sale et pleine de sable — qui était posée sur le bord du paillasson en caoutchouc vert rainuré. Elle prit une grande bouffée de cigarette mentholée et fit cette fois tomber la cendre sur la première marche de son escalier, tandis qu'elle écoutait le bruit de la porte de Mme Åsen qui s'ouvrait et se refermait. Elle rentra préparer la sauce béchamel qui accompagnerait le chou. Owe adorait le gratin de chou avec de la noix de muscade râpée et des boulettes de viande hachée. Il disait qu'au fond les pommes de terre étaient presque superflues, du moment qu'il avait son gratin au chou.

Mme Åsen souleva la lunette des WC, jeta l'eau sale dans la cuvette et remplit le seau en le tenant sous le robinet de la baignoire. Puis elle fit tournoyer cette eau sur les parois du seau pour bien faire partir les derniers grains de sable et vida le tout encore une fois dans la cuvette, avant de tirer la chasse. Ensuite, elle rajouta un peu d'eau, chaude cette fois, et la vida dans les WC. Pour finir elle éclaboussa les parois de la cuvette avec de l'eau de Javel ainsi que d'un produit pour récurer et commença à frotter énergiquement avec la brosse à WC, tout au fond d'abord, puis en remontant sur les côtés le plus haut possible, jusque sous le rebord.

L'eau chaude rendait la brosse douce et agréable à manier. Elle prit un peu de papier toilette rose, l'humidifia légèrement sous le robinet du lavabo et le passa sur le bord de la cuvette en porcelaine, retourna le papier et essuya bien tout le tour. Elle en reprit un peu plus, l'humidifia et essuya jusqu'au réservoir et sous la lunette des WC. Quelle idée de manger aussi tôt ! Tous les gens qui avaient des enfants faisaient ça… Elle se pencha et sentit la fourrure synthétique qui recouvrait la lunette. Non, il n'y avait pas encore de mauvaise odeur, faut dire qu'elle l'avait lavée la semaine dernière. C'étaient les liens qui permettaient d'attacher la protection sous la lunette qui sentaient mauvais au bout d'un moment, parce que Egil ne pensait pas toujours à relever la lunette des WC. Elle se rappela l'odeur de chou qui sortait de l'appartement de Mme Rudolf, peut-être qu'elle préparait des roulades de chou farci ? C'était bon, elle devrait tenter d'en faire un de ces jours. Accompagnées d'airelles et d'une sauce blanche à l'oignon.

À Noël, l'an dernier, elle leur avait acheté des assiettes télé, des assiettes carrées avec des rebords élevés et une sorte de cloison qui délimitait trois compartiments : le plus grand pour le plat principal de viande, poisson ou volaille, et deux plus petits pour la garniture, pommes de terre ou légumes verts. Quelle magnifique invention ! Ainsi, on ne risquait pas de s'en mettre sur les genoux si les nouvelles télévisées s'avéraient si terribles ou si passionnantes qu'on en oubliait de tenir son assiette droite.

Ceux qui avaient des gosses devaient manger de bonne heure pour que leurs petits estomacs puissent encore grignoter quelque chose le soir avant d'aller se coucher. Egil et elle devaient être les seuls à manger si tard, à moins que Peggy-Anita Foss fît comme eux, elle non plus n'avait pas d'enfant. Encore que… Mme Foss venait de la campagne et les paysans prenaient souvent leur repas à deux heures de l'après-midi, c'était du moins ce qu'on disait. Il fallait voir ce qu'elle achetait comme nourriture, que des trucs faciles à préparer. Ne l'avait-elle pas vu prendre une boîte de chocolat en poudre Nesquik à l'épicerie ?

Même si son mari était représentant de soupes et bouillons en cubes de la marque Toro et, en tant que tel, plutôt adepte de la cuisine rapide, rien ne l'empêchait d'utiliser du cacao de base, lequel coûtait beaucoup moins cher que le Nesquik. Pas gênée pour deux sous, Peggy-Anita Foss avait posé sa grande boîte sur le comptoir, un modèle comme ça revenait au moins cinq fois plus cher que si elle avait fabriqué son chocolat chaud avec du vrai cacao. Ah, si son mari avait su, lui qui sillonnait le pays avec ses soupes de fruits et n'était presque jamais chez lui. Le pire, c'était le pain qu'elle achetait tout fait. Et qui plus est, tout le temps ! On peut s'offrir un extra avec du pain de mie tout rond le samedi, mais Mme Foss en achetait n'importe quel jour de la semaine. Ah, elle plaignait son mari.

Jamais elle n'achèterait un seul sachet de soupe, ce qui, indirectement, reviendrait à la soutenir. Ni de compote aux abricots, aux pruneaux ou de fruits d'églantier. Les compotes Toro coûtaient une couronne et quatre-vingts centimes le sachet. Si on les faisait soi-même, cela revenait bien moins cher, même pas la moitié, vous vous rendez compte ! Il suffisait de faire tremper pendant une nuit des abricots séchés et coupés en morceaux ou des pruneaux, et de les cuire le lendemain en ajoutant un peu de fécule pour lier le tout. Avec les fruits d'églantier, c'était un peu plus difficile, il est vrai, car il fallait d'abord enlever tout le poil à gratter qui était à l'intérieur. Encore que le plus simple, c'était de bouillir les fruits tels quels et de les presser ensuite à travers un tamis.

Ce serait mieux pour tout le monde dans l'escalier sans cette pimbêche du troisième. Tous les hommes, sans exception, avaient la langue pendante quand elle montait les marches en roulant des hanches, avec ses hauts talons et ses foulards en mousseline qui s'envolaient toujours au vent et après lesquels elle devait courir pour les rattraper. Quand elle se penchait pour les ramasser, sa jupe courte lui remontait sous les fesses et on voyait tout. Une vraie putain.

Elle retrouva heureusement les mots croisés qu'elle avait commencés dans son magazine *Norsk Ukeblad.* Oui, un peu de café et des mots croisés lui feraient du bien maintenant. Rien que d'y penser, elle se sentait de meilleure humeur. Elle ôta son tablier qu'elle accrocha derrière la porte de la salle de bains, prit un gant de toilette de la pile propre et se lava bien sous les bras et entre les seins. Puis en bas. Elle devrait maigrir un peu, songea-t-elle, comme ça elle suerait certainement moins en lessivant. Elle entendit la porte d'entrée s'ouvrir et reconnut les pas de Karlsen, du troisième. Il prenait toujours les huit premières marches en courant, sans penser une seconde au boucan qu'il faisait, il était dans sa bulle, comme toujours. Oui, elle devrait perdre quelques kilos, même si Egil affirmait qu'il aimait le moindre centimètre carré de son corps et le lui prouvait bien... mais ça ne donnait jamais un enfant. Bon, ce n'était pas le moment de penser à ça. N'avait-elle pas lu dans une nouvelle à l'eau de rose, comme en publiait la revue *Allers* que les hommes préfèrent les femmes rondes au lit la nuit, mais les maigres dans la journée ?

Elle prit un nouveau gant de toilette puis laissa couler un filet d'eau froide pour l'humidifier. Elle se le passa sur la nuque, dans le cou et sur les tempes, pensa au repas, elle ferait revenir du pudding de poisson à la poêle et le servirait avec des crudités : carottes râpées et raisins secs. Elle n'avait pas de jus d'orange, mais elle n'aurait qu'à utiliser le demi-citron qu'elle avait et rajouter du sucre. Il lui restait encore des pommes de terre du repas d'hier qu'elle pourrait faire sauter à la poêle avec le pudding de poisson – les pommes de terre, c'était bien meilleur poêlées avec du beurre, que cuites à l'eau.

Elle alla à la cuisine et ouvrit la fenêtre pour évacuer la fumée de cigarettes, avant de s'en allumer une. Egil laissait toujours ses cigarettes se consumer dans le cendrier pendant qu'il coupait les bouts de laine des tapis qu'il nouait. En ce moment, il en fabriquait un dans des tons turquoise qui serait pour la chambre d'amis, cette pièce qu'ils n'utilisaient jamais puisqu'ils n'en recevaient aucun. Le motif sur lequel il travaillait en ce moment était une grande rosace organisée autour d'un noyau bleu clair qui se transformait jusqu'à devenir turquoise sur les bords. Elle tira sur sa cigarette et le regarda placer la règle, mesurer les fils de laine et les couper à exactement dix centimètres. Puis il regroupait tous ces bouts de laine en jolis fagots. Il était en train de couper les fils dans les nuances qui précédaient le turquoise vif. Les pelotes se trouvaient sur le dessus du congélateur derrière lui, le long du mur de la cuisine. Heureusement, il avait pensé à plier soigneusement le napperon brodé qui d'ordinaire était posé là et à le mettre de côté.

— Tu as fini de laver les escaliers ?

— Tu ne pourrais pas fumer cette cigarette ou l'écraser dans le cendrier, plutôt que de la laisser se consumer comme ça ?

— Oh, je l'avais oubliée.

— Madame Rudolf est sortie avant que j'aie terminé.

— Et elle était fâchée ?

— Elle aurait quand même pu me dire merci. Je n'arrive pas à m'y faire. Ce n'est pas comme ça qu'on m'a élevée.

— Et moi, je ne comprends pas que tu t'obstines à laver deux marches supplémentaires quand tu sais qu'elle déteste ça.

— Mais j'avais encore de l'eau qui pouvait servir.

— Tu dis toujours ça.

— Tant qu'elle est chaude, elle reste bonne. Je remplis toujours un seau avec de l'eau très chaude pour commencer, ainsi je peux m'en servir plus longtemps.

— Je comprends.

— Est-ce que tu veux que je fasse des roulades de chou un jour ? Ça fait longtemps que je n'en ai pas cuisiné. Oh, tu en mets partout quand tu coupes tes bouts de laine.

— C'est pire quand je les noue sur le tapis.

— Oui, mais au moins, on voit le résultat. Ça donne quelque chose.

— Oui, mais pour ça, il faut déjà avoir ces bouts de laine, ma chérie.

— Tu veux du café ?

— Avec plaisir.

— Il y a quelque chose de bien à la télévision ce soir ?

— Une pièce de théâtre.

— Je sais bien qu'il y a du théâtre, puisqu'on est mardi. Mais qu'est-ce que c'est aujourd'hui ?

— *Frydenberg*, ça s'appelle. Avec Veslemøy Haslund dans la distribution.

— Ah, très bien. Alors tu dois te réjouir, j'imagine.

— Tu lui ressembles un peu. Il y aura aussi Toralv Maurstad.

— Tant mieux. Mais lui, en tout cas, il ne te ressemble pas !

Il leva les yeux et rit, elle lui rejeta la fumée au visage, alla vers la cuisinière électrique et posa la bouilloire à café sur la petite plaque électrique rapide.

— Je le réchauffe, seulement. Ça ira ?

— Bien sûr.

Elle se rappelait bien ce dimanche où il n'y avait plus personne dans sa cage d'escalier ; tous étaient partis en week-end ou en promenade. Tout le monde était si occupé. C'était avant qu'ils achètent le chalet, c'est-à-dire il y a plus d'un an. Depuis l'acquisition du chalet, ils prenaient le bus à Skaun presque chaque week-end, sauf en cas de trop grosses chutes de neige. Mais ce dimanche-là, ils se trouvaient à la maison et elle les entendit partir les uns après les autres. Comme ils habitaient au rez-de-chaussée, elle reconnaissait les pas de chacun de ses voisins et elle se rendit compte tout à coup que tous étaient partis. Egil était en train de fabriquer le tapis orange et brun qui était à présent accroché au-dessus de la télévision.

Elle avait aussitôt préparé une eau bien savonneuse et brûlante, avec du savon Driva et un peu d'ammoniaque, et avait attaqué en partant du troisième étage, avec l'appartement de Peggy-Anita Foss sur la gauche et celui de Karlsen sur la droite.

Elle avait dû changer trois fois l'eau, avant que tout l'escalier sente le propre. Elle avait même lavé les serpillières de tout le monde et les avait étalées sur leur paillasson pour sécher. Quand elle y repense, c'est une des plus belles journées qu'elle ait vécue depuis qu'ils avaient emménagé dans cet immeuble, il y a deux ans. Personne ne lui avait dit merci, naturellement, mais à ce moment-là, ça n'avait pas d'importance. Peut-être ne s'étaient-ils même pas rendu compte en rentrant comme tout était propre ? À moins que chacun d'eux ait cru que c'était le voisin de palier qui avait lavé. Mme Rudolf s'était imaginé que c'était Mme Larsen qui l'avait fait et réciproquement, de sorte que personne n'y avait rien trouvé à redire.

Elle se versa à elle-même et à Egil une tasse de café, trouva quelques crackers à l'avoine qu'elle beurra avant de mettre une tranche de *geitost*[1] dessus. Elle en était déjà à la moitié de ses mots croisés et demain sortiraient les nouveaux numéros de toutes ces revues. Voilà de quoi retrouver le sourire.

Elle entendit un remue-ménage de chaises à l'étage au-dessus. Ils étaient maintenant attablés devant les roulades de chou. À moins que Mme Rudolf ait préparé un gratin de chou. C'était aussi très bon, le gratin de chou. Et bon marché, oui surtout. Pour sûr, les Rudolf devaient souvent avoir du chou aux repas.

Tout en grignotant un cracker, elle se plongea dans ses mots croisés : Accepte... *admet*. Vit... *existe*. À peine... *presque*. Fleuve... *Ob* ou *Po*. Une porte d'entrée à l'étage au-dessus s'ouvrit et elle dressa l'oreille.

1. Fromage de chèvre typiquement norvégien, se présentant sous la forme d'un bloc au goût un peu caramélisé dont, à l'aide d'une raclette, on coupe des tranches fines à déguster sur du pain ou des crackers. *(Toutes les notes sont du traducteur.)*

Elle discerna clairement la voix emportée de Susy qui habitait en face des Rudolf, mais pas la réponse du petit frère. Il incombait à la grande sœur de retrouver Oliver, dix ans, et de le faire rentrer pour l'heure du repas, ce qui, compte tenu du caractère du garnement, n'était pas une mince affaire. Il pouvait être fourré n'importe où : au sommet d'un toboggan et l'instant d'après sur son vélo, en plein carrefour. C'était un miracle que cette fille accepte une telle tâche, jour après jour, mais Mme Larsen était bien trop enrobée pour réussir à faire rentrer le garçon, ça c'est sûr. Mme Larsen était la seule Anglaise qu'elle ait jamais connue. Encore que connaître, c'était vite dit. Disons qu'elles se saluaient d'un signe de tête et échangeaient parfois deux ou trois mots — Mme Larsen dans son mauvais norvégien –, mais elle n'était jamais entrée dans leur appartement. Elle n'aurait pas imaginé que des Anglais pouvaient être aussi paresseux. Faut dire qu'elle n'avait jamais mis les pieds dans ceux des autres non plus, exception faite de l'appartement d'en face, lorsqu'ils avaient eu une inondation et qu'Egil devait leur montrer où se trouvait le robinet principal d'arrivée d'eau et qu'elle en avait profité pour le suivre, en quelque sorte, dans l'affolement général. Mais c'était du temps où Øverberg habitait là, avant que Mme Moe emménage, et ils avaient certainement refait les peintures et changé les papiers peints ainsi que tout le mobilier. Øverberg avait peint tous les éléments de cuisine en vert pâle, et ils avaient aussi des festons vert pâle en crochet au-dessus des rideaux, se souvint-elle, c'était très joli. Mais de l'extérieur, elle pouvait voir que les Moe avaient à présent des rideaux rouge foncé qui n'allaient pas du tout avec le vert clair, alors ils avaient sans doute repeint aussi les portes des meubles de cuisine.

— Reprends donc un cracker, Egil.

— Tu as mis du beurre dessus ?

— Oui, bien sûr qu'il y a du beurre.

— Je risque d'en laisser tomber sur la laine et elle sera poisseuse.

— Tu n'as qu'à faire une petite pause.

— Non, j'ai envie de terminer ce que j'ai commencé.

— Tu en veux peut-être un rien qu'avec du fromage ?

— Oui, merci. Les Américains ont fait débarquer mille quatre cents Marines aujourd'hui. J'ai entendu ça à la radio, dit-il.

— Mon Dieu ! s'écria-t-elle en coupant deux tranches de *geitost*.

— Comme tu dis.

— Je ne comprends pas bien ce qu'ils font là-bas. Ils n'ont qu'à laisser les Vietnamiens se débrouiller entre eux.

— Il y en a beaucoup qui partagent cet avis, tu sais.

— Tu veux un ou deux crackers ?

— Deux.

Le journal télévisé ne parlerait que du Vietnam, ce soir, et elle allait s'ennuyer comme un rat mort. Bien sûr, elle s'interdisait de le dire à Egil. Lui voulait connaître toutes les nouvelles concernant cette guerre et tenait absolument à lui en parler. Ils ne fréquentaient personne d'autre dans l'escalier, et encore moins ceux des escaliers B et C, et il avait besoin d'en discuter avec quelqu'un. À son travail, personne ne s'intéressait vraiment à ce conflit. Le personnel de la banque avait visiblement plus urgent à faire que de s'occuper du Vietnam.

— Je me demande ce que Monsieur Rudolf pense de tout ça, dit-elle.

— De quoi ?

— Du Vietnam. Ce que tu viens de dire, ajouta-t-elle en pressant les tranches de fromage avec la paume pour qu'elles adhèrent mieux.

— Ça ne m'intéresse pas. En parler avec ce nazi ! s'exclame-t-il.

— Mais tu n'en sais rien.

— Si, je le sais. Il devrait transporter ses fruits et légumes à bord d'une fourgonnette Borgward au lieu d'une Bedford. Le maraîcher a collaboré avec la Wehrmacht pendant la guerre, tout le monde sait ça.

— Mais enfin, à cette époque-là, Monsieur Rudolf n'avait même pas le permis de conduire : il n'était encore qu'un gamin ! C'est même pas sûr que cela soit vrai. Peut-être qu'ils ont été *forcés* de collaborer. Tout le monde avait besoin de pommes de terre, de chou et de carottes. Il faut que t'arrêtes avec ton histoire de nazi. Tu n'en *sais* rien. C'est dangereux de colporter des rumeurs de cette nature, Egil.

— Peuh ! S'il y a bien quelqu'un ici qui raffole des rumeurs, c'est toi !

— Oui, mais pas des rumeurs *dangereuses*.

— Et qu'est-ce que tu fais de sa famille qui est venue lui rendre visite l'été dernier ? En provenance d'Allemagne ? Tu verras qu'ils reviendront cet été aussi. Les Allemands aiment la routine. C'est typiquement nazi.

— Il doit y avoir toutes sortes d'Allemands. Certainement des gens normaux aussi qui, eux, n'étaient pas nazis.

— Oui, mais tu ne m'ôteras pas de l'esprit qu'un camion militaire allemand lui aurait mieux convenu. Un Borgward aurait été un parfait moyen de locomotion pour quelqu'un qui…

— Et tu aurais été encore plus agacé s'il l'avait garé juste sous nos fenêtres.

— J'aurais lacéré ses pneus.

— Egil, voyons !

Elle rit tout haut.

— Je parle sérieusement, dit-il.

— Je sais que tu parles sérieusement, mais tu n'aurais jamais eu le courage de le faire.

Nationalité… *suédoise* ou *flamande*. Tenue… *costume*. Egil aurait eu besoin d'en avoir un neuf, lui. Elle leva les yeux et jeta un coup d'œil par la fenêtre dont elle avait récemment nettoyé les carreaux. Le jeune homme avec sa ceinture de menuisier passait à toute allure sur les trottoirs en dallage, juché sur une bicyclette d'enfant beaucoup trop petite pour lui. Elle l'avait vu plusieurs fois récemment. Il devait avoir un travail à faire pour la copropriété. Tiens, et voilà le gardien Pettersen, de l'escalier C dans l'immeuble d'en face. Il arrivait à pied, un râteau à la main et son étrange chapeau bleu en coton sur la tête, comme toujours. Le gardien cria quelque chose au jeune homme, sans doute pour lui dire de rouler moins vite. Ah, au moins quelqu'un qui lui remontait les bretelles, à ce blanc-bec ! Sur les trottoirs, les gens devraient avoir le droit de marcher tranquillement sans risquer de se retrouver projetés à terre.

C'était la belle saison pour le gardien. Plus de neige à déblayer et pas encore de pelouse à tondre. Une sorte de période intermédiaire, songea-t-elle. Comme si les saisons prenaient des vacances. Il ratissait ici et là, et trouvait toutes sortes de choses une fois que la neige avait fondu : moufles, bâtons de ski, luges, bonnets, clés d'appartement. Comme il était le gardien des cinq immeubles, il déposait tous ces objets trouvés près de l'étendoir à linge aménagé sous un auvent, devant l'immeuble. Ainsi, les mères de famille pouvaient regarder, à intervalles réguliers, si elles retrouvaient des affaires égarées. Quant aux bouts de bois et brindilles qu'il rassemblait, il en faisait, presque tous les soirs, un grand feu de joie, tandis que les enfants criaient autour, avant qu'on les appelle pour le dîner. Elle avait pitié de cet homme : lui et sa femme avaient une fille atteinte d'une maladie cardiaque et ils habitaient au troisième et dernier étage. Par les belles journées d'été, ils descendaient leur fillette en la portant dans les bras et la laissaient prendre un peu de soleil sur un banc, enveloppée dans un plaid. Elle avait toujours les lèvres et les ongles bleus, mais on ne pouvait pas l'opérer ; il fallait attendre qu'elle soit plus âgée et que son cœur ait cessé de grossir.

— Le pauvre, dit-elle.

— Qui ça ?

— Le gardien.

— Tu trouves qu'il est à plaindre ?

— Oui, avec sa fille.
— Ah, elle. Celle avec un problème cardiaque.
— Elle n'est pas la seule dans ce cas-là, Egil.

Une douleur l'élançait dans son majeur droit, à cause des ciseaux, et il avait mal à la nuque. Cela faisait presque deux heures -il était rentré tôt du travail- qu'il coupait des bouts de laine. Il avait envie d'en préparer assez pour les nouer pendant trois soirées, comme ça, les prochains jours, il pourrait se réjouir à l'idée de manier le crochet spécial tapis en rentrant de la banque. Il adorait le soin et la précision que requérait ce travail. Suivre le motif, voir surgir le tapis sur la toile grossière de base déjà prête pour recevoir les bouts de laine dans les trous appropriés. Et ces tapis dégageaient une forme de chaleur, quand on les posait sur le sol de l'appartement qui était glacial puisqu'ils habitaient au rez-de-chaussée.

Else insistait pour qu'il accroche ses tapis au mur, alors qu'il aurait préféré les poser par terre, mais il devait avouer qu'ils étaient plus décoratifs en position verticale qu'au sol, et puis le motif aurait fini par être piétiné et les couleurs auraient perdu de leur éclat. Cela aurait été amusant d'essayer avec une laine plus fine, pour des motifs plus compliqués, imiter les tapis persans, ceux qui pouvaient nécessiter des années de travail. Mais, dans ce cas, il aurait eu besoin d'un cadre en bois, puisque ce genre de tapis était noué sur une trame très serrée, chaque nœud de laine étant fixé à un seul fil de trame, c'était une œuvre titanesque. Un minuscule tapis lui prendrait au minimum un an. Et il aimait achever sa tâche au bout d'un mois, au maximum, pour pouvoir changer de motif et de couleurs.

Il s'imprégnait profondément de la gamme de couleurs qu'il utilisait. En ce moment, il était en pleine période turquoise. Il voyait des reflets turquoise partout : sur les vêtements, les panneaux publicitaires, les textes dans les revues, dans le ciel, sur les bijoux des femmes. Peggy-Anita Foss portait une paire de boucles d'oreilles turquoise lorsqu'il l'avait croisée cet après-midi dans le hall. Mon Dieu, comme cette fille était sexy ! Et elle devait drôlement être en manque, vu que son mari était presque tout le temps en voyage d'affaires. Une fois Else lui avait raconté, il s'en souvenait parfaitement, que Peggy-Anita faisait son ménage du vendredi chez elle dans le plus simple appareil. Peggy-Anita aurait elle-même avoué à quelqu'un à l'épicerie que c'était si pratique : elle allumait la radio et lavait tout l'appartement complètement nue, au saut du lit, et elle prenait sa douche après, une fois que son corps était chaud et tout en sueur. Elle enfilait ensuite des vêtements propres et pouvait boire son café dans un appartement impeccable. Les tapis, elle les mettait devant sa porte pour les descendre et les secouer dehors plus tard dans la journée.

Depuis ce jour-là, il n'arrêtait pas d'y penser. Il l'imaginait nue et en sueur, au petit matin, penchée sur la serpillière pour laver le carrelage de la cuisine. Tandis que la radio diffusait de la musique entraînante et qu'elle fredonnait, il arrivait en douce par-derrière et la pénétrait d'un coup de reins, sans un mot. Il avait fait ça une fois avec Else, dans la salle de bains, avait relevé sa robe tablier au-dessus de ses fesses, arraché sa culotte, c'était une journée d'été à la chaleur écrasante, et le corps d'Else ruisselait littéralement de sueur, c'était après qu'elle lui eut raconté le rituel de Peggy-Anita pour son ménage du vendredi, mais Else avait été gênée et bizarre pendant plusieurs heures après, alors il n'avait jamais recommencé. Il avait pourtant réussi à jouir, ce qui lui avait fait plaisir. D'où le fait qu'il y avait repensé souvent par la suite. Ils ne parlaient jamais de ce genre de choses entre eux, ils se contentaient de faire l'amour la lumière éteinte, dans le lit conjugal, deux ou trois fois par semaine. Presque toujours ici à la maison, très rarement au chalet, car Else trouvait que c'était difficile de bien faire sa toilette. Il n'y avait qu'une bassine et il fallait d'abord mettre l'eau à chauffer dans une casserole, et elle prétendait qu'elle devait *absolument* pouvoir prendre une douche après.

Ils auraient pu prendre une douche ensemble, mais il n'avait jamais osé le lui proposer. Est-ce que d'autres couples de l'escalier le faisaient ? Si oui, ce ne pouvait être que Peggy-Anita quand son vendeur de soupes à la noix était à la maison. Ou peut-être les Larsen. Les Anglaises passaient pour être moins coincées sur ce plan. Cela dit, la voisine paraissait trop maigrichonne pour être comme ça.

— Mais nous aurions économisé pas mal d'argent si nous avions été amis, dit-elle.

— Avec qui ?

— Les Rudolf, bien sûr. Madame Larsen reçoit toujours des fruits et des légumes quand elle leur coupe les cheveux.

— Elle fait ça pour eux aussi ?

— Évidemment. Et elle fait la permanente de Madame Rudolf. Faut pas oublier qu'elle était coiffeuse en Angleterre.

— Comme si je ne le savais pas. Et pourquoi nous, on ne va pas chez elle ?

— Egil, voyons. C'est moi qui te coupe les cheveux, et les miens, qui sont ondulés naturellement, n'ont pas besoin de permanente. Quand on a des cheveux comme les miens, on peut aussi les couper soi-même. Les boucles recouvrent tout ce qui est un peu irrégulier. Mais Madame Rudolf *paie* avec des fruits et des légumes.

— Ils ne doivent pas être frais. Cela doit être des produits qu'ils ne peuvent plus vendre.

— Quelle importance si l'on doit enlever un morceau de chou-fleur ou de pomme, du moment que c'est *gratuit* ! Madame Larsen reçoit souvent plein d'oranges et avec ça elle peut faire de la marmelade comme en Angleterre. Alors ça sent dans tout l'escalier.

— Tu ne cesses de me dire qu'elle est paresseuse, mais elle coupe les cheveux, fait des permanentes et prépare de la marmelade d'oranges.

— Il suffit de regarder leurs enfants. Et *lui*. Tu as vu comme ils sont mal habillés ?

— Si tu le dis.

Il prit un fil de laine de chaque fagot pour les nouer en liasses, comme il le faisait avec les billets de banque au guichet. Il avait bien travaillé, peut-être qu'il avait assez de bouts de laine pour quatre soirées. Il arriverait alors à la partie la plus claire de la rosace. Il frotta le pouce contre la marque, rouge et brillante, laissée par les ciseaux sur son majeur.

— Dommage qu'ils aient l'air si quelconque, dit-il.

— Elle ne *repasse* pas, Egil. Tout ce qu'ils portent est froissé. Je suis sûre qu'elle ne repasse ni les serviettes ni les draps, j'en mettrais ma main au feu.

— Peut-être qu'en Angleterre ils ne font pas ça.

— N'importe quoi !

Il la regarda pour la première fois sérieusement depuis qu'il était rentré du travail. Sa femme. Elle était assise, le crayon en l'air, face à ses mots croisés, le regard tourné vers la fenêtre. Il l'aimait, même s'il ne le lui disait plus jamais. Mais du moins, il le lui *montrait*, espérait-il. À condition qu'elle fasse le lien entre amour charnel et amour tout court. Ce dont il n'était pas sûr. Il ne savait même pas si elle jouissait, ils ne parlaient pas de ces choses-là, il avait seulement lu des articles à ce sujet. Il lui demandait parfois si c'était bien pour elle, et elle répondait invariablement oui. Comme elle gémissait à la fin, alors c'était peut-être vrai. Les murs étaient si minces ici que personne n'osait faire des bruits la nuit. Sur ce plan, le chalet était parfait, mais là-bas il y avait ce problème de douche. Et s'il lui installait une douche à l'extérieur ? Avec une sorte de réservoir d'eau au-dessus ?

— Cela ne nous regarde pas, qu'elle repasse ou non leur linge de maison, dit-il.

— Quand je pense à son pauvre mari… reprit-elle.

Elle croisa son regard.

— C'est vrai, admit-elle.

— Qu'est-ce qu'on mange ce soir ?

— Du pudding de poisson avec des pommes de terre sautées et des crudités. Et j'ai fait un gâteau marbré pour le café. J'en ai fait deux de plus que j'ai mis au congélateur.

Le congélateur était sa grande fierté. Ils étaient les seuls dans l'escalier à en posséder un. Il ne voyait pas bien l'intérêt de cuisiner de la nourriture en de plus grandes quantités pour ensuite en congeler une partie, étant donné que l'épicerie était au coin de la rue, mais il se gardait de poser la moindre question, la fierté qu'il lisait dans le regard de sa femme chaque fois qu'elle prononçait le mot « congélateur », le faisait approuver de la tête et sourire en silence.

— Alors j'ai le temps de passer le jet d'eau dehors, avant le journal télévisé.

— Et tu auras le plaisir de voir Veslemøy Haslund après.

Il l'avait complètement oubliée, celle-là. Mais il pourrait penser à elle tout en tenant le tuyau d'arrosage.

— Est-ce que tu peux me dire s'il s'est garé devant ? Parce que dans ce cas, ce n'est pas la peine de passer le jet d'eau. Je n'ai nullement l'intention de nettoyer ses foutus pneus.

Elle se leva et alla vite dans la chambre d'amis pour jeter un coup d'œil par la fenêtre.

— Non, cria-t-elle. Il a dû se garer sur la route principale aujourd'hui !

Il éprouva soudain une immense gratitude envers elle, un soulagement qui se mêlait à la satisfaction de voir tous ces fagots de laine. C'était une bonne journée.

On était en avril et bientôt au printemps, ils allaient avoir du pudding de poisson au dîner, lui qui adorait le poisson sous toutes ses formes, Peggy-Anita Foss portait des boucles d'oreilles turquoise qui pendaient si joliment au milieu de ses cheveux souples qu'elle avait ramenés derrière les oreilles. Il y avait des femmes partout, elles n'arrêtaient pas de l'entourer, elles pullulaient, il en venait toujours de nouvelles, c'était un flot continu qui se pressait au guichet, des femmes de toutes sortes, différentes de par leur taille et leur habillement, il avait l'habitude de se pencher vers elles pour sentir leur haleine, elles sentaient presque toujours bon, à de rares exceptions près — les dames plus âgées — et dans ce cas il évitait de se pencher en avant. Et maintenant il allait passer le jet d'eau sur le trottoir et autour de l'entrée de l'escalier A ça deviendrait noir, luisant et tout propre, comme à chaque fois ; il y avait tant de saloperies qui se déposaient là au printemps, des feuilles d'arbre et un tas de saletés non identifiées. Quel plaisir de voir disparaître tout ça dans la bouche d'égout.

Il posa les fagots de laine sur les tables gigognes à côté de son fauteuil de télévision où l'attendait le tapis à nouer avec son crochet fixé dans la toile de jute.

— Tu as entendu la météo ? demanda-t-elle en tenant les deux tasses de café dans les mains, le regard dirigé vers le sol pour ne pas trébucher sur le tapis en plastique tressé.

Impossible d'avoir un vrai tapis en laine noué sur le sol de la cuisine.

— Oui, il va pleuvoir cette nuit.

— Il y aura donc beaucoup de boue dans l'escalier demain, conclut-elle en souriant.

Il était six heures et demie. Elle alluma le chauffe-plat, thermostat trois, ainsi que la plus grande plaque de cuisson. Elle adorait sa cuisinière, une Delta-Konge, la seule chose neuve qu'ils avaient achetée après leur mariage, si elle excluait le lit double avec sa tête de lit en teck. Cette cuisinière avait à présent huit ans, mais elle était toujours impeccable et fonctionnait comme au premier jour. Elle enlevait les boutons et les lavait, dessus et en dessous, au moins une fois par mois. À cette fin, elle gardait des brosses à dents usagées.

À présent, le pudding de poisson sentait bon, elle le faisait revenir dans la poêle avec du beurre et non de la margarine, cela donnait un délicieux sentiment de luxe, et la dépense supplémentaire pouvait être compensée ailleurs dans le budget pour la nourriture. Elle mangea toute une tranche de pudding directement dans la poêle et se lécha ensuite les doigts. Elle préparerait les crudités juste avant le journal télévisé ; il fallait que ça soit tout frais, sinon ça s'effondrait dans l'assiette. Elle découvrit une moitié d'oignon dans le réfrigérateur et le coupa en fines rondelles qu'elle fit rissoler dans la poêle avec le pudding et les pommes de terre, qu'elle saupoudra de quelques pincées supplémentaires de sel et de poivre. Egil la complimentait toujours pour sa cuisine. S'il restait du pudding, elle pourrait en faire une terrine demain, avec des petits pois et des carottes, c'était délicieux à manger sur des tartines.

Quand tout fut prêt et rangé dans la cuisine, elle rinça son chiffon à l'eau très chaude, l'essora au maximum, et passa au salon.

Une fois dans la pièce, elle admira leur dernière acquisition comme elle le faisait plusieurs fois par jour, quand elle était seule et qu'Egil travaillait.

Elle s'assit sur le pouf à côté et caressa doucement de la main les surfaces lisses et brillantes. La lumière jouait dans la minuscule fontaine dont l'eau cascadait sur deux niveaux avant de se retrouver plus bas dans un petit bassin où flottaient des nymphéas artificiels qui ressemblaient à s'y méprendre à des vrais. De là, l'eau était aspirée jusqu'au sommet de la fontaine où elle s'écoulait à nouveau. Else arrangea les plantes en pot qu'elle avait placées tout près de la cascade lumineuse. Elle n'avait pas le cœur à arrêter la fontaine pendant la journée, elle ne l'éteignait qu'au moment d'aller se coucher, elle savait que ça consommait de l'électricité, mais pas beaucoup. Elle la rallumait tout de suite après le café du matin. Egil se moquait d'elle, mais gentiment, c'était quand même lui qui la lui avait achetée, il l'avait vue dans une revue et il était rentré avec, un jeudi ordinaire, ce n'était pas son anniversaire ni un jour particulier. Ils avaient passé toute la soirée à monter la fontaine, et décidé ensemble du meilleur endroit où la mettre : le buffet en teck. Ça surchargeait juste un peu le salon, qui n'était que de trente-deux mètres carrés.

Plongée dans la contemplation de la fontaine, les mains sur les genoux, elle sentait encore la chaleur du chiffon de cuisine que ses doigts avaient essoré. Elle aimait s'imaginer que cette fontaine ne se trouvait pas dans un salon, mais que c'était le Paradis incarné, qu'elle-même était toute petite et qu'elle pouvait nager nue parmi les nymphéas, du sable fin entre les orteils, le soleil lui brûlant le dos, plonger et remonter et être toujours au même endroit, sans efforts particuliers. Ses plantes en pot devenaient des arbres immenses.

Elle se releva d'un mouvement brusque, avec un pincement dans le ventre. Elle entendit Egil rentrer à nouveau, tant mieux. Et il allait pleuvoir cette nuit, autant dire qu'elle aurait besoin de plusieurs seaux demain pour laver son palier et le sol de l'entrée, sous les boîtes aux lettres. Egil monta le volume de la radio et elle l'entendit annoncer gaiement : *La jeune et ravissante mademoiselle Fryken a été élue miss Värmland cette année, tous les cœurs du Värmland battent...*[2]

— Voilà qui va rendre Veslemøy Haslund jalouse, dit-elle en suspendant le chiffon au robinet de l'évier.

— Je pensais qu'on pourrait t'installer une douche dans le chalet, qu'est-ce que t'en dis ?

Il passa ses bras autour d'elle, il sentait bon : un parfum frais de soir de printemps et d'un reste de *Old Spice* dont il s'aspergeait le matin. Elle se dégagea avec un petit rire.

— Comment penses-tu faire ça ? demanda-t-elle.

— Avec un récipient au-dessus et un tuyau que tu pourrais ouvrir et fermer à ta guise. À l'extérieur.

— À l'extérieur ? Et si quelqu'un me *voyait* ? Oh mon Dieu !

2. En suédois dans le texte.

— Je te verrai, moi.

— Egil, voyons. Arrête.

Il avait dû croiser Peggy-Anita Foss, cela le mettait toujours dans cet état. Elle prit les assiettes spéciales télévision dans le buffet. Une douche à l'extérieur dont elle pourrait seule régler le débit d'eau ? Dans le soleil matinal ou au beau milieu de la nuit, en été, oh ! Elle n'osait pas y penser. Pendant qu'Egil la regardait ?

Elle alla chercher la grande bassine émaillée dans l'armoire de la chambre d'amis, entendit la musique poussée à fond à l'étage au-dessus, et referma la porte derrière elle. Elle posa la bassine sur la cuisinière, elle avait l'intention de faire bouillir les chiffons cette nuit, à faible température, dans du Skip avec un peu d'eau de Javel. Quel bonheur d'être déjà en avril : elle pouvait laisser bouillir des affaires toute la nuit sans avoir les fenêtres ruisselantes d'eau à son réveil. Elle jeta un coup d'œil dans le salon, il avait pris le tapis sur ses genoux, il avait la mine réjouie, il viendrait cette nuit avec ses mains, elle pouvait le lire sur son visage.

— Si tu allumes la télévision, j'éteins la radio, dit-elle.

Elle sortit quatre grosses carottes du réfrigérateur et l'épluche-légumes du tiroir sous la planche à découper. Elle pressa le demi-citron au-dessus d'une tasse à café et saupoudra de sucre tout en mélangeant avec une petite cuillère. Cela prit du temps avant que le sucre fonde entièrement dans le jus acide.

— Tu veux du sirop rouge ou jaune pour le repas ? demanda-t-elle.

— Disons rouge, aujourd'hui.

The Animals

C'était complètement idiot de repousser le lavage de l'escalier. Mme Åsen ne pouvait pas l'entendre depuis son appartement au moment où elle s'acquitterait de cette corvée. D'habitude elle ne faisait pas la sieste, mais aujourd'hui elle s'était reposée sur le canapé pendant presque une heure après le déjeuner, les yeux clos, sans dormir. Elle avait à tour de rôle pensé à la bonne femme obsédée de ménage du rez-de-chaussée et à Rickard. À l'obsédée du ménage avec une colère sourde, à Rickard avec inquiétude.

Elle posa les assiettes au fond de l'évier, puis les couverts et les verres par-dessus, fit gicler un peu de produit vaisselle ici et là, et remplit l'évier d'eau bouillante jusqu'à ras bord ; la cendre de la cigarette qu'elle avait dans sa bouche tomba dans les bulles de savon qui se transformèrent en petits flocons gris. Elle s'essuya les mains et enleva sa cigarette, la fumée la piqua dans l'œil droit.

— Bon, je prends la revue, annonça Rickard.

Chaque mardi, il avait le droit de découper les pages sur la musique pop dans la revue *Hjemmet*, puisque le nouveau numéro sortait le lendemain.

— Demain, c'est sur les Rolling Stones, dit-il avant de monter dans sa chambre et de fermer la porte.

Il collait les pages consacrées à la pop dans un grand cahier à dessin. Elle n'arrivait pas à comprendre le plaisir qu'il en tirait. Elle aussi aimait la musique, mais le bruit qu'il écoutait, ce n'était pas de la musique, ça lui faisait même peur, c'étaient des sons si bizarres, si incompréhensibles. Elle aurait aimé reconnaître un son familier, un seul, ou apprécier une mélodie ou une strophe, mais ils chantaient en anglais et elle n'en connaissait pas un mot.

Un jour qu'il était à l'école, elle avait examiné avec attention les différentes pochettes de ses disques, des 45 tours et des 33 tours. C'était un monde inconnu, un monde qu'il cultivait et qui l'éloignait d'elle. Chaque photo sur ces pochettes montrait des types débraillés qui avaient l'air fâchés ou en colère. Et c'était quoi, ces noms farfelus : *les pierres qui roulent*, *les scarabées*, *les animaux* ? Barbara, sa voisine de palier, était anglaise et elle lui avait expliqué ce que les noms des groupes signifiaient. *Animals* signifiait « animaux ». Jim Reeves, lui, chantait comme Jim Reeves, tout comme Kirsti Sparboe et Sven-Ingvars. Jamais ils ne se seraient fait appeler *les scarabées* ou *les pierres qui roulent*. C'était une pensée si absurde que cela ne la faisait même pas rire. Comme elle aurait aimé remonter plusieurs années en arrière, avoir de nouveau son petit garçon sur ses genoux, presser sa joue chaude contre la sienne.

Elle avait l'impression de s'être réveillée un matin et de découvrir que son fils était devenu quelqu'un d'autre, au regard fuyant, avec des boutons, quelqu'un qui s'enfermait à clé dans la salle de bains, mon Dieu ! Lui qui n'avait que quatorze ans et n'avait pas encore fait sa confirmation. Il se promenait à présent avec un peigne dans la poche arrière de son pantalon, lui qu'il fallait, il y a peu encore, rattraper sur le pas de la porte avant qu'il parte à l'école pour lui donner un coup de brosse. Mercredi dernier, il avait trouvé que le dessin animé *Les Pierrafeu* était « pour bébés », alors qu'ils avaient l'habitude de regarder ça en famille, tous les trois, et de se moquer des pieds de Fred Pierrafeu qui ressortaient sous la voiture, en réalité un simple tronc d'arbre creusé. Et la fin, oh, elle adorait la fin qui était toujours la même : la bouteille de lait qu'on mettait dehors, le petit dinosaure que Fred jetait dehors et qui rentrait par la fenêtre, Fred qui se retrouvait jeté dehors à son tour et qui cognait à la porte et hurlait pour que Wilma lui ouvre, et finalement toute la ville se réveillait... sauf elle. Tout ceci était, du jour au lendemain, devenu « pour bébés », alors que ses deux parents trouvaient encore ça amusant.

Et ce qu'elle lisait dans les magazines sur la jeunesse, dans le courrier des lecteurs adressé à Petter Penn dans la rubrique « Entre nous », n'était pas de nature à la rassurer. Chaque mère qui prenait la plume était aussi déboussolée qu'elle, et Petter Penn leur confirmait qu'à cet âge, la jeunesse n'avait que faire de l'existence et de l'avenir. Une mère avait écrit que sa fille de quinze ans avait décrété que les Beatles étaient ce qui comptait le plus au monde pour elle! Comment un groupe de garçons qui avaient choisi de s'appeler *les Scarabées* pouvait-il être ce qu'il y avait de plus précieux dans la vie de cette jeune fille ?

Elle toucha l'eau du bout de sa cigarette et jeta le mégot dans la poubelle sous l'évier. Elle allait laver le palier pendant que la vaisselle trempait. La radio jouait *Fröken Fraken*, qui était le strict opposé de la musique qu'écoutait Rickard. Mais pour l'avoir entendue trop souvent, elle s'était lassée de cette mélodie qui passait presque chaque semaine dans le programme choisi par les auditeurs. Elle attendait toujours qu'ils passent Jim Reeves, alors elle montait le son. Rickard disait qu'elle devrait s'acheter un 45 tours ou un 33 tours de lui, comme ça il lui montrerait comment fonctionnait le tourne-disque et elle pourrait s'en servir quand il serait à l'école. C'était gentil de sa part, peut-être qu'elle ne l'avait pas perdu tout à fait, pourtant il ne voulait pour rien au monde écouter ce genre de musique, la *vraie* musique.

— Owe ! Est-ce que pour le café on peut attendre que j'aie fini de laver les escaliers?

— Du moment que je l'aie pour le journal télévisé ! Quatorze cents soldats américains ont débarqué au Vietnam aujourd'hui ! Qu'est-ce que tu nous sers avec ça ?

— Je ne sais pas encore. Qu'est-ce qui te ferait plaisir ?

— Quelque chose de bon.

— De sucré, c'est ça ?

— Oui, tu m'as compris. Mais la bonne femme du rez-de-chaussée ne les a pas déjà lavés, les escaliers ? Ce n'est pas ce que tu m'as dit, tout à l'heure ?

— Elle n'a pas tout fait, il faut que je termine.

Ça lui faisait plaisir qu'il l'appelle « la bonne femme ». Owe ne faisait pas partie de ces hommes, Dieu soit loué, qui salivaient presque tout autant à la vue de Mme Åsen que de Peggy-Anita Foss. Mais c'était peut-être parce qu'il ne levait pas les yeux assez longtemps de ses livres et de ses revues pour la remarquer. Elle entra dans le salon et planta ses mains sur ses hanches.

— Dis-moi ce qui te ferait plaisir avec ton café.

— Du gâteau au chocolat.

— On n'en a pas.

— Des gaufres ?

— Tu veux que je me mette à faire des gaufres maintenant ? Je n'ai pas vraiment le courage de sortir le moule à gaufres en pleine semaine.

— Tu avais pourtant l'air folle de joie quand je te l'ai offert.

— Oui, mais ça fait tellement de fumée. Je peux te faire une galette au lait. Ça ne dégage pas autant de fumée de la poêle.

— Toi et tes galettes au lait… En fait, ce ne sont que de vulgaires crêpes.

— Les vraies crêpes sont plus épaisses. Alors, t'en veux ou pas ? Comme ça, Rickard pourra aussi en avoir une pour son dîner. Je n'ai pas de confiture de myrtilles, mais j'en ai à la fraise. Tu lis quoi ?

— Un article sur le tremblement de terre à San Francisco. Tu te rends compte, la secousse principale avait duré quarante-sept secondes ! C'est long quand la Terre tremble. Ça avait été ressenti jusqu'au Nevada ! Et toute la ville avait brûlé ! Oh la vache ! Ils avaient dû faire exploser des bâtiments entiers pour éviter que les flammes ne se propagent.

— C'était quand, ça ?

— En 1906. À cette époque de l'année.

— Bon, je vais faire les escaliers. Vide ton cendrier avant qu'il déborde.

M. Rudolf tapota doucement sa pipe contre le bord du cendrier et prit un cure-pipe du paquet posé sur l'étagère de la table basse. Il continua à lire la revue *Det Beste* tout en curant soigneusement sa pipe. Deux cent vingt-cinq mille personnes s'étaient retrouvées sans abri. Tiens, il faisait quel temps à San Francisco en cette période de l'année ? Cinq cents immeubles avaient brûlé, quel enfer cela avait dû être quand la Terre avait tremblé et que la ville était en flammes ! Des crevasses géantes qui s'ouvraient au beau milieu des rues et qui pointaient vers le centre de la Terre… Mais comme c'était survenu à l'aube, au moins toutes les familles avaient-elles été réunies et étaient restées ensemble. Si cela s'était produit en pleine journée, le chaos aurait été plus grand encore, avec les pères au travail, les enfants à l'école, oui, cela aurait été pire et la panique exacerbée.

Rickard écoutait sa musique beaucoup trop fort dans sa chambre, il l'entendait. Ce n'était qu'une question de temps avant que les voisins ne se plaignent, il était le seul adolescent de l'escalier et, à ce titre, une cible parfaite. Le règlement de copropriété ne stipulait rien sur la musique, il n'était question que de « nuisances sonores », mais la musique de Rickard entrait indéniablement dans cette catégorie. Des bruits de marteau ou de perceuse dans les murs auraient été plus agréables, c'est tout dire ! Cela étant, il ne se faisait pas autant de souci que Karin. Il fallait bien que jeunesse se passe. Karin lisait jusque tard dans la nuit ces magazines féminins où les mères se montaient la tête entre elles, en brandissant des images d'épouvante, comme si ces drôles de groupes venus d'Angleterre allaient provoquer un nouvel Armageddon. Voilà bien la folie et l'hystérie des femmes.

Cela finirait par passer, comme tout le reste. Rickard avait d'ailleurs d'autres centres d'intérêt, comme les timbres et ses maquettes d'avion, même si cela faisait longtemps qu'il ne l'avait pas vu s'adonner à ce genre d'occupations. C'était bien le propre des mères, de s'inquiéter pour un rien. Le tout était de faire semblant d'abonder dans son sens.

C'étaient les conduites de gaz qui avaient été à l'origine de l'embrasement de la ville. Le gaz ! Dire qu'on se servait du gaz pour faire la cuisine et que le réseau de gaz quadrillait toute la ville... Cette pensée lui parut soudain insensée. L'électricité était dix fois plus sûre, même si cela pouvait provoquer aussi des incendies, si l'installation était ancienne ou défectueuse. Mais une ville pleine de gaz, c'était une véritable bombe à retardement, avec ou sans tremblement de terre. Et comme si ça ne suffisait pas, des Américains et des Anglais se suicidaient en mettant la tête dans le four. Il ne manquerait plus qu'on fasse la même chose en Norvège ! Il ne put s'empêcher de sourire à l'idée des têtes rôties avant que les cœurs ne cessent de battre.

Il bourra sa pipe avec du tabac frais et se leva. Versa le contenu du cendrier dans le poêle, alluma sa pipe et alla dans la chambre de Rickard.

— Moins fort ! dit-il en montrant du doigt le tourne-disque.

— Tu pourrais frapper avant d'entrer !

— Frapper ? Dans ma propre maison ? Moins fort, j'ai dit. C'est bientôt l'heure du journal télévisé.

Elle versa une poignée de Pep dans le seau et laissa l'eau bouillante dissoudre les paillettes de savon avant de rajouter de l'eau froide pour avoir la bonne température. Peut-être que l'odeur parviendrait à chasser celle du savon noir ? Elle allait relaver les deux marches qui lui incombaient et faire disparaître l'odeur laissée par le lavage de Mme Åsen. D'ailleurs, ces marches devaient déjà être salies. Les gens du monde entier qui habitaient dans les étages supérieurs n'avaient jamais à nettoyer la saleté des autres, ils pouvaient se contenter de la leur. C'était injuste.

Elle était presque descendue jusqu'au palier de Mme Åsen lorsque les Salvesen, du deuxième, poussèrent la porte du hall avec leur gamine qui ne disait jamais bonjour et avait la morve au nez. Elle se dépêcha d'essorer sa serpillière et de l'étaler devant la première marche. Sans un mot, rien qu'avec un petit sourire et un geste de la tête, Mme Salvesen fit comprendre à sa fille qu'elle devait s'y essuyer les pieds, puis elle et son mari firent de même avant de monter l'escalier. Ah, si seulement Mme Åsen avait pu mettre son nez dehors pour voir qu'elle aussi savait faire les choses dans les règles ! Puis elle essuya les semelles de ses propres pantoufles avant de jeter la serpillière dans le seau, remonta les deux marches et mit la serpillière de Mme Larsen à tremper dans l'eau. Ensuite elle plaça les deux paillassons à la verticale dans le seau, et se mit à récurer le palier. Enfin, elle lava les deux paillassons, la partie qui était dans l'eau puis l'autre après les avoir retournés, avant de les remettre en place devant leurs portes respectives. Pour finir elle essora une dernière fois sa serpillière puis celle de Mme Larsen, et les étala sur les paillassons en repliant bien les bords tout autour.

Elle venait de soulever son seau plein d'eau sale quand la porte des Larsen s'ouvrit. Oliver sortit en trombe, une carotte crue à la main, des bottes aux pieds, et dévala l'escalier. Ses bottes étaient sales, elle le vit aussitôt. Mme Larsen n'était pas du genre à laver sans arrêt les bottes de ses enfants. Susy sortit à son tour en refermant doucement la porte derrière elle.

— Est-ce que je peux aller voir Rickard ? demanda-t-elle.

— Demande-lui d'abord s'il veut avoir de la visite.

Elle vida le seau d'eau sale dans la cuvette des toilettes et entendit que le journal télévisé avait déjà commencé. Le Vietnam, bla-bla-bla… Les Américains, bla-bla-bla… La piste Hô Chi Minh, bla-bla-bla… C'était à devenir fou. Owe devait s'impatienter.

— Je prépare le café tout de suite ! cria-t-elle en rangeant le seau dans le placard.

Tant pis pour les galettes au lait, ça prendrait trop de temps et cela ne ferait que le contrarier. Elle sortit à la place un paquet à demi-entamé de biscuits qu'elle disposa sur une assiette, avec des carrés de chocolat, tandis que la bouilloire à café chauffait.

— Tu en as mis du temps, dis donc ! s'exclama-t-il.

— J'ai fini par laver tout l'escalier, c'est pour ça.

Elle ne prit pas le temps de laisser reposer le café, le versa dans une tasse en prenant une passoire à thé. En ajoutant un peu de lait, il ne verrait pas la différence.

Heureusement, il avait vidé le cendrier. Mais sans aucun doute dans le poêle, alors qu'ils ne faisaient presque plus de feu, vu que le temps s'était radouci.

— Où l'as-tu vidé ?

— Dans le poêle.

— Je pensais le nettoyer un de ses jours.

— Tu n'auras qu'à faire brûler un peu de charbon d'abord. Tu n'as pas fait de galettes au lait ?

— J'en ferai plutôt demain.

— Tu ne prends pas de café ?

— Si, à la cuisine. Il faut que je fasse la vaisselle et que je coupe les pommes.

— Ils sont devenus complètement fous, les Américains. Ils n'arrêtent pas d'envoyer des soldats. Mais ils n'ont aucune chance de remporter cette guerre. Ces chinetoques-là sont sacrément endurants.

— Quand je pense aux mères, aux fiancées et aux enfants qui sont restés en Amérique, les pauvres !

— Elles aussi sont endurantes. Qui c'est qui a frappé à la porte de Rickard tout à l'heure ? La petite d'en face ?

— Oui, Susy.

— Notre garçon aurait donc du charme…

— Arrête ! Ils regardent seulement des magazines ensemble.

— Si tu le dis.

Assise au bord du lit, Susy écoutait le disque des Beatles tout en regardant Rickard découper soigneusement les pages pop de *Hjemmet.* Il utilisait du scotch pour les coller dans un grand cahier à dessin.

— C'est sur qui ? demanda-t-elle.

— Sur les Animals et les Twinkle Brothers, et Dusty Springfield. Elle, je ne l'aime pas. Elle chante comme les Noirs mais je trouve ça nul.

— Tu n'as aucun disque d'elle ?

— Non, et je suis pas près d'en avoir.

Elle ne lui demanda pas la permission de regarder, cela le mettrait en colère d'être dérangé. Elle savait qu'elle pourrait jeter un coup d'œil plus tard, mais pour l'instant, quand il collait ses pages, il voulait garder le cahier pour lui seul.

— J'aime bien le disque que tu as mis, fit-elle.

— Si seulement je pouvais monter le son ! Mais mes vieux ne sont jamais absents en même temps. C'est vrai, je ne peux jamais être seul, merde !

— Je confonds un peu toutes les chansons.

— Celle-ci s'intitule *Can't Buy me Love.* Ça signifie qu'on ne peut pas s'acheter une amoureuse.

Elle se tut. Ça faisait bizarre d'entendre Rickard utiliser ce genre de mot : « Amoureuse » était plutôt un mot de fille. D'ailleurs, *love* ça ne voulait pas dire « amoureuse », mais « amour ». Néanmoins, elle se garda bien de le lui faire remarquer. Rickard n'aimait pas qu'elle sache l'anglais.

— Chez nous, on écoute seulement la radio. Et papa ne fait qu'écrire.

— Mon père, il n'écoute même pas la radio, c'est pire. Il passe son temps à lire. Mais il regarde la télé.

— Vous avez de la chance d'avoir la télé.

Il leva la tête dans un geste brusque :

— J'ai même pas le droit de la regarder ! C'est mes vieux qui décident ! Et ils veulent que je regarde avec eux la série des Pierrafeu. Complètement débile… Et ils voudraient que je trouve ça drôle ! Je les déteste !

— Tu détestes la famille Pierrafeu ?

— Oui ! Parce qu'il faut que je regarde ça avec eux !

Il lui tendit le reste de la revue, comme toujours.

— Merci, dit-elle.

Il savait qu'ils n'avaient pas *Hjemmet* chez eux. La mère achetait *Illustrert.* Il feuilleta lentement son cahier pop dans un sens puis dans l'autre. Elle avait de la peine pour lui, avec son acné, et elle pensait au jour où elle aussi en aurait. Elle arriva à la page où se trouvaient les habits pour poupées en papier. Aujourd'hui, c'étaient des peignoirs et une serviette, il y avait même un petit canard pour le bain. La semaine prochaine, ce serait des vêtements de montagne pour toute la famille, annonçaient-ils.

Elle se faufila vite dans la cuisine où elle entendait Mme Rudolf laver des tasses. Elle avait comme d'habitude une cigarette à la bouche et une tasse de café sur le plan de travail à côté. La tasse avait des bulles de savon sur son anse et il y en avait aussi en dessous.

— Madame Rudolf ?

— Mmm ?

— Est-ce que je peux découper les habits de poupée ?

Mme Rudolf prit sa cigarette avec des doigts mouillés en faisant attention de ne toucher que le filtre.

— Qu'est-ce qu'il y a au dos des pages ?

Susy posa la revue sur la machine à laver et feuilleta jusqu'à tomber dessus.

— Il y a une voiture blanche sur une plage où des gens se baignent, et la publicité avec Barske Knut et la boisson fortifiante magique.

— Alors pas de problème, répondit Mme Rudolf en remettant sa cigarette entre ses lèvres et ses mains dans l'eau.

Elle retourna dans la chambre de Rickard et ferma la porte derrière elle avant de s'asseoir de nouveau sur le lit. Il ne supportait pas que cette porte reste ouverte. Comme il supportait à grand-peine de voir ses parents. C'était tout de même bizarre. Elle allait feuilleter une à une toutes les pages de la revue avant de découper ce qui l'intéressait. C'était ça qui lui plaisait le plus. Elle lut entièrement toute la publicité pour le déodorant Yaxa, elle la trouvait si bien, il y avait la même dans *Illustrert* :

Avoir quatorze ans, c'est ne pas encore avoir été embrassé (ou presque pas), c'est danser le jerk, manger des hot-dogs et des frites, et boire du Coca-Cola. C'est lire Pop Weekly *et non pas son livre de maths. C'est ne pas avoir le droit (de maman) de porter des robes moulantes, (de papa) de mettre du rouge à lèvres rose, (de la grande sœur) d'avoir des mi-bas avec un motif couleur pastel, (de l'école) de porter du vernis. Avoir quatorze ans, c'est affirmer parfois qu'on a quinze ans (puisque ce sera vrai… dans peu de temps). De tous les pronoms personnels, on n'en retient qu'un seul : IL. IL s'appelle Petter (par exemple) et sait plaquer trois accords sur sa guitare électrique. Quand il chante* I Should Have Known Better, *on pourrait s'étrangler de bonheur. On a découvert qu'on avait un cœur (et des hanches). On est jeune… Une des rares choses qu'on a (heureusement) le droit de faire, même à quatorze ans, c'est utiliser Yaxa*[3].

Rickard disait que *Pop Weekly*, c'était un truc de filles.

— Tu en as de la chance d'avoir quatorze ans, dit-elle.

— C'est nul. Ça me met en rogne d'avoir quatorze ans.

— Moi, ça ne me mettra pas en rogne. Je serai contente. Car ça voudra dire qu'Oliver aura aussi deux ans de plus et qu'il aura peut-être appris à lire l'heure. Ou qu'il daignera la regarder.

— Mais il sait lire l'heure. Il a dix ans ! Faut plus que tu lui coures après comme tu le fais tous les jours. Comme ça il finira par comprendre.

— C'est maman qui dit qu'il faut que je le fasse. Sinon, il va mourir de faim. Tiens, il y a un article sur une femme qui a empoisonné son mari pour lui prendre tout son argent. « La belle empoisonneuse », c'est titré. Elle porte des vêtements très démodés, t'as lu l'article ?

3. Marque de déodorant vendu dans les années 60 en Norvège.

— Non, c'est encore des trucs de filles, ça. Ah, si j'avais de l'argent, je m'achèterais une guitare électrique.

— T'en auras peut-être pour ta confirmation.

— On n'est que huit. On fera ça à la maison.

— Que huit ?

— La famille d'Allemagne ne viendra pas. Ils disent que ça fait trop loin en voiture quand ils ne peuvent pas prendre leurs vacances dans la foulée. Ce n'est pas le bon moment dans l'année.

Il retourna le disque et posa doucement la tête de lecture dessus. Sa frange lui tombait sur les yeux. Personne ne savait qu'ils étaient amis. Dehors, ils faisaient ceux qui ne se connaissaient pas. L'année prochaine, elle allait à son tour entrer au collège et ils feraient semblant de ne pas se connaître non plus dans la cour de l'école. C'est Rickard qui avait décidé ça.

— C'est bête. Mais peut-être qu'ils enverront quand même de l'argent, dit-elle.

— Jamais de la vie. Ils n'en ont rien à faire de ma confirmation, en Allemagne. Maman leur en veut. Elle aurait voulu qu'ils viennent. Elle trouve que ça ne se fait pas. Après ma confirmation, je commencerai à fumer.

— Ah bon ?

Elle retint sa respiration et expira doucement en le regardant.

— Tu oseras ?

— Si j'oserai ? répéta-t-il.

— Et si quelqu'un s'en aperçoit ?

— Je ne fumerai pas à la maison, ça va de soi. Je fumerai peut-être dans la cave, dit-il.

— Et si quelqu'un te surprend ?

— Tu pourras monter la garde.

— Moi ?

— Oui.

— Je veux bien, dit-elle en lui souriant.

Il ne la regarda pas, reprit son cahier depuis le début et se mit à le feuilleter lentement encore une fois.

— La semaine prochaine, c'est les Rolling Stones, annonça-t-il.

Elle se retint de lui parler des vêtements de montagne pour les poupées en papier, car il l'aurait traitée de gamine.

Elle essuya les derniers couverts et les rangea dans le tiroir, prit une dernière gorgée de café et dut recracher le marc dans l'évier. Elle alluma une autre cigarette, écrivit « sucre » sur la liste des courses sans remettre le crayon dans le petit trou à côté, car elle aurait certainement quelque chose d'autre à noter tout à l'heure. C'était Owe qui lui avait acheté ce pense-bête pour Noël : une grande maison en bois peinte en bleu, posée sur un joli socle également en bois. La maison avait des fleurs en pot aux fenêtres et une brouette pleine de roses devant la porte d'entrée. Un bloc-notes était collé au beau milieu de la maison, avec un crayon attaché à une ficelle fixée à côté. Le socle était percé d'un petit trou pour qu'on puisse y glisser la pointe du crayon, c'était astucieux, elle avait été si heureuse quand elle avait reçu ce cadeau.

Bientôt elle devrait commencer à faire des listes pour la confirmation, mais vu qu'ils seraient en petit comité, cela ne devrait pas lui prendre trop de temps, ce ne serait au fond qu'un repas dominical un peu plus important, et avec de l'alcool. De la bière pour accompagner la nourriture et de la liqueur pour le café. Ça, c'était du ressort de Owe, ils n'en avaient jamais en temps ordinaire à la maison, alors elle ignorait totalement ce qui convenait pour une occasion de ce genre. Elle avait essayé de discuter du menu avec lui, mais il s'en désintéressait au plus haut point.

Alors ce serait un velouté de chou-fleur à la crème, un rôti de porc et sa garniture de petits pois, chou rouge, pommes de terre avec une sauce à part, et un bavarois au citron en dessert. Puis une couronne aux amandes pour le café, servi avec cette liqueur.

Elle avait besoin, pour la compote, de tout le sucre disponible dans cette maison, heureusement qu'il lui en restait assez pour un cageot de pommes, cela ne faisait pas tant que ça, une fois épluchées. Elle souleva le cageot, le posa sur le plan de travail et enleva les parties abîmées de chaque pomme, avant de les découper en morceaux qu'elle mit dans une grande casserole. Quand cette dernière fut pleine, elle estima que le contenu tiendrait dans un bocal en verre de trois quarts de litre. Elle versa un fond d'eau, posa le couvercle et porta à ébullition. C'était toujours bien d'avoir de la compote de pommes en réserve, ça pouvait servir pour le dessert des « paysannes voilées[4] », un dimanche, ou simplement avec de la crème fleurette, un jour de semaine.

4. *Tilslørte bondepiker* est un dessert servi dans un plat à gratin avec des couches alternées de morceaux de pommes compotées, de la chapelure et de la crème fouettée.

Elle jeta les épluchures dans la poubelle et descendit sa lampe à bronzer du cagibi. Elle pourrait en profiter, le temps que les pommes cuisent. Elle laissa la lampe monter en température, plaça le cendrier de manière stratégique sur la table de la cuisine, enfila ses petites lunettes en plastique noir, s'alluma une cigarette et tourna le faisceau dans sa direction. Elle prit soin de tendre aussi ses deux mains en l'air, pour qu'elles puissent bronzer un peu tandis qu'elle fumait. Plusieurs fois, elle avait essayé de convaincre Rickard de prendre un peu de soleil, ce serait bien pour son acné, mais il avait refusé. De toute façon, il refusait en bloc tout ce qu'elle proposait, c'était un miracle qu'il accepte encore de manger la nourriture qu'elle préparait. Elle avait lu dans le courrier des lecteurs que certains jeunes avaient même cessé de manger de la viande, en signe de protestation. Il ne manquait plus que ça ! Ne pas manger de la *viande*, mais qu'est-ce qui leur passait par la tête, à ces jeunes ? N'importe quoi.

Au bout de ce qu'elle considéra être trois minutes, puisqu'elle avait terminé sa cigarette, elle éteignit sa lampe à bronzer. Ses joues étaient en feu. Elle y posa ses paumes un bon moment, leur fraîcheur calma un peu la brûlure. C'était bien d'avoir quelques couleurs avant que le soleil printanier brille pour de bon. Quelque chose tomba par terre au-dessus de sa tête. Ou… quelqu'un. Ce n'aurait pas été étonnant, vu la manière dont M. Berg corrigeait régulièrement les garçons. Mais ce n'étaient pas ses oignons. Cependant, s'il choisissait de les élever à coups de claques, ça voulait dire qu'il avait en son temps subi le même traitement.

Owe aussi avait giflé Rickard quelques fois au cours de toutes ces années, mais uniquement quand il l'avait mérité. En revanche, pas de fessée déculottée, ça elle ne l'aurait jamais permis. Pour sa part, la frêle Mme Berg, si transparente, n'était pas de taille à s'opposer à son mari. C'est tout juste si elle osait ouvrir la bouche. Il faut dire qu'il avait fière allure, son mari. Oui, c'était vraiment un couple mal assorti. Elle n'avait aucune classe, cette femme-là, ses vêtements, sa coiffure, tout respirait l'ennui, jamais un soupçon de rouge à lèvres.

La seule fois où elle avait vu Mme Berg sourire et manifester de la joie, c'était quand le minable trotteur dont ils possédaient une infime partie avait gagné une course à Leangen. La récompense consistait en une petite cuillère. Quel intérêt pour le cheval de remporter une petite cuillère ! Mais Mme Berg avait souri, à croire que c'était elle qui avait franchi la première la ligne d'arrivée.

Elle versa les morceaux de pommes cuites dans le tamis et les pressa pour obtenir la compote, en tenant le tamis au-dessus d'une casserole légèrement plus petite. C'était un travail pénible qui la mit vite en sueur et elle dut ouvrir la fenêtre. Elle entendit les petits bruits de la lampe à bronzer qui refroidissait et la voix de Per Øyvind Heradstveit qui portait jusque dans la cuisine et prononçait encore le mot « Vietnam ».

— Est-ce que tu peux baisser un peu, Owe ? Comme ça, je pourrais mettre la radio pendant que je prépare la compote.

— Je suis bien obligé de monter le son pour couvrir la musique de Rickard !

— Mon Dieu, c'est une maison de fous…
— Qu'est-ce que tu as dit ?
— Rien.

Elle fit bouillir la compote avec du sucre, rinça la casserole où les pommes avaient cuit et la remplit à moitié d'eau qu'elle fit bouillir à nouveau. Les élastiques pour bocaux à confiture lui parurent un peu abîmés, mais elle n'en avait pas d'autres. Elle se dépêcha d'écrire « élastiques pour confiture » sur la liste des courses avant de l'oublier et déposa le premier bocal dans l'eau, avec le couvercle en verre, l'anneau en métal et l'élastique orange. Le sucre une fois dissous, elle versa un peu de cannelle dans la compote, avant de repêcher le bocal, le remplir à ras bord, poser le couvercle en verre avec l'élastique bien serré autour et visser l'anneau métallique. Ensuite elle déposa un autre bocal dans l'eau. Quand on possédait un congélateur, on pouvait se contenter de mettre la compote dans des sacs en plastique et les déposer tels quels dans le congélateur sans avoir à les stériliser. Mais Owe disait qu'ils n'avaient pas de place pour un congélateur dans l'appartement.

Elle savait que Mme Åsen avait un congélateur, c'était une pensée à la limite du supportable. Mme Berg avait pu y déposer un jour un rôti de porc, quand ils attendaient de la visite un dimanche, et que finalement personne n'était venu ; ça avait fait tout un drame, puisque le rôti ne se serait pas gardé jusqu'au dimanche suivant.

Elle aurait préféré jeter de la viande pourrie, dût-il lui avoir coûté *cinquante* couronnes, plutôt que de s'abaisser à demander un service à Mme Åsen. Quel triomphe pour cette bonne femme de lui faire de la place dans son congélateur ! Au fait, où l'avaient-ils placé ? Peut-être dans la chambre d'amis, puisqu'ils ne recevaient jamais de visites.

La sonnette retentit. C'était sans doute Mme Larsen qui voulait que Susy rentre pour qu'elle puisse l'envoyer chercher Oliver. Elle ouvrit et découvrit un homme vêtu d'une gabardine sombre.

— Puis-je, madame, me permettre de vous déranger un instant ? dit l'inconnu.

— Nous n'avons besoin de rien.

— Qui est-ce ? cria Owe.

— Un vendeur qui fait du porte-à-porte ! répondit-elle. Nous n'avons besoin de rien, répéta-t-elle tout bas en commençant à refermer la porte.

— Qu'est-ce qu'il vend ? cria Owe.

— Grands dieux, marmonna-t-elle en regardant l'homme à la gabardine. Qu'est-ce que vous vendez ?

— Le *Dictionnaire de la conversation* aux éditions Aschehoug, à un prix très intéressant. C'est la dernière édition en dix-huit volumes publiée en 1961. Et si le prix est si bas, c'est parce qu'il y aura probablement une nouvelle édition dans trois ou quatre ans. J'ai aussi l'histoire de Winston Churchill en quatre volumes. C'est très actuel et je peux aussi vous faire un bon prix.

— Un vieux dictionnaire et quelque chose sur Churchill ! cria-t-elle à l'adresse de son mari.

Owe rappliqua aussitôt.

— Churchill ? dit-il.

L'homme dirigea à présent toute son attention sur Owe.

— Votre femme n'a peut-être pas tout à fait bien compris, il ne s'agit pas d'un livre *sur* Churchill, mais *de* Churchill.

— Mais entrez donc, dit Owe.

Elle frappa à la porte de Rickard, mais ouvrit avant qu'il ait pu répondre.

— Est-ce que vous voulez un peu de chocolat chaud avec des tartines ?

— Ce n'était pas maman ? demanda Susy.

— Non, un vulgaire vendeur de livres.

— Alors peut-être qu'Oliver est rentré tout seul, dit l'adolescente.

— On veut bien, répondit Rickard sans lever le nez de son cahier pop.

Sa pipe froide à la main, Owe examinait avec attention les brochures que l'homme avait étalées sur la table de la cuisine, à côté de la lampe à bronzer. Elle devina à son profil qu'il allait acheter ces fichus livres sur Churchill, ses sourcils étaient relevés, ses yeux écarquillés brillaient, et eux qui allaient bientôt fêter la confirmation de Rickard... Il avait besoin d'un costume pour la cérémonie et de vêtements pour après, et il lui fallait aussi un cadeau, elle savait qu'il souhaitait de l'argent, il voulait économiser pour s'acheter une guitare, elle l'avait entendu le dire un jour à un camarade dans l'escalier.

— Owe...

— Ceci me paraît très bien, Karin. Cet homme est mort il n'y a pas longtemps, ce sera extrêmement intéressant de lire son œuvre en quatre volumes.

— Ils l'ont certainement à la bibliothèque.

— Excusez-moi de vous contredire, madame, mais c'est tout à faire différent de posséder soi-même une telle œuvre. C'est paru en 1960, et comme il est décédé en janvier, ce texte est le plus actuel et le plus demandé qu'il ait...

— Nous n'avons presque plus de place sur les étagères, protesta-t-elle.

— On trouve toujours de la place pour de bons livres, rétorqua Owe.

Le vendeur hocha la tête avec un sourire et se tourna de nouveau vers le maître de maison. Oh, comme elle aurait aimé leur asséner un coup sur la tête, à ces deux-là, une casserole brûlante avec quelque chose à l'intérieur. Ou l'eau sale qu'elle avait jetée dans la cuvette des toilettes plus tôt dans la soirée.

Elle alluma une cigarette, mélangea un peu de cacao en poudre, du sucre, de l'eau et un fond de café dans une casserole, et versa par-dessus un litre de lait une fois qu'il eut bouilli. Puis elle coupa six tranches de pain complet, étala de la margarine et posa sur deux d'entre elles une tranche de fromage, sur deux autres des rondelles de bonne saucisse sèche et sur les deux dernières du fromage à tartiner. Elle coupa ensuite chaque tranche en deux et posa le tout sur une grande assiette. Quand le chocolat fut chaud, elle le versa dans un pot qu'elle avait d'abord réchauffé avec de l'eau chaude du robinet. Tenant le pot dans une main et l'assiette dans l'autre, elle alla vers la porte de Rickard, donna un léger coup de pied dedans et annonça :

— C'est moi !

Susy ouvrit.

— Pourvu que maman n'arrive pas tout de suite pour que j'aie le temps de manger… Si Oliver n'est pas rentré à la maison.

— Est-ce que tu as découpé les vêtements de poupée ?

— Non, pas encore. J'ai lu d'autres choses dans la revue. L'histoire de la femme qui a mis du poison dans la nourriture de son mari pour avoir tout l'argent, parce qu'il était si méchant.

— Oui, je l'ai lue aussi. Elles faisaient comme ça, dans le temps, les femmes. Elles étaient plus malignes qu'on croit. Bon, je vais vous chercher des assiettes et des tasses. Tu n'as qu'à déchirer la page avec les vêtements de poupée et les découper tranquillement chez toi plus tard.

— Est-ce que je peux aussi avoir la page avec celle qui a empoisonné son mari ?

— Bien sûr, tu n'as qu'à la prendre. Le nouveau numéro sort demain. Je veux juste garder les recettes de cuisine et les explications de tricot.

— Tu as vu la jolie gabardine qu'avait le vendeur ?

— Parce que tu crois que j'ai fait attention à ça ?

— Rickard aura bientôt besoin de nouveaux vêtements, dit-elle.

— Pourquoi ? s'étonna-t-il.

— *Pourquoi ?* Je n'en crois pas mes oreilles. Il va *faire sa confirmation*, Owe.

— Ça ira.

— Tu crois ça ? Ravie de l'apprendre. Tu as signé ?

— Oui. Il est parti avec le coupon, alors le marché est conclu. Je ne crois pas que tu comprennes que ces livres sont…

— C'est ça, je ne comprends rien. Et *toi*, tu comprends tout.

— Il a eu *le prix Nobel*, c'est un écrivain et un historien éminent qui…

— Il était peut-être tout ça, mais il est mort. Tu veux un peu plus de café ?

— Hein ?

— Ça ne sert à rien de discuter avec toi, alors je te demandais simplement si tu voulais encore du café.

— Je te rappelle que c'est moi qui gagne l'argent du ménage.

— Comme si je ne le savais pas. À propos, ils ont besoin d'une femme de ménage à la poste, ils viennent d'afficher une petite annonce.

— À la poste ? Et puis quoi encore ?

Il tenait sa pipe froide à la main avec l'air de vouloir la casser en deux. Ses mèches en sueur lui tombaient sur le front, il n'avait jamais été bel homme, mais voilà donc l'imbécile avec qui elle était mariée, cet homme qui l'inondait de fruits et de légumes à moitié pourris et qui préférait ce gros bonhomme au cigare, Churchill, un mort qui plus est, à son propre fils. Elle alluma une cigarette et jeta la boîte d'allumettes sur la table de la cuisine. Les brochures étaient toujours là. Le coupon qu'il avait rempli et signé trônait par-dessus, ce papier qui valait tant d'argent.

— Tu n'as pas envie d'avoir aussi une encyclopédie en huit volumes, tant que t'y es ? lança-t-elle.

— Il y en a beaucoup qui en ont une. C'est très bien pour les jeunes quand ils doivent préparer un exposé ou si on veut se renseigner sur un sujet.

— Figure-toi que je sais quand même ce qu'est une encyclopédie.

Il écouta les bruits venant de la chambre de Rickard. Il ne tenait pas à laisser sa femme avoir le dernier mot et ainsi perdre la face.

— Eh bien, postule pour laver à la poste, si ça te chante, dit-il en se levant et en retournant s'asseoir dans son fauteuil.

Ça sentait les pommes, la cannelle et le chocolat dans tout l'appartement. Il aimait les odeurs, il vivait avec les odeurs, mais parfois trop c'était trop.

— La confirmation nous coûtera, rien qu'en vêtements, dans les quatre cents couronnes, annonça-t-elle.

— Alors je trouve que tu devrais faire ce travail de femme de ménage.

— En plus de faire le ménage à la poste, je serai censée m'occuper de la maison ici, et tout ça pour que tu puisses avoir quatre livres sur des sujets que tu connais par cœur ?

Il bourra soigneusement sa pipe avec le petit doigt de la main droite avant de lever les yeux. Elle avait le visage rouge, mais cela pouvait être dû à la lampe à bronzer qu'elle venait d'utiliser. Sa peau n'était jamais hâlée, mais rouge et brillante, à cause de la crème Nivea dont elle s'enduisait avant d'aller au lit. Il en avait assez de voir cette face luisante à côté de lui dans le lit, avec une bouche au milieu qui n'arrêtait pas de rouspéter pour qu'il éteigne la lampe de chevet. Alors que c'était *lui* qui devait aller au travail le lendemain. Elle pouvait se rendormir si elle voulait, ou piquer un petit roupillon après le petit déjeuner quand lui et Rickard étaient partis, ce dont elle ne se privait certainement pas. Ça ne lui ferait pas de mal d'être femme de ménage à la poste, tiens.

— Oui, pourquoi pas ? dit-il.

— Il n'y a aucune femme dans notre escalier qui travaille à l'extérieur. Tu voudrais que je me ridiculise aux yeux de tout le monde ?

— Tu n'auras qu'à dire que tu fais le ménage pour avoir de l'argent à toi, les gens comprendront.

— Ils se moqueront de toi.

— Mais quatre cents couronnes pour des vêtements ? Est-ce qu'on a soudain un prince à la maison ?

— Il lui faut un costume, une chemise, une cravate et des chaussures. Et des vêtements pour après. Ça peut vite s'élever à cinq cents couronnes. Il voudrait bien avoir un trench, par exemple.

— Un *trench* ? Ce petit faiblard boutonneux ?

— Ne parle pas comme ça de ton fils !

— Un trench ? et puis encore quoi encore ? Il est tombé sur la tête ?

— Comme tous les autres jeunes de son âge, il faut croire. Bon, le travail est à faire chaque après-midi de cinq à sept. Ce qui signifie que vous devrez manger seuls. Je pourrai préparer le repas à l'avance et le laisser dans le chauffe-plat, mais tu devras faire la vaisselle après. Il n'est pas question que je rentre et que j'aie ça à faire après avoir déjà lavé là-bas. C'est quinze couronnes de l'heure, six jours par semaine, soit cent quatre-vingts couronnes par semaine.

Il tira sur sa pipe, prit le dernier carré de chocolat sur l'assiette et le fourra dans sa bouche, avant d'expirer la fumée entre ses lèvres et par les narines.

Ça risquait d'être compliqué. S'il devait se mettre aussi à faire la vaisselle après une longue journée de travail passée à porter des caisses et à rester coincé dans des embouteillages !

— Tu as bien étudié les conditions de travail, à ce que je vois.

— Il y avait la queue au guichet et il se trouve que j'étais juste à côté de l'affiche.

— Alors il faudra que tu travailles plusieurs semaines pour habiller cette grande tige.

— Nous avons un seul fils et il va faire sa confirmation. Tu ne t'intéresses pas même au menu et la famille sans-gêne de ton père ne se donne pas la peine de...

— Laisse-les en dehors de tout ça, d'accord ? Et le menu, c'est ton affaire, non ? Tu voudrais peut-être que je joue au cuisinier maintenant ?

— Alors qu'est-ce qu'on décide ? Je le prends ce travail ou pas ?

— Non. Elle n'a qu'à le prendre, Madame Foss, au troisième. J'aimerais bien savoir à quoi une femme quasiment seule à longueur de journée et sans enfant occupe son temps.

— Elle lave son intérieur. Nue.

— Quoi ??

— Tout le monde le sait.

Des images fortes et colorées tournoyèrent dans sa tête et, malgré lui, il se mit à rire. Karin l'imita.

— Si tu te mettais toi aussi à faire le ménage toute nue, je te donnerais bien quinze couronnes de l'heure, moi !

— Espèce de cochon, va.

Mais il vit qu'elle se redressa et rentra le ventre.

— Je croyais que tu aimais bien recevoir des compliments.

— De vrais compliments, oui.

On sonna à la porte.

— Ça doit être Madame Larsen, dit-elle. Pauvre gamine. Il va falloir qu'elle coure partout pour ramener son petit frère.

— Viens par ici. Donne-moi d'abord un baiser. Tu as les joues si rouges, ça te va bien, tu sais. Ça, c'est un compliment, non ?

— Je ne sais pas exactement. Il faut aussi que j'aie une nouvelle robe pour la confirmation.

Elle s'approcha de lui et se plaça entre ses genoux. Sans se lever, il passa ses bras autour de sa taille, veillant à ce que la pipe ne touche pas son dos, car le foyer était chaud. Son tablier sentait bon le lait.

— Pas de problème, chuchota-t-il.

— Il faut que j'aille ouvrir, Owe, dit-elle quand la sonnette carillonna une deuxième fois.

Il prit la dernière demi-tartine avec le jambon. Une croûte s'était formée sur le chocolat chaud dans le pot.

Il la retira avec son index et la déposa dans la tasse vide de Susy. Il mâcha lentement en écoutant la musique qui sortait de son petit haut-parleur et en tournant les pages qu'il avait collées au fil des semaines. Il entendit sa mère allumer la radio dans la cuisine et crier quelque chose à son père. La chanson qui passait s'appelait *King of the Road*, et au fond elle n'était pas si mal que ça, mais comme sa mère aimait cet air, lui, par principe, le détestait. En juin sortirait le nouveau 33 tours des Beatles. Il se demandait quel en serait le titre. Le précédent s'intitulait *Rubber Soul.* Il regarda longuement une photo de Ringo et George ensemble avec Alma Cogan sur un canapé rayé, un rideau tiré de travers derrière eux. Ils avaient l'air de gens ordinaires, Alma un peu enfoncée dans le canapé, penchée contre George ; Ringo qui regardait en l'air, la bouche surprise au milieu d'une phrase, tandis que George et Alma souriaient à l'objectif. Cette fille pouvait être assise avec eux, comme si c'était tout ce qu'il y avait de plus normal, elle les connaissait, les fréquentait, elle était leur amie, c'était incompréhensible, il n'était pas né dans le bon pays mais dans un pays de merde, une ville de merde, avec des parents de merde qui ne comprenaient rien à rien. Ce n'était qu'une question de temps avant que sa mère ne découvre qu'il repliait chaque jour le bord de ses bottes en caoutchouc sur le chemin de l'école pour ne le remettre droit qu'en rentrant chez lui. Elle lui avait fait une remarque sur le fait qu'il enfilait ses bottes même quand il n'avait pas plu, et que ses chaussettes sentaient mauvais car ses orteils ne respiraient pas là-dedans. Comment lui expliquer que tous les garçons de l'école portaient des bottes au bord rabattu ? Il y aurait bientôt un trou dans le caoutchouc à l'endroit de la pliure et là il serait démasqué. Zut et zut ! Ça ferait des histoires à n'en plus finir, est-ce qu'il savait ce que ça coûtait, des bottes en caoutchouc, et lui qui devait faire bientôt sa confirmation, etc. Ah, sa confirmation, parlons-en. Jamais il ne recevrait assez d'argent pour s'acheter une guitare électrique. Et les vêtements qu'elle voulait tellement lui acheter, il ne se voyait pas les porter par la suite, à part le trench, s'il en recevait un.

Il sentit monter la colère, elle avait un goût particulier qui se mélangea dans sa bouche à celui de la saucisse sèche et du cacao, cela faisait une soupe qui bouillait dans son ventre et il ignorait quel usage en faire. Se concentrer. L'important était de rester concentré, de ne rien laisser paraître au-dehors, de ne pas leur faire comprendre qu'il n'était pas celui qu'ils croyaient, qu'il n'avait rien à faire ici, qu'il n'aurait jamais dû se trouver là. Tous ces adultes ici dans la cage d'escalier menaient leur petite vie et trouvaient que la vie était belle. Il jeta un coup d'œil par la fenêtre, c'était le printemps. Avec ses couleurs sales et laides. Il pressa doucement son plus gros bouton sur l'aile de son nez, mais non, il n'était pas tout à fait mûr.

Il se leva et alla vers sa pile de disques. Il n'en avait pas encore beaucoup. Mais un jour il en aurait tellement qu'il serait obligé de les mettre droit pour les ranger, comme des livres. Il sortit son premier 45 tours, celui qu'il avait eu en même temps que le tourne-disque, *She's Not There* des Zombies. Chaque fois qu'il écoutait ce morceau en fermant les yeux, il se rappelait la joie intense qu'il avait ressentie ce jour-là. Il baissa le son de quatre-vingt-dix à quarante-cinq, plaça le disque sur la platine, tira le bras vers la droite pour l'entraîner et posa le saphir le plus loin possible sur le bord du vinyle.

Puis il resta immobile et attendit le moment où le chanteur reprenait sa respiration, ce souffle si clairement audible au milieu de la chanson. Dire qu'ils avaient réussi à enregistrer même ça ! Oui, il n'y avait pas de tricherie, on y était vraiment.

Il lui arrivait de tomber sur des pépites

Les autres femmes de l'immeuble voyaient partir leurs maris tôt dans la matinée.

Petter, lui, pouvait traîner jusqu'à dix ou onze heures.

Difficile dans ces conditions de se recoucher après le petit déjeuner, une fois que Susy et Oliver étaient partis à l'école, non, c'était vraiment pas de chance. Elle écoutait le cliquetis de la machine à écrire de Petter, dans le salon. Bien sûr, elle aurait pu mentir, prétexter que des dames avaient déjà rendez-vous, ce qui l'aurait fait fuir illico de cette maison qui prenait pour lui des allures de poulailler. Mais aujourd'hui, sa première cliente ne venait pas avant midi et demi, c'était Mme Vaage, de l'immeuble plus bas, qui voulait une coupe courte et une permanente, puis viendrait Mme Bering de l'escalier C qui aurait droit à une coupe et un brushing, le temps que la permanente de Mme Vaage prenne. Mais elle *aurait pu* mentir et dire que la première cliente allait arriver d'une minute à l'autre.

Il fallait aussi qu'elle aille faire des courses, il ne restait presque plus de café. Mais, par chance, ses clientes avaient pris l'habitude d'apporter de quoi grignoter avec le café. Et ça virait presque à l'affaire d'État ! C'était à qui apporterait le meilleur en-cas, chacune sachant pertinemment ce que les autres avaient offert les semaines précédentes. Les hommes, eux, arrivaient bien sûr les mains vides. Ils pouvaient même demander une coupe tard dans la soirée, après le journal télévisé. Mais l'argent, ça ne se refuse pas.

Elle alluma une cigarette, entrouvrit la fenêtre, resserra la ceinture de sa robe de chambre et se passa une main dans les cheveux. Elle aussi aurait eu besoin d'une coupe, mais elle ne pouvait pas s'en charger elle-même, il fallait qu'elle prenne rendez-vous chez Mme Berge, qui avait transformé une dépendance de sa propre maison en salon professionnel. Elle aimait y aller, cela lui permettait de se tenir au courant des nouveautés en matière de produits capillaires et, l'espace d'un instant, d'avoir l'illusion d'être, elle aussi, coiffeuse professionnelle. Laquelle activité n'avait rien à voir avec couper les cheveux au beau milieu d'une cuisine familiale. Mais elle économisait ainsi le prix de la location d'un salon, déjà que le bureau de Petter dans le centre n'était pas donné, même si ce n'était que dix mètres carrés au quatrième étage sans ascenseur.

Elle poussa un long et profond soupir.

— Il y a quelque chose qui ne va pas ? lui demanda-t-il.

— Non. Je suis un peu fatiguée, c'est tout.

— Tu n'as qu'à te recoucher.

— *Are you mad*[5] *?* Pas question ! J'ai plein de choses à faire.

Ses yeux tombèrent sur la table du petit déjeuner laissée telle quelle ; elle prit la bouteille de Sana-Soleil, un complément alimentaire à la vitamine C, et en but une gorgée directement au goulot.

— Ne bois pas à la bouteille, ça peut fermenter à l'intérieur et t'exploser à la figure.

Rien ne lui échappait, à cet homme-là. Raison de plus pour avoir l'air satisfaite de sa vie, car il pouvait envisager la vie quotidienne de manière tout à fait différente, elle le savait très bien.

— Je ne le ferai plus. *I promise.*

Son rêve le plus cher aurait été de rester en permanence à la maison et de s'occuper de tout dans la journée. Elle savait qu'il en était capable. Il voulait qu'elle ait un emploi stable comme coiffeuse dans un salon et qu'elle travaille du matin au soir, comme ça lui pourrait renoncer à son bureau et faire ses traductions ici, à la maison, tout en accueillant les enfants à la sortie de l'école, faisant la lessive, préparant le dîner, etc., etc. Il ne loupait pas une occasion pour évoquer cette solution qui leur donnerait plus d'argent et allégerait son quotidien sur le plan pratique. Il savait cuisiner, il savait utiliser la machine à laver et se moquait éperdument de ce que les autres pouvaient penser. Au moindre signe d'insatisfaction de sa part, il revenait à la charge avec ses plans et ses calculs.

5. En anglais dans le texte. (Es-tu folle ?)

Si seulement une de ses clientes pouvait téléphoner pour dire qu'elle souhaitait venir plus tôt. À dix heures par exemple, ça serait parfait. Elle aurait le temps de préparer un peu de thé Typhoo, les dames trouvaient toujours que cela avait quelque chose d'exotique quand elle leur proposait *a cuppa tea, dear ?* Le téléphone coûtait cher, au fond ils n'en avaient pas vraiment besoin, seuls eux et les Foss au troisième avaient le téléphone. Ou peut-être les Moe au second ? Elle l'ignorait, c'étaient des gens qui restaient dans leur coin, avec leur nouveau-né qu'elle n'avait jusqu'ici toujours pas entendu pleurer, même la nuit, alors qu'il n'avait que deux mois, voire moins, elle ne se rappelait plus.

Mais Petter avait besoin du téléphone pour discuter avec son agent littéraire à Oslo, celle qui lui envoyait des livres qu'il devait traduire. Elle aurait dû être contente d'avoir le téléphone installé ici à la maison et non dans son petit bureau en ville, de sorte qu'elle pouvait, de temps à autre, passer un coup de fil à l'étranger, à sa mère. C'étaient des conversations éclairs, vu le prix que coûtait chaque minute, réservées presque uniquement pour Noël et les anniversaires, mais elle en avait *la possibilité*, en cas d'urgence. Cette certitude la réconfortait. Le fait d'avoir le téléphone à la maison lui donnait l'impression d'être reliée directement à son pays, l'Angleterre. Bien sûr, ça coûtait de l'avoir, même s'il restait le plus souvent silencieux. Et l'argent disparaissait aussitôt qu'on l'avait gagné.

Mais la pensée de se lever aux aurores pour se préparer et être impeccable pour *aller travailler* et se retrouver coincée dans un salon de coiffure toute la journée, les mains fourrées dans les cheveux des autres, lui était insupportable. Tout l'intérêt de se marier et d'avoir des enfants, c'était précisément d'*échapper à ça*, de pouvoir choisir la vie qu'on voulait mener, de dire non, le vendredi je ne prends aucun client, revenez plutôt mardi, et avoir tout le vendredi pour traîner à sa guise, se mettre à jour avec les lessives, le rangement, les revues, et rattraper des heures de sommeil. Travailler toute la journée était une chose qu'elle avait réussi à faire quand elle avait vingt ans et n'avait pas encore fondé de foyer. À cette époque, elle pouvait passer toute une journée perchée sur des talons sans avoir mal aux jambes, aux bras ou au dos.

Elle prit la revue *Illustrert* et alluma une cigarette. Le nouveau numéro paraissait aujourd'hui, se rappela-t-elle soudain, il fallait absolument qu'elle aille l'acheter ! Tant pis pour le thé anglais. Elle prit la bouilloire et se versa une tasse de café tiède, en lisant le reportage sur le roi Constantin et Anna-Maria en Grèce. Quelle femme ravissante ! Lui non plus n'était pas mal. Une actrice grecque avait eu un gros chagrin d'amour, parce qu'elle n'avait pas pu avoir cet homme. Comment elle s'appelait déjà ? Elle avait beau être la fille d'un avocat bien sous tous rapports, elle n'avait pas été jugée digne de la famille royale. Ah si, elle s'appelait Aliki ! Elle était partie à Hollywood maintenant et faisait celle qui avait tourné la page. C'est pourquoi on la décrivait comme forte. Ne pas montrer son chagrin devant la presse, c'était prouver sa force de caractère. Voilà qui était instructif.

Et Anna-Maria qui se montrait *officiellement* enceinte ! Si ça ce n'était pas du courage. Être de la famille royale et, malgré cela, afficher son ventre rond lors de sorties officielles. Sur cette photo, elle se tenait au pied d'une passerelle d'avion, sur un tapis gris, qui devait certainement être rouge dans la réalité, main dans la main avec son Constantin, dans une belle robe en soie brute sombre, qui dissimulait à peine qu'elle était enceinte jusqu'aux oreilles. Elle avait lu ce reportage déjà deux fois, c'était la troisième. Pour se marier, elle avait dû passer de Anne-Marie à Anna-Maria. Ce ne devait pas être amusant de changer de prénom. Le nom, d'accord, mais pas le prénom. Les Grecs l'adoraient, disait l'article. Elle était adulée de tout un peuple. Elle aurait bien aimé savoir l'effet que ça faisait… On n'évoquait pas la question de la langue, comment elle, une Danoise, avait appris le grec, ou peut-être ne l'avait-elle pas encore appris et ne se parlaient-ils guère ?

— Tu ne débarrasses pas la table ? Mmm, tu sens bon, Barb.

Debout derrière elle, il avait passé les bras autour de son corps et avait réussi à glisser une main sous la robe de chambre, pour toucher un sein.

— Petter, *stop it !* Je ne sens pas bon. Je ne me suis pas douchée.

— Et si on se recouchait tous les deux ?

— Tu n'y penses pas ! J'ai tellement de choses à faire !

— Oui, je vois ça. Anna-Maria et Constantin ? Le couple amoureux ?

— C'est ce que j'appelle bien commencer la journée. Dans une demi-heure, je serai un *whirlwind*[6] ! Mets tes pantoufles.

6. En anglais dans le texte. (Tourbillon).

Ses chaussettes étaient pleines de cheveux. Le balai était posé dans un coin, le bord bleu en plastique retenant un mélange de cheveux aux reflets différents. On ne pouvait pas marcher en chaussettes dans cette maison.

— À propos… commença-t-il.

Elle ferma son magazine et se releva si vite que la cendre de sa cigarette tomba sur la table. Oh non, pas maintenant. Faudrait-il qu'elle retombe enceinte pour avoir un peu la paix ? C'est Susy qui serait contente, elle qui n'arrêtait pas de jouer avec ses poupées.

Elle rassembla les assiettes et les verres de lait laissés par les enfants et les porta dans l'évier ; elle remit le couvercle sur la boîte de miel, enveloppa le fromage dans un papier sulfurisé, vissa le bouchon sur le tube de laitance de poisson, et pressa le couvercle en plastique sur le fromage à tartiner. Elle sentait qu'il suivait le moindre de ses gestes. Quand elle se pencha devant le petit réfrigérateur, il vint derrière elle. Dire qu'il n'avait jamais réussi à trouver quelque chose pour rehausser ce réfrigérateur, alors qu'il passait du temps dans l'atelier en bas !

— Ma délicieuse Barbara, dit-il. Toujours gai comme un pinson le matin, et fraîche comme la rosée.

— Petter, j'ai beaucoup à faire.

— Moi aussi.

— Tu en es où ? dit-elle en se redressant.

— Page quatre-vingt-quatorze.

— Tu as bien avancé, dis donc.

— Elle n'est pas très difficile à traduire, cette chère Agatha. Beaucoup de répétitions. Elle met très rapidement en place un univers, alors au début c'est un peu laborieux, mais après… et à propos de rapidité…

Elle se tourna vers lui, expira vers le bas pour qu'il ne reçoive pas sa mauvaise haleine en pleine figure parce qu'elle ne s'était pas encore brossé les dents, elle n'avait pas mangé non plus, se contentant d'un café et d'une cigarette, et d'une gorgée de jus de fruits à la vitamine C. Elle fit non de la tête. Il inspira et détourna les yeux.

— À propos, reprit-il comme s'il s'adressait à la pelouse sous ses fenêtres.

— Oui ?

— N'oublie pas les rognons. Ils n'ont pas l'air d'aimer rester dans cette bassine. Et ils sentent.

— Bien sûr qu'ils sentent. Je vais changer l'eau avant de prendre ma douche.

— T'as l'intention de les cuisiner aujourd'hui ?

— Oui, j'aurai terminé avec Madame Vaage à trois heures et demie, alors le *steak and kidney pie* sera prêt à cinq heures.

— Tu n'y arriveras jamais.

— Mais si.

— Est-ce que tu as déjà préparé l'abaisse de pâte ?

— Non.

— Alors prépare la garniture aujourd'hui et on fera la tourte demain. Prévois plutôt autre chose pour le dîner.

— Pourquoi ça ?

— Parce que tu n'auras jamais le temps de tout préparer. On ne peut pas dire que tu brilles par ton sens de l'organisation, tu le sais aussi bien que moi, dit-il en desserrant son étreinte.

Il prit le chiffon de cuisine, ouvrit le robinet, lava soigneusement le chiffon, mit un peu de produit vaisselle dessus avant de le frotter et de l'essorer à en faire blanchir ses articulations. Puis il essuya la table de la cuisine, soulevant même le cendrier pour laver en dessous.

— Et parce que j'ai faim quand je rentre et que j'ai envie de manger à ce moment-là, poursuivit-il.

— Je comprends.

Elle alluma une autre cigarette et se planta devant la fenêtre en lui tournant le dos. Pourquoi il ne partait pas ? Il était le dernier homme de cet escalier à être encore à la maison. Il y avait de quoi avoir honte d'être mariée à un type comme lui. Elle se retourna soudain.

— Pose le chiffon, je m'occupe de la cuisine, dit-elle. La page quatre-vingt-quinze t'attend.

— Tu es fâchée ?

— Non, mais tu me déranges. J'aime bien avoir ma routine.

— Eh bien ! On dirait qu'on dérange la reine en personne. Autre chose… si tu continues à utiliser l'autre bac comme poubelle, il va finir par se boucher.

— Je le nettoie avant l'arrivée des clientes. C'est là que je leur lave les cheveux, *remember* !

Elle écrasa son mégot et alla dans la salle de bains. Elle jeta par la bonde de la douche l'eau salée où avaient baigné les rognons de veau et remit de l'eau claire. Bien sûr que ça sentait quand on faisait tremper des rognons. Comme s'il ne savait pas ce qu'étaient des rognons ! Ah, ces Norvégiens avec leur aversion pour les abats. La première fois qu'elle avait commandé un cœur de bœuf chez le boucher du centre-ville, il l'avait regardée comme si elle était folle. Il n'avait visiblement jamais goûté de cœur de bœuf farci avec toutes sortes de bonnes choses. En contrepartie, l'avantage était qu'elle pouvait acheter des abats pour trois fois rien, et qu'elle économisait de cette façon pas mal d'argent.

Enfin, elle entendit la porte se refermer. Elle laissa l'eau couler sur ses cheveux et son dos, glisser le long de ses fesses et descendre sur l'arrière de ses jambes, c'était si bon de se savonner tout le corps, de se rincer et de se savonner encore une fois, puis de rester longtemps et utiliser beaucoup trop d'eau chaude, mais ses clientes qui ne faisaient pas une permanente se lavaient les cheveux chez elles et arrivaient avec une serviette mouillée autour de la tête. Son petit ballon d'eau chaude n'aurait pas suffi pour laver les cheveux de tout le monde, alors elle trempait seulement le peigne dans un verre d'eau pour humidifier les cheveux avant de poser les bigoudis, si les femmes désiraient juste une mise en plis. De toute façon, aujourd'hui, elle n'avait qu'une permanente.

Elle ne s'habillerait pas tout de suite. Elle se sécha, remit sa robe de chambre et se frotta les cheveux avec une serviette. Elle adorait traîner comme ça, seule, à la maison. Elle appréhendait les samedis et se réjouissait de voir revenir le lundi. Il était à présent question que les enfants n'aient pas cours le samedi. Pour compenser, ils auraient des devoirs à faire pour le lundi, mais ça n'avait aucun intérêt pour *elle*. Ça voulait dire qu'elle les aurait sur le dos du vendredi après-midi au lundi matin. C'était uniquement pour que les professeurs aient plus de congé et puissent poser leurs pieds sur la table pendant que les élèves apprendraient leurs leçons le week-end et que les parents feraient tout le travail à leur place.

Le programme de variétés à la radio qui commençait à neuf heures était presque terminé. Elle devait être la seule dans l'escalier à ne pas pouvoir écouter cette émission depuis le début en toute tranquillité, sans avoir un mari dans les pattes. L'animateur Kjell Thue annonça fièrement que c'était un programme où les Beatles n'avaient pas droit de cité, avant de passer la chanson *Där björkarna susa*[7].

Elle alluma une cigarette et reprit son magazine. Elle avait au fond le temps de préparer la pâte pour sa *pie* avant que ses clientes de la journée arrivent et elle avait tout ce qu'il fallait pour la garniture : des bas morceaux de bœuf, des oignons et des pommes de terre, ainsi que du thym et de la sauce Worcestershire que sa mère lui faisait régulièrement parvenir de Bristol. Sa mère était formidable pour lui envoyer tous les produits dont elle avait besoin et qu'elle ne pouvait pas trouver en Norvège. Comme différentes colorations dans les bruns. Ici, les femmes se décoloraient les cheveux jusqu'à un blond parfois très clair, et pour les teindre, elles n'avaient pas trop le choix, elles se faisaient un rinçage coloré qui ne tenait que quelques jours.

Sa mère lui envoyait aussi le *Family Circle Magazine* après l'avoir lu, ainsi que de la sauge dont elle se servait pour la viande de veau et les farces de volaille, et d'autres épices encore. Ils ne mettaient presque pas d'épices dans leurs plats, ici.

Cela dit, elle était sincèrement étonnée de constater que les femmes réussissaient à donner malgré tout un

7. En suédois : « Où bruissent les bouleaux ».

bon goût à la nourriture rien qu'avec du sel et du poivre, du persil, de la ciboulette, un peu d'aneth, de poireau et une sorte de cresson. Et du beurre, ça elles n'avaient pas peur d'utiliser de la margarine et du beurre. Elle-même avait toujours de grandes quantités de beurre et de margarine en réserve, et de la farine aussi, puisque n'importe quel reste d'un repas insipide jusqu'à un vieux fruit pouvait être camouflé dans une délicieuse petite tourte. Mme Rudolf venait toujours avec des fruits ou des légumes qu'elle ne voulait pas jeter. Petter n'avait aucune idée de tout ce que sa voisine lui donnait, elle préférait se vanter de bien gérer le budget nourriture, le laissant croire que c'était dû aux revenus de son activité de coiffeuse.

Elle adorait lire les recettes de cuisine. À vrai dire, elle devait avouer, mais jamais aux autres et encore moins à Petter, qu'elle passait plus de temps à lire des recettes qu'à faire la cuisine. *Family Circle* était rempli de recettes de plats et de pâtisseries. Ici, en revanche, les magazines ne s'y intéressaient pas tellement, ils proposaient surtout des modèles de tricot, des motifs de canevas pour nappes et coussins, et des patrons de vêtements d'enfants. Mais il lui arrivait de tomber sur des pépites : quelque chose de différent et qui n'avait rien de norvégien. Comme dans le dernier numéro d'*Illustrert*, une recette intitulée « Oiseaux désossés avec variantes » : de la viande de bœuf, des tranches de bacon et des cornichons attachés ensemble et sautés dans une poêle puis marinés dans un mélange de lait et de crème fleurette. Elle aimait tout particulièrement l'accompagnement : « Soleil de fromage ». Il fallait découper des rondelles de pain complet avec un verre comme emporte-pièce, les recouvrir de roquefort émietté en laissant un petit puits au milieu et y déposer un jaune d'œuf cuit, avec une couronne formée de fines lamelles de poireau et de ce cresson alénois. Ça avait l'air délicieux. Mais les enfants n'aimaient pas les fromages qui avaient du goût. Ils ne voulaient même pas goûter au stilton que sa mère lui envoyait chaque année à Noël. L'autre recette était une soupe de poissons.

Elle détestait le poisson.

Elle n'en servait jamais. Les Norvégiens étaient complètement toqués avec leur poisson. Un jour, Petter avait voulu qu'elle fasse une brandade de morue, c'était il y a un an environ. Après avoir demandé sans succès à droite à gauche si quelqu'un pouvait lui prêter la recette, elle avait fini par cuire du cabillaud fumé dans une soupe à la tomate en sachet, avec des pommes de terre et des oignons. Ce soir-là, Petter, les enfants et elle avaient mangé en silence. Puis elle avait demandé à Susy si elle avait aimé. « Oui, maman, c'était très bon, mais tu n'es pas obligée de le refaire », lui avait-elle répondu

Petter se chargeait donc parfois de cuisiner un plat de poisson : du lieu noir ou du cabillaud. Elle restait alors dans le salon et, avant même de s'asseoir à table, elle avait déjà la nausée à cause de l'odeur. Ça sentait un mélange de colle et de vomi, elle avait beau mettre plein de beurre fondu dessus, ça ne changeait rien à l'affaire. Ça sentait pendant des jours et des jours dans tout l'appartement. Et il osait se plaindre que ça empestait les rognons de veau, alors qu'ils étaient tout frais et splendides ? Mon Dieu, s'il réalisait son rêve de rester à la maison, ils auraient du poisson un jour sur deux ! C'était une raison suffisante pour retomber enceinte. Mais pour ça il faudrait recoucher avec lui, ce qu'elle avait pu éviter depuis un petit bout de temps.

Elle termina de ranger la cuisine, récupéra avec les doigts les déchets au fond du deuxième bac et les jeta dans la poubelle, donna un coup de brosse avec un produit détergent, rinça bien et fit reluire le bord où elle posait la serviette, quand les femmes renversaient la tête pour le shampoing. Il fallait que tout soit propre et en place pour l'arrivée des clientes, pour qu'elles ne puissent pas dire du mal d'elle. Un petit coup de chiffon sur la table du salon, remettre en place les coussins sur le canapé, ramasser des vêtements d'enfants qui traînaient, rassembler les feuilles de papier bleu que Petter laissait pêle-mêle à côté de sa machine à écrire sur le petit bureau. Deux feuilles devaient sans doute être à jeter, elles étaient criblées de lettres dans tous les sens, il avait dû se servir du même papier une dizaine de fois. Elle froissa les feuilles en se mettant plein d'encre sur les doigts et les jeta dans le poêle avant de s'essuyer au chiffon de la cuisine.

Elle essuya aussi un peu devant les livres ; sur le dessus, ils n'avaient jamais le temps de prendre la poussière car c'étaient des ouvrages qu'il consultait tout le temps, des dictionnaires et des livres spécialisés. Quelle chance qu'il ait été aux toilettes, avec la radio à fond, quand le démarcheur avait sonné à la porte hier soir pour leur vendre une encyclopédie. Ils n'en avaient pas, et Petter rêvait que ça change. S'il décidait de jouer l'homme au foyer, ils auraient certainement les moyens de s'en acheter une. Dix-huit volumes, avait précisé l'homme. Dix-huit épais volumes en plus de tout ce qu'ils avaient déjà ! Si elle avait été catholique, elle aurait fait un signe de croix tant elle était reconnaissante qu'il n'ait pas su la présence de ce vendeur. Il avait entendu qu'elle avait un accent anglais et il avait enchaîné sur ce bon vieux Churchill, mais elle était assez fière d'avoir réussi à lui fermer vite la porte au nez. Avec une mère à des kilomètres de là qui idolâtrait Churchill, elle n'avait aucune envie de voir ses écrits franchir le seuil de cette maison. De toute façon, l'idée de payer ça avec l'argent des coupes de cheveux et des mises en plis lui semblait malsaine.

Elle s'arrêta, le chiffon en l'air, car des cris stridents venaient de retentir au rez-de-chaussée de l'escalier B. Le béton qui avait servi à la construction de cet immeuble devait avoir des mégaphones intégrés. Elle était bien contente d'habiter l'escalier A et non le B. Les cris étaient un mélange de voix de femme et d'enfants, tout le monde devait avoir oublié de se réveiller et c'était la panique. Comment la commune de Trondheim pouvait-elle acheter un appartement dans un immeuble convenable pour y installer une famille dépendant de l'aide sociale qui non seulement ne travaillait pas mais ne respectait pas les règles de la copropriété ? La seule chose qui les intéressait, c'était de boire et de jouer au tiercé tous les dimanches. Au moins dans cet escalier-ci habitaient des gens qui *possédaient* une partie d'un cheval, au lieu de *miser* sur un cheval. En Angleterre, des gens très bien jouaient aux courses, mais ici ce n'était pas pareil. En Angleterre les épouses et mères au foyer ne rentraient pas ivres du champ de courses le dimanche après-midi, en traînant des mômes qui braillaient. En Angleterre, les courses hippiques étaient *a man's world.*

Les sons allèrent crescendo avant de se terminer en pleurs d'enfants, puis tout à coup ce fut le silence. La rumeur disait que leur précédente maison avait entièrement brûlé et que la commune avait dû les reloger. Ils avaient dû y mettre le feu eux-mêmes, lors d'une de leurs beuveries. Ils avaient cinq gosses, elle se demandait bien où dormait tout ce petit monde, il devait y avoir des lits superposés le long de chaque mur des deux petites chambres à coucher. Quelle vie ! Tout bien considéré, la sienne n'était pas si mal que ça.

Car elle aimait Petter. Ce n'était pas ça le problème. Non, vraiment pas. Bien sûr qu'elle l'aimait. Oui, n'est-ce pas ? Il était toujours après elle, disait qu'il l'aimait, qu'elle était merveilleuse, qu'elle sentait bon, même lorsqu'elle savait que son corps mal réveillé sentait la sueur. S'il mentait sur des choses aussi évidentes, sur quoi d'autre mentait-il ? Mais elle s'était éloignée de lui, parce qu'au fond ils ne partageaient plus rien ensemble, ils ne parlaient que des tâches pratiques qui remplissaient leurs journées.

Elle posa son chiffon à côté de l'évier sans le rincer et elle crut entendre un de ses commentaires : « Si tu crois que c'est agréable de prendre un chiffon de cuisine pour laver quelque part, et de voir en sortir aussi bien des épluchures de pommes de terre que des mégots… »

Petter ne fumait pas, il était presque le seul homme à ne pas fumer. Même pas la pipe, alors que c'était si viril.

Elle remit ses vêtements de la veille, entassés sur la corbeille de linge sale, son soutien-gorge et son pantalon étaient tombés par terre après que les enfants se furent habillés. Elle enfila son pantalon en oubliant de mettre d'abord ses chaussettes et regarda ses orteils qui ressortaient en bas.

Ils n'avaient rien d'extraordinaire. C'étaient les mêmes orteils qu'il y a vingt ans, et, curieusement, ils avaient toujours eu la faculté de la rassurer. Ils étaient posés bien à plat, tous les dix, sur le linoléum et s'écartaient un peu les uns des autres, comme toujours. Elle inspira profondément et expira en poussant une sorte de gémissement, personne ne pouvait l'entendre à cette heure-ci. Et si elle se mettait du vernis aux orteils ? Au quotidien, ça ne servait à rien de se mettre du vernis aux ongles des mains, vu le nombre de fois où elles étaient dans l'eau ou à manipuler des cheveux et des produits chimiques. Mais les ongles des pieds ? D'un autre côté, pourquoi le ferait-elle ? Pour qui ? Elle le repoussait presque tout le temps.

Mais elle avait aimé être enceinte ; aimé être calée dans un bon fauteuil, les mains jointes sur son ventre, à la manière de Monsieur Micawber chez Dickens, avec le sentiment d'être quelqu'un d'important. Savoir qu'elle avait un autre être à l'intérieur de son propre corps lui avait donné une fierté qu'elle avait éprouvée vingt-quatre heures sur vingt-quatre. Ce sentiment imprégnait tout ce qu'elle faisait, que ce soit écarter une mèche de ses cheveux ou se promener pendant que Petter préparait à manger, et elle pouvait marcher en se balançant doucement, consciente de porter une autre vie en elle.

Bien entendu, la première fois, avec Susy, avait été la meilleure. En revanche, avec Oliver, cela avait été plus fatigant, car Susy était encore petite et la réclamait, alors elle avait dû s'occuper d'elle et avait moins pu profiter de son propre bonheur. En hiver, elle adorait contempler le ciel étoilé et se sentir une petite graine dans un tourbillon gigantesque ; mais, enceinte, elle ne se sentait pas petite du tout, au contraire, elle était colossale, et d'une importance tout aussi colossale, oui, le nombril même de l'univers. N'allait-elle pas mettre au monde quelque chose de plus grand que le soleil, de dix mille fois plus grand que le cadre de sa propre vie ? Après la naissance de l'enfant, les choses redevinrent plus concrètes, pour ne pas dire terre à terre, ce ne fut plus qu'un enchaînement de tâches et de corvées qui n'avaient plus rien de sacré et d'universel, mais avant, cela avait été fabuleux. Est-ce qu'Anna-Maria ressentait la même chose qu'elle en ce moment ? À moins qu'elle ait déjà accouché ? Les journaux qu'elle lisait avaient toujours un temps de retard, ceux-ci étaient parus huit semaines plus tôt, et il y avait peu d'informations de ce genre à la radio, la Grèce était trop loin, ou alors ils l'avaient peut-être annoncé au programme de variétés qui commençait à neuf heures.

Mme Åsen était en train de laver dans l'entrée quand elle descendit faire ses courses. Le facteur était passé, mais sa boîte aux lettres était vide, quand elle se pencha au-dessus du landau des Moe et ouvrit la petite porte métallique verte avec sa petite clé. Elle avait du mal à comprendre pourquoi Mme Moe ne montait pas le landau dans son appartement, alors qu'elle habitait seulement quelques marches plus haut. Mais non, le landau restait là, avec à l'intérieur un édredon, un oreiller, et la protection contre la pluie, c'était presque indécent d'étaler toutes ces choses intimes aux yeux de tout l'escalier.

— Ils pourraient quand même le remonter chez eux, vous ne trouvez pas ? dit Mme Åsen.

Son postérieur généreux était à l'étroit sous la robe tablier quand elle se penchait dans le coin sous les boîtes aux lettres avec sa serpillière grise dans la main gauche, tout en s'appuyant sur le landau avec la droite.

— Je suis bien d'accord, répondit-elle.

— Quelque chose d'intéressant au courrier ?

— Rien. Mais c'est tout aussi bien. Cela veut dire pas de factures non plus, ha ha !

— Vous ne recevez pas de lettres d'Angleterre ? voulut savoir Mme Åsen.

— Si, des magazines. Et des paquets, plusieurs fois par an.

— Ça doit être bien, continua Mme Åsen d'une voix distraite en se redressant.

La sueur lui coulait le long des tempes. Pourquoi n'avait-elle pas d'enfant ? Ça sentait fort le savon et l'eau de Javel, c'était une bonne odeur. Son seau avait une fine couche de saleté à la surface, mais il s'en dégageait encore de la vapeur, l'eau devait avoir été changée récemment.

— Vous allez faire vos courses ? demanda Mme Åsen.

— Oui.

— C'est le jour de la parution des revues.

— Oui.

— Et vous devez aussi avoir des clientes.

— Eh oui. Et je n'ai plus de café, c'est qu'il m'en faut pour toutes ces dames, pardi !

— Vous n'avez qu'à le rajouter dans le prix, suggéra Mme Åsen.

— Mais en échange elles apportent toujours quelque chose à grignoter.

Mme Åsen se pencha au-dessus de son seau pour tremper plusieurs fois sa serpillière dans l'eau très chaude, avec une énergie si débordante que toute la mousse disparut et qu'elle fut mouillée jusqu'aux coudes. Elle ne portait aucun bijou, ni bracelet, ni montre, ni d'autres bagues que son alliance. Pas de boucles d'oreilles non plus. Elle devait se couper les cheveux elle-même car ils n'étaient pas droits dans la nuque, plus longs à droite qu'à gauche. C'était évidemment une façon de faire des économies. Ils étaient les seuls dans l'escalier à posséder un chalet et ça devait coûter une jolie somme. À moins qu'ils en aient hérité.

— Il pleut dehors, dit Mme Åsen.

— Tant mieux. Alors les pelouses seront bientôt vertes.

— Si seulement les gens pouvaient essuyer leurs chaussures sur la serpillière que j'étale juste derrière la porte.

— Oui, vous avez droit à toute la saleté, ici au rez-de-chaussée.

— Je ne vous le fais pas dire.

Mme Befring apporta des petits pains avec une macédoine de légumes. Elle était mariée à un marin au long-cours, ils avaient une fille de l'âge de Susy qui, selon ses dires, était l'élève modèle, toujours la première de sa classe. Mme Befring s'ennuyait tellement qu'elle envisageait de travailler à l'extérieur. Comment pouvait-on en arriver là ?

Quant à Mme Vaage, elle apporta un long strudel aux pommes qu'elle avait acheté chez le boulanger.

Elle prépara une bouilloire entière avec du café fraîchement moulu et la plaça sur le desous-de-plat en bois à côté de l'évier, pour qu'il ait le temps de reposer, avant d'attaquer la mise en plis de Mme Vaage avec les rouleaux les plus fins. Mme Befring coupa les petits pains et les disposa sur une grande assiette, les beurra de margarine et mit un peu de macédoine de légumes dessus.

— Je vous en prie, servez-vous.

— Vous n'aimez pas tellement le sucré, je crois, dit Mme Vaage.

— Non, vous savez, je peux avoir plein de gâteaux et de bonbons sous les yeux, ça ne me donne pas envie d'y toucher ; mais si j'ai des restes du dîner, je ne risque pas de les oublier dans le réfrigérateur, déclara Mme Befring.

— Moi, je pourrais me nourrir exclusivement de gâteaux, dit Mme Vaage. Aïe, vous me faites mal, ce rouleau est trop serré !

Elle retira l'épingle en plastique et enroula de nouveau la mèche de cheveux en serrant moins fort. C'étaient des cheveux faciles à manipuler, épais et lisses. Elle connaissait les types de cheveux de toutes ses clientes régulières, c'était comme si chaque chevelure avait sa personnalité, qui la différenciait des autres. Elle entretenait avec chacune un rapport plus étroit que leurs propriétaires elles-mêmes, quand bien même elles l'avaient sur la tête jour et nuit. D'une certaine façon, leurs cheveux étaient aussi un peu les siens, puisqu'elle était responsable de leur coupe et du mouvement de leurs boucles. Elle pouvait rencontrer des clientes à elle à l'épicerie et à tout moment, sans que cela paraisse bizarre ou trop familier, leur passer la main dans les cheveux tout en commentant une mèche rebelle ou une longueur ou en faisant un compliment. Elle rêvait souvent de cheveux, les sentait glisser et onduler, vivants, entre ses doigts.

— Écoutez ça, dit Mme Befring, le nouveau numéro de *Hjemmet* ouvert devant elle sur la table.

Elle venait de verser trois tasses de café et avait un reste de macédoine de légumes sur la joue.

— C'est un courrier adressé à Petter Penn : *Comment se fait-il que la femme au foyer d'aujourd'hui soit beaucoup plus débordée que la femme au foyer d'il y a trente ou quarante ans, voire davantage ? En ce temps-là, les femmes n'avaient pourtant pas toutes ces machines censées alléger le travail et non l'augmenter.*

— Bonne question, dit Mme Vaage.

— Je ne suis pas si débordée que ça, avoua Mme Befring.

— Mais vous n'avez pas non plus un mari à la maison.

— Je ne croule pas non plus sous le travail quand il est là. Car s'il est à la maison, c'est qu'il est en congé et il m'aide alors à toutes sortes de choses.

— Et que répond Petter Penn ?

— Voyons voir... *Il y a effectivement de quoi s'étonner ! Si on lit par exemple Hanna Winsnes...*

— Petter Penn ne lit quand même pas Hanna Winsnes !

— Bien sûr que si ! C'est normal quand on écrit dans un hebdomadaire féminin.

— Peut-être qu'il est un de ces hommes à hommes.

— Beurk ! Mais écoutez ça : *Si on lit par exemple Hanna Winsnes, on ne peut être que frappé par le fait que malgré la quantité de tâches qui incombaient à la femme au foyer de son époque, on ne disait jamais qu'elle était « débordée ». C'est sans doute le revers de la médaille de tous ces progrès techniques : plus le travail est facilité, plus on semble courir après le temps. Finalement, il est moins simple qu'il n'y paraît de savoir gérer machine à laver, réfrigérateur, congélateur, thermostat pour chauffage à mazout, radio, télévision, aspirateur, les milliers de produits du supermarché parmi lesquels choisir, sans oublier voiture, mari et enfants, chalet à la montagne, ticket de tiercé dans l'espoir de gagner un voyage de rêve au Sahara...*

Les femmes éclatèrent de rire.

Au pinceau, elle passa un peu de fixateur sur les bigoudis et vérifia qu'elle en avait mis uniformément partout, avant de s'allumer une cigarette.

— J'aurais bien aimé avoir un congélateur, un chauffage au mazout et une voiture, mais pour ce qui est du chalet à la montagne et du voyage au Sahara, non merci, déclara-t-elle.

— Ils prennent tellement de place, ces congélateurs. Et dans les caves, il n'y a pas de prise électrique.

— Faut dire que ce serait injuste, puisque les dépenses d'électricité dans les caves font partie des charges communes. Je veux dire par là, si quelqu'un avait un congélateur en bas et pas les autres.

— Petter utilise l'électricité quand il va bricoler en bas.

— Oui, mais tous ceux qui veulent peuvent y aller, c'est différent.

— J'ai l'impression qu'il est le seul à se servir de cette pièce.

— Oui, Barbara, votre mari n'est pas comme tous les autres.

— Ça se voit donc tant que ça ?

— Oui. Il paraît, comment dire, plus jeune que les autres, dit Mme Befring.

— Plus jeune ?

— Oui. Il est par exemple le seul homme, ou presque, que je connaisse à sortir sans chapeau. Il y a bien Monsieur Berg au second, mais lui il ne compte pas. Il a un air si épouvantable.

— C'est drôle, je n'ai jamais prêté attention au fait que Petter ne porte pas de chapeau. On est si rarement dehors en même temps.

— À propos, vous avez entendu le vacarme dans l'escalier B ce matin ?

— Et comment ! Je lavais dans mon salon.

« Laver » sonnait mieux que « enlever la poussière ».

— C'est une honte, s'écria Mme Befring. Nous autres, nous devons verser des provisions pour charges, tandis qu'ils débarquent avec leur tripotée de gosses et profitent de tout, gratis ! C'est la municipalité qui paie pour eux. Ils ont tout sur un plateau. Quand j'y pense, ça me réveille la nuit, tellement c'est injuste. On est là, nous autres, à se crever la paillasse, tandis qu'eux…

— J'ai du mal à comprendre comment toute la famille arrive à se loger dans un appartement de soixante-dix mètres carrés, déclara-t-elle. Petter et moi, on trouve qu'on est un peu à l'étroit, et nous sommes seulement quatre. Eux, ils sont sept !

— Une nuit, un de leurs fils est tombé de son lit superposé et s'est mordu le bout de la langue, glissa Mme Befring.

— Mon Dieu !

— Oui, c'était terrible. Pauvre garçon. Il n'y peut rien si ses parents sont comme ils sont.

— C'est affreux quand ils rentrent ivres du champ de courses, le dimanche.

— En taxi.

— Oui, grâce aux quelques couronnes qu'ils ont dû gagner.

— Peut-être en misant sur le cheval de cet horrible Monsieur Berg ?

— Ce cheval m'a tout l'air d'un tocard, si vous voulez mon avis.

— Ne dites pas ça, vous oubliez qu'il a gagné une petite cuillère un jour !

De nouveau, elles rirent et allumèrent une cigarette toutes en même temps.

— Eh bien, ça va être à vous, dit-elle en cherchant l'autre cape rose dans l'armoire.

C'était sa mère à Bristol qui les lui envoyait, elles étaient en nylon, avec une sorte de rebord en bas, comme sur les bavoirs pour bébés. Ce rebord était censé retenir les brins de cheveux coupés, mais à vrai dire, la récolte était plutôt maigre, presque tout tombait par terre.

— Vous avez apporté de la lotion pour la mise en plis ? Sinon, j'ai de la bière, ça va aussi.

— Bien sûr, répondit Mme Vaage en sortant un petit flacon de son sac posé contre sa chaise. Je l'ai achetée brun foncé.

— C'est assez éloigné de votre couleur naturelle…

— Je sais. Mais c'est pour m'amuser. Histoire de changer un peu.

Oliver revint de l'école une heure avant Susy. Tous les deux avaient le droit de s'asseoir dans le salon pour goûter — d'un petit pain au lait saupoudré de sucre — et lire les nouveaux numéros de Daffy et de Mickey avant de commencer leurs devoirs.

— Ne mettez pas du sucre partout, les pria-t-elle. Et gardez de l'appétit pour le dîner.

Elle avait acheté une saucisse à base d'abats et des oignons, car elle n'aurait pas le temps de faire la tourte. Mais elle avait pris soin de sortir de l'eau les rognons et d'enlever la fine membrane translucide et les nerfs ainsi que la graisse, avant de bien les sécher et de les mettre au réfrigérateur. Elle pourrait terminer ce soir la préparation de la farce et de la pâte pour la tourte afin que tout soit prêt pour demain. Quoi qu'il en soit, Petter aurait son repas servi à cinq heures. Elle fit bouillir des pommes de terre et les garda au chaud une fois que ses clientes furent parties. Tous les morceaux de pain avec la macédoine avaient été mangés, mais il restait encore un peu de strudel aux pommes qui serait leur dessert.

Aucune de ces femmes ne repartait avec ce qu'elle avait apporté, cela aurait été très malpoli. Sans doute très norvégien, mais malpoli quand même.

— Pourquoi tu ne mets pas de chapeau ? lui demanda-t-elle quand il rentra à la maison.
— Quelle drôle de question !
— Tout le monde met un chapeau sauf toi.
— Tu sais bien que je mets un bonnet en hiver.
— Ce n'est pas ce que je veux dire. Les hommes portent un chapeau.
— Ça graisse les cheveux. Je portais un chapeau quand on s'est rencontrés.
— Ah bon ? s'étonna-t-elle en le regardant. Je ne m'en souviens pas.
— C'était il y a si longtemps. Nous étions jeunes et amoureux. De la saucisse ? Pas de tourte ?
— Ce sera pour demain.
— Je comprends. Ça sent bon.
— Et il y aura du strudel aux pommes en dessert.
Malgré son envie de l'enlacer, il s'abstint. C'était une sensation étrange d'avoir un tel désir d'elle, alors qu'elle n'était qu'à un mètre de lui. L'évier était rempli d'épluchures de pommes de terre et de pelures d'oignons, il y avait plein de cheveux par terre sous la table et le cendrier débordait.
— Où sont les enfants ?
— Oliver joue dehors, Susy est dans sa chambre. SUSY ! cria-t-elle.
— Je ne comprends pas que ce garçon ne sache pas lire l'heure.

— Il sait mais il ne se donne pas la peine de regarder sa montre.

— Ce n'est pas à la petite de toujours…

— C'est son frère, non ? Je ne vois pas où est le problème. SUSY ! DESCENDS CHERCHER OLIVER !

— On mangera une fois qu'il sera rentré, dans ce cas.

— Oui, dit-elle.

Il s'assit aux toilettes avec *Nous les hommes* et alluma le petit transistor qui se trouvait sur le sol sous le support de papier toilette. Il avait réussi à traduire quatorze pages aujourd'hui et était donc en avance sur son planning. Il y avait un programme de variétés à la radio qui diffusait *500 Miles Away From Home*, il ouvrit sa revue à la page du feuilleton d'Edward S. Aarons, c'était honteux que les revues ne publient jamais le nom du traducteur.

Il lut jusqu'à ce que ses jambes s'engourdissent et que ce soit l'heure des informations. Il avait envie d'une bière. Le meurtrier de l'histoire buvait « plusieurs pintes de bière forte » après le meurtre, c'étaient des mots au pouvoir si visuel, il s'imaginait parfaitement la mousse sombre dans le verre, en sentait le goût dans la bouche. Il referma son magazine et le laissa tomber par terre. Barbara n'aimait pas l'alcool ; du reste, ils n'étaient jamais seuls, rien que tous les deux. Ce n'était pas pareil de boire dans son coin. Il regarda la lampe au plafond tout en prenant le papier toilette ; il pourrait fabriquer une nouvelle lampe, il était las de voir toujours la même. Il lui restait encore des bandes de plastique jaune et rouge foncé et il pouvait utiliser le même cadre métallique, car le modèle en lui-même était bien.

Il s'essuya soigneusement et éteignit la radio, il entendit les voix des deux enfants. Il se lava les mains et alla dans la cuisine, trouva un sac en plastique et le remplit des déchets qui traînaient dans l'évier, prit la clé pour le vide-ordures au clou sur le mur près de la porte d'entrée, et sortit sur le palier. M. Berg montait l'escalier, le visage rouge et contrarié. Il lui adressa un léger signe de tête, M. Berg y répondit brièvement, sans croiser son regard, avant de franchir les deux dernières marches.

Les cheveux par terre sous la table de la cuisine n'avaient toujours pas été balayés quand ils s'assirent pour manger, il essaya d'éviter de les toucher du pied.

— J'en ai marre de te courir après, dit Susy, si tu savais ! T'es qu'un bébé qui n'arrive pas à rentrer tout seul à l'heure.

Oliver se taisait.

— Servez-vous, fit Barbara. Et arrêtez de vous disputer.

— On ne se dispute pas, j'en ai juste marre, répondit Susy. Dès que je serai assez grande, je partirai de la maison.

— Moi aussi, renchérit Oliver.

— Si tu t'en vas, alors je ne serai plus obligée de m'en aller, objecta Susy.

— *Stop it*, dit Barbara.

Elle ne se débrouillait pas mal en cuisine, mais elle n'arrivait jamais à s'organiser. Les pommes de terre étaient tièdes. Elle avait fait revenir à la poêle la saucisse d'abats coupée en rondelles avec beaucoup d'oignons, avait posé sur la table les câpres et la moutarde, ainsi que du beurre fondu présenté dans une minuscule casserole. Il avait faim, il était content du travail abattu dans la journée au bureau, il pourrait traîner un peu demain matin. Cette perspective le mettait de bonne humeur.

— Est-ce qu'on a de la bière, Barb ? Ou est-ce que tu as tout utilisé pour les cheveux de tes clientes ? demanda-t-il.

— J'ai encore une bouteille, je crois.

— Tu en as peut-être besoin tôt demain matin ?

— Non, tu peux la prendre.

— Tu n'as personne avant le milieu de la journée ?

— Si, Madame Sivertsen vient à dix heures. C'est pour une décoloration. Mais comme elle laisse ses cheveux libres ou se fait un chignon, je ne fais pas de mise en plis. C'est pourquoi je n'ai pas besoin de cette bière.

— Zut, moi qui pensais pouvoir prendre mon temps demain matin.

— Rien ne t'en empêche. On fermera la porte coulissante, comme ça tu ne nous entendras pas.

— Bien sûr que si ! Et tu le sais aussi bien que moi, protesta-t-il en se versant du jus d'orange dilué dans son verre.

Un philodendron aux feuilles en forme de doigts

Mme Berg était assise tout au bord d'un de ses deux fauteuils Empire dont ils avaient hérité à la mort de ses beaux-parents, les mains pressées entre ses genoux, et se balançait doucement d'avant en arrière, en chantonnant tout bas. Fartein faisait la sieste dans la chambre à coucher, tout habillé, sur la couverture du lit, la fenêtre ouverte, comme il le faisait toute l'année ; si le thermomètre descendait en dessous de zéro, il s'en réjouissait, car cela le fortifiait, disait-il. *L'amour de Dieu jaillit d'une source claire et pure…*

Dans leur chambre, les garçons, silencieux, faisaient un puzzle. Ils avaient l'habitude de passer aussi inaperçus qu'une souris. Le puzzle à reconstituer représentait Big Ben, en cinq cents pièces, ils l'avaient déjà réussi deux fois. Elle laissait toujours passer quelques mois avant de les autoriser à le recommencer. *Ô Seigneur, quand émerveillé je contemple ce que tu as créé dans le monde avec ta parole, je vois l'univers et ses nombreuses voies et je sais que toute vie se tient à ta table, des louanges s'élèvent de l'âme, ô Seigneur, ô Seigneur...*

Elle se récita tout le psaume, les yeux fixés sur la cascade de plantes vertes contre la grande baie vitrée qui donnait sur la véranda, tout en contrôlant sa respiration, en haut de la gorge ; l'horloge murale lui indiquait qu'il restait encore quarante-trois minutes, ni plus ni moins, il se levait toujours une demi-heure avant le journal télévisé et se donnait des tapes sur les joues, à les rendre rouges et brillantes, pour se réveiller, en déclarant qu'il se demandait comment il supportait de vivre avec des imbéciles, selon son expression. Elle l'avait entendu dire ça tant de fois qu'elle ne distinguait même plus les mots. « Supporter ». « Imbéciles ». « Avec ». Ce dernier mot, était le seul à avoir de l'importance : il prouvait qu'il vivait encore « avec » eux.

Elle ne pouvait pas faire la vaisselle avant qu'il se lève, même en fermant les portes des deux côtés de l'entrée et en faisant le moins de bruit possible. Il ne le supportait pas, alors que les murs étaient si minces dans cet escalier qu'ils pouvaient presque entendre leurs voisins avaler. Malgré cela, il ne prêtait attention qu'aux bruits venant de son appartement. Mais les plantes vertes à la fenêtre pouvaient parfaitement combler d'elles-mêmes ce temps vacant jusqu'à ce qu'il se réveille, elle ne se lassait jamais de les regarder.

Depuis qu'elle était enfant, on lui avait dit qu'elle avait la main verte. Petite fille, elle cultivait déjà à la ferme de Hamarøy des plantes aromatiques, des oignons et toutes sortes de céréales dans des plates-bandes, pour mieux les connaître. Mais à présent qu'elle vivait dans un immeuble, entre quatre murs en béton, elle avait jeté son dévolu sur des plantes vertes et des fleurs en pot qui ne nourrissaient pas le corps mais l'âme. La terre n'était pas assez profonde dans de simples pots pour cultiver des plantes utiles, mais tant pis.

Elle se leva et, au passage, caressa d'un doigt les feuilles charnues du caoutchouc dont la surface présentait une fraîcheur si agréable. Elle se glissa dans la cuisine et ouvrit le réfrigérateur le plus discrètement possible, souleva la bouteille de lait, enleva la capsule blanche en plastique et se versa la moitié d'une tasse, puis elle choisit un torchon en lin propre dans un tiroir.

Les feuilles prenaient un joli aspect vert sombre et brillant quand elle y passait le chiffon imbibé de lait. Elle essuyait soigneusement le dessus de chaque feuille, une à une, jusqu'aux plus jeunes feuilles qui étaient vert clair et qui brillaient toutes seules. Ensuite elle s'attaquait au sansevieria en procédant de la même manière, mais en essuyant cette fois les deux côtés de chacune des longues feuilles effilées pointant tout droit en l'air, de façon à faire ressortir les marbrures blanches. Elle enfonça un doigt dans la terre de certains pots, mais leur humidité était parfaite, dommage, elle aimait tellement arroser ses plantes. Elle décida d'essuyer aussi le philodendron, même si c'était plus laborieux, elle avait le temps. Elle l'appelait « son philodendron aux feuilles en forme de doigts », mais elle se gardait bien de le dire à quiconque – à qui d'ailleurs l'aurait-elle dit ? ses fils ne s'intéressaient pas aux plantes, et ils ne fréquentaient pas leurs voisins, tel l'avait décrété

Fartein. On leur donnait le petit doigt, et soudain, on n'avait plus de vie privée, avait-il expliqué.

Le sansevieria s'appelait aussi « langue de belle-mère », mais elle n'aimait pas ce nom-là, car sa belle-mère était décédée. Elle trouvait que c'était un manque de respect. Elle n'aimait pas non plus le nom de « Juif errant » donné à l'éphémère ou misère, cela lui faisait toujours penser à cet affreux Hamsun qui avait déshonoré sa ville natale d'Hamarøy. Pourtant elle raffolait de ces misères, elles poussaient si vite que ça se voyait presque à l'œil nu, elle en avait partout dans l'appartement. Si elle les plaçait dans un coin sombre, de ravissantes marbrures apparaissaient sur les frêles petites feuilles ; si elle les plaçait à la lumière, les feuilles devenaient toutes d'un vert tendre uniforme. La baie vitrée était orientée plein ouest, la lumière était idéale, toutes les plantes se plaisaient ici. Du reste, libre à elle de choisir comment allaient pousser les misères. Si elle pratiquait une taille franche au printemps, la plante poussait rase et drue, mais si elle n'intervenait pas, de longues lianes se formaient qui étaient parfaites pour s'enrouler autour d'une lampe.

Il y a peu de temps, elle avait vu un emballage vide, posé dans le local poubelle, qui représentait une fontaine de salon, une cascade d'intérieur. Elle avait lu une publicité pour ce genre d'objets dans un hebdomadaire. L'eau qui coulait en circuit fermé grâce à un système de tuyaux jaillissait d'une petite fontaine et cascadait sur trois paliers en plastique transparent éclairés par une lumière en dessous, et l'on pouvait mettre des plantes vertes sur les paliers. Elle aurait bien aimé savoir qui dans l'escalier avait acheté une telle fontaine.

À l'automne et en hiver, elle sortait parfois faire un tour le soir, une fois les garçons couchés, tandis que Fartein regardait la télévision, de préférence une émission ayant trait à la guerre, et ce n'était pas ce qui manquait. Il était friand de tout ce qui concernait le Vietnam mais aussi des autres guerres, après avoir été envoyé comme Casque bleu à Gaza pendant six mois. À cette époque, elle était enceinte de Jan-Ragnar. Il savait tout sur la guerre et ses stratégies. Il montait le son du téléviseur et commentait tout haut et sans arrêt, le regard fixé sur l'écran et les fesses sur le bord de son fauteuil. Cela faisait du bien de se retrouver seule, à l'air frais, dans l'obscurité, quand elle savait que les garçons dormaient et ne pouvaient pas le mettre en colère. Le mieux, c'était de se placer à bonne distance, face à l'immeuble, de façon à voir toutes les fenêtres des autres salons. La sienne était de loin la plus belle, la plus verdoyante, avec ses nombreuses plantes vertes disposées de façon harmonieuse pour qu'il y en ait aussi bien en haut qu'en bas. Les deux lampes allumées qui pendaient au milieu de toute cette verdure donnaient à sa fenêtre un aspect de forêt vierge. Ils étaient les seuls à ne pas avoir de voilages, de sorte que seule une vitre séparait les plantes de ceux qui regardaient la fenêtre de l'extérieur.

La jeune Mme Moe au rez-de-chaussée n'avait que des cactus dans des pots grossiers le long de la fenêtre, avec beaucoup d'espace entre chaque.

Mme Åsen avait une rangée de primevères dans des pots tous identiques.

Mme Rudolf avait deux énormes festons verts qui couraient le long de la vitre, tandis que Mme Larsen n'avait pas une seule plante en pot, en tout cas pas à sa fenêtre.

Mme Salvesen, leur voisine de palier, changeait constamment ses plantes de place, elle n'avait visiblement pas la main verte, tout le monde savait qu'il fallait laisser les plantes se reposer à l'automne et en hiver au même endroit pour qu'elles puissent capter la lumière sous le même angle et ainsi prendre des forces.

M. Karlsen au troisième, lui non plus, n'avait rien sur le rebord de ses fenêtres, mais ce n'était pas étonnant puisqu'il était veuf. Les hommes n'y connaissaient rien en botanique.

En revanche, les rebords de fenêtres de Peggy-Anita Foss étaient remplis de bibelots au milieu de petites plantes vertes qu'elle n'arrivait pas à identifier, il pouvait s'agir de lierre grimpant mal fixé qui, dans ce cas, retombait sur le radiateur et se desséchait. Impossible d'imaginer que derrière ces fenêtres il puisse y avoir une fontaine de salon.

Quoi qu'il en soit, c'était elle qui avait la fenêtre la plus verdoyante de tout l'escalier ; tous ceux qui la regardaient devaient avoir envie d'entrer dans un tel appartement, avec ou sans fontaine.

Le mois d'avril avait ceci de particulier qu'elle attendait avec impatience de découvrir si son azalée en pot donnerait de nouvelles fleurs et combien il y en aurait.

Rien n'était plus beau que ces petits bouquets roses, elle aimait les regarder de près, à la loupe, à en avoir les larmes aux yeux ; chaque minuscule fleur était d'une telle perfection, dire que Dieu avait créé quelque chose d'aussi joli et que, presque chaque année, de nouvelles choisissaient d'éclore chez elle, dans son salon ! C'était vraiment un tel don du Ciel. Seule la passiflore pouvait se mesurer à l'azalée. Elle regrettait de ne plus avoir de plantes qui fleurissaient maintenant ; au moment des fêtes, son cactus de Noël avait débordé d'étoiles roses et son amaryllis avait eu l'éclat d'un soleil bordeaux, mais cela lui semblait bien loin à présent. Son cactus de Noël était au frais, dans la chambre à coucher où Fartein faisait la sieste, la plante était sur le rebord de la fenêtre, les feuilles mates, vert pâle et ridées, à se reposer. Comme Fartein, pensa-t-elle.

Elle fit un pas en arrière et admira la fenêtre avec les primevères et le pélargonium, le gloxinia et le gerbéra ; elle avait commencé à rempoter plusieurs de ses plantes qui en avaient besoin. Bientôt le soleil serait plus fort, il ferait plus chaud, alors elle pourrait les sortir quelques heures sur le balcon, ce que les plantes savaient apprécier, puisqu'elles le lui rendaient par leur croissance vigoureuse et leur floraison inattendue. Comme lorsque son chlorophytum avait fleuri l'année dernière en plein mois de juillet, donnant de minuscules fleurs en étoiles qui n'étaient pas belles pour deux sous, mais elle avait ressenti un tel élan de tendresse pour cette plante qui n'avait que ça à offrir, alors qu'elle aurait voulu se montrer dans toute sa splendeur.

C'est alors qu'on sonna à la porte.

Par chance, elle avait posé le verre avec le lait sur le rebord de la fenêtre, mais elle lâcha le torchon en lin qu'elle tenait à la main, et celui-ci toucha le papier peint ; ça ferait certainement une tache, eut-elle le temps de penser avant de se précipiter dans l'entrée.

C'était une fillette d'une dizaine d'années qu'elle n'avait jamais vue avant.

— Est-ce que vous voulez acheter une fleur de mai[8] ? demanda l'enfant.

— Non, c'est gentil, mais pas aujourd'hui, se hâta-t-elle de répondre en refermant la porte.

Elle entendit la porte de la chambre des garçons s'ouvrir doucement.

— Maman... ?

— Mais c'est quoi ce bordel, Astrid !!!

Il sortit en trombe de la chambre à coucher, tout en se donnant des tapes sur les joues et en refermant la porte de la chambre d'un coup de pied.

— Je vais devenir fou dans cette maison, si ça continue ! Je me demande comment je supporte de vivre avec des imbéciles ! Je ne peux même pas faire la sieste !

— C'était une petite fille qui vendait des fleurs de mai pour l'école. Ce n'est pas ma faute si...

— Du café. Fais un peu de café.

— Bien sûr.

C'était au fond un soulagement qu'il soit réveillé, elle allait enfin pouvoir laver la vaisselle et tout ranger dans la cuisine. Elle avait déjà fait des gaufres en forme de cœur

8. Les « fleurs de mai » sont fabriquées par les enfants des classes primaires et vendues au porte-à-porte. La vente permet de financer divers projets scolaires.

qu'elle avait glissées dans le chauffe-plat, quand il était parti s'allonger ; ainsi, elles devenaient moelleuses comme il les aimait, avec plein de confiture ou de fromage dessus. Telles des ombres furtives, les petits garçons vinrent dans la cuisine et s'assirent à la table en formica.

— Il est un peu tôt pour dîner, dit-elle.

— Qui c'est qui a sonné ? demanda Geir.

— Une petite fille qui vendait des fleurs de mai.

— Tu en as acheté une ?

— Non pas aujourd'hui.

— Quand j'irai à l'école, moi aussi j'irai vendre des fleurs de mai, déclara Jan-Ragnar

— Moi aussi, renchérit Geir.

— On peut garder une partie de l'argent, dit Jan-Ragnar. Est-ce qu'il y aura assez de gaufres pour qu'on en ait aussi ?

— On verra. Il faut attendre. Papa doit d'abord en avoir pour regarder le journal télévisé.

Fartein entra dans la cuisine et resta debout en se passant la main sur la nuque et dans les cheveux, le regard fixé sur le sol, l'air fatigué et mécontent. Malgré cela, elle ne se lassait pas de le regarder. Il avait un tel charme, c'était un miracle qu'elle ait pu l'avoir ; parfois elle embrassait son alliance avec une tendresse qu'elle ne se serait jamais permise avec *lui*.

— Ah bordel !

— Les garçons sont là, Fartein.

— Bah, il faut qu'ils deviennent des hommes. Autant qu'ils apprennent à jurer. Mais dis-moi, c'est quoi, cette tache, au salon, sur le papier peint ?

— Oh, mon Dieu…

— Attention, les garçons sont là. Ah, si ta mère t'entendait ! dit-il en ricanant.

— C'était seulement un chiffon, répondit-elle. Avec du lait.

— Le lait contient de la graisse. Cette tache va rester là jusqu'à ce que je retapisse entièrement le salon.

Elle fit gicler du produit vaisselle sur le chiffon de cuisine et humidifia un torchon fin avec de l'eau tiède, et se dépêcha de retourner dans le salon. D'abord elle frotta avec le produit sur la tache, puis passa le torchon humide, elle sentait sa présence dans son dos, il l'observait, elle l'entendait respirer.

— Tu ne vois pas que tu fais disparaître le motif du papier peint à force de frotter ?

— Mais je ne sais pas comment… Je lave le plus délicatement possible. C'est quand cette fille a sonné, j'ai tellement sursauté…

— J'ai une idée, dit-il.

Évidemment. Comment n'y avait-il pas pensé plus tôt ? Il afficha un air triomphant, il adorait trouver des solutions astucieuses à des problèmes retors. Au travail, c'était même devenu sa spécialité.

— Je vais installer un interrupteur sur la sonnette ! Comme ça tu l'éteindras quand j'irai faire ma sieste !

— Ah ? s'étonna-t-elle en le regardant avec ces yeux de vache stressée qu'il avait en horreur.

— Oui, c'est quand même pas bien difficile.

— Oh, j'espère que je n'oublierai pas de le faire, quand…

— C'est une idée de génie, je m'en occupe demain. Bon, un peu de café va me faire du bien. Tu me sers quoi avec ? fit-il en se laissant tomber dans son fauteuil et en faisant craquer les jointures de ses doigts, ce qui lui donnait une agréable sensation de douleur qui l'apaisait.

— Des gaufres.

— Encore !

— Mais tu aimes bien les gaufres d'habitude, Fartein.

— Bon, ça ira quand même.

La sonnette était sur courant faible, il n'aurait même pas besoin de couper le courant, il lui suffirait d'être précis dans ses gestes quand il monterait l'interrupteur. Il alluma la télévision puis, penché en avant sur son fauteuil, regarda chauffer le tube cathodique. Il se sentait fatigué car il n'avait pas pu faire sa sieste aussi longtemps que d'habitude. Ils avaient porté des skis toute la journée, la saison était définitivement terminée, et tous les skis du magasin devaient être descendus à la cave et regroupés selon leur longueur et leur type, il y avait toujours des imbéciles de touristes qui débarquaient en plein été en croyant qu'ils pourraient acheter des Splitkein pour trois fois rien en dehors de la saison hivernale. Il leur laissait croire que c'était un bon prix, ces gens étaient d'une telle crédulité que c'en était effrayant.

Il entendit des éclats de voix venant de l'appartement des Rudolf au-dessous. Ah, bordel ! Ce qu'ils pouvaient hurler ceux-là, et ils mettaient aussi la musique à fond, celle qui passait à la radio tout comme ce vacarme incompréhensible qu'il entendait quand il était aux toilettes. Il ne prêtait pas attention au bruit de la télévision, puisque chez lui aussi elle était allumée. C'était sans nul doute ce petit morveux au visage boutonneux qui était responsable de tout ce boucan.

— Alors ce café, il vient ?

Il se leva et alla dans la cuisine. Les garçons attablés en silence feuilletaient l'hebdomadaire féminin d'Astrid.

— Alors ils se sont mis eux aussi à lire des magazines de bonnes femmes ?

— Ils aimeraient bien lire des magazines de bandes dessinées, mais tu dis qu'on n'a pas les moyens, alors tu sais bien que je n'en achète pas.

— Regardez-moi quand je parle !

Il détestait quand les garçons ne levaient pas la tête.

— Vous pourriez au moins dire bonjour !

Ils relevèrent leurs visages en même temps.

— Bonjour, papa, dirent les petits garçons en souriant.

— Voilà, c'est ce que je veux voir. Et si je vous achetais des magazines sportifs ? Ou si je vous en ramenais des anciens qui traînent au magasin ? Comme ça, vous lirez sur Kupper qui a remporté la médaille d'or aux Jeux olympiques d'Innsbruck, l'année dernière, ou sur Wirkola à Holmenkollen, en ce moment ? Il n'est pas encore en pleine possession de ses moyens, mais il sera un grand champion ! Et Per Ivar Moe, ça vous dit quelque chose ?

Ils secouèrent la tête et baissèrent de nouveau les yeux sur le magazine féminin.

Il s'aperçut qu'il retenait sa respiration beaucoup trop longtemps, mais au fond, ce n'était pas plus mal. Il n'arrivait pas à les considérer comme des êtres humains, ah bordel, quand seraient-ils enfin adultes pour qu'il puisse discuter avec eux, qu'ils puissent faire des choses ensemble. Ah, il lui tardait qu'ils soient enfin *des hommes* ! Quand ils étaient bébés, vu leur peu de différence d'âge, ils avaient porté des couches tous les deux en même temps, ça avait été un cauchemar, tout le séchoir était rempli de couches vingt-quatre heures sur vingt-quatre, mais il avait eu l'intuition qu'ils avaient tous deux du *potentiel*. Du potentiel de virilité. Peut-être parce qu'à cet instant, ils étaient tout sauf virils, à part les minuscules zizis qu'ils avaient entre les jambes, enrobés et écrasés contre leurs couilles dans des couches humides. Il s'était pris à rêver de balades à vélo, de dribbles en foot, de tapes dans le dos, de bagarres pour rire, une complicité masculine aux antipodes de la vie des bonnes femmes, comme ce qu'il avait vécu à Gaza, avec l'odeur des bottes portées non stop et des uniformes qui puent la sueur, les chants, les rires gras, l'entretien constant des armes, une vie à la dure avec un engagement sans faille, tout ceci pour eux était normal, avec un ennemi commun à l'extérieur et entre eux une solidarité qui confinait à l'amour. Ce qu'il avait ressenti pour ses compagnons d'armes à Gaza, jamais il ne l'avait éprouvé pour Astrid, et il le savait. Pas une once.

— Mais les chevaux, vous aimez ça, reprit-il.

— Oui, Tagede's Trocadero, répondit Jan-Ragnar.

— Lui, c'est bon de le toucher, renchérit Geir.

— Bon de le *toucher* ?

— Ce n'est pas ce qu'il voulait dire, corrigea Jan-Ragnar.

— Mais bordel, Astrid ! C'est quoi ces femmelettes ? Et qu'est-ce que tu leur apprends ? Des garçons qui préfèrent « toucher » des chevaux plutôt que de les voir gagner des courses !

— Ce n'est pas ce qu'il a voulu dire. Bon, le café est prêt, va dans le salon, je te l'apporte tout de suite.

Il portait la chemise en flanelle qui lui donnait le plus mauvaise conscience, car elle avait oublié de repasser à la vapeur sur l'envers. La flanelle luisait quand on la repassait sur l'endroit, c'était un miracle qu'il ne s'en soit pas rendu compte ou que les collègues du magasin de sport n'aient pas fait de commentaire.

Il s'empiffra ensuite de gaufres en forme de cœur et, bien entendu, il n'en resterait pas pour les garçons. Il mangeait en tenant une gaufre dans chaque main, et prenait une petite gorgée de café dès qu'une main se libérait.

— Délicieuses, Astrid, merci beaucoup, dit-il.

L'esprit plus léger, elle retourna à sa vaisselle. Tout allait bien : quand il la complimentait pour la nourriture, c'est qu'il était de bonne humeur — sans doute à cause de son idée d'interrupteur pour la sonnette –, ils passeraient peut-être une bonne soirée.

— Dis, maman, il restera des gaufres ? chuchota Geir.

— Peut-être. Mais je ne crois pas. Et j'ai rangé le moule, alors je vais vous préparer autre chose de bon.

— Quand je serai à l'école et que je vendrai des fleurs de mai, je m'achèterai *Le Journal de Mickey* et je le paierai moi-même, décréta Geir.

— On pourrait peut-être fermer la porte coulissante ? suggéra Jan-Ragnar.

— Je vais voir, dit-elle. Fartein !

— Oui.

— Est-ce qu'on peut fermer la porte ? Comme ça, on ne te dérangera pas.

— Qu'est-ce que vous mijotez ? Ce n'est pas encore l'heure des infos !

— On ne mijote rien du tout. On pensait juste que tu voulais avoir un peu de calme, d'autant que tu as été dérangé dans ta sieste.

— C'est vrai, tu n'as qu'à fermer la porte.

Jan-Ragnar se hâta de pousser la porte coulissante, ses chaussettes un peu trop grandes pour lui glissaient sur le linoléum et il eut du mal à prendre appui pour donner un coup à la lourde porte en chêne, il était encore petit, du haut de ses six ans, mais cela ne l'empêchait pas de comprendre beaucoup de choses, il l'aimait tellement, sa maman, et son petit frère aussi, son cadet d'un an seulement. À l'automne, il irait à l'école, son beau et grand garçon.

— Papa a mangé toutes les gaufres qui étaient dans le plat, dit Jan-Ragnar en se rasseyant.

Elle ne pouvait pas se mettre à leur acheter en cachette des magazines de bandes dessinées et leur demander de ne rien dire à leur père, non ça ne se faisait pas. C'était quand même son mari, elle ne pouvait pas les monter contre leur propre père.

— Je vais vous faire quelque chose de bon, répéta-t-elle.

— Quoi donc ? demanda Geir.

— Des petits dés de pain trempés dans du lait, qu'est-ce que vous en dites ?

— Oh oui ! s'écria Geir.

— Ça sera bon, maman, dit Jan-Ragnar, en feuilletant la revue pour arriver aux pages avec les bandes dessinées.

Encore une chance que Fartein ne s'oppose pas à ce qu'elle achète ce magazine chaque mercredi. Il avait dû voir à quel point cela la rendait heureuse, quand elle restait à la cuisine le soir pour le lire, pendant que lui regardait la télévision. Ensuite, il avait tout loisir de se moquer d'elle quand elle essayait de tricoter ou broder quelque chose en suivant les explications. Elle avait beau s'appliquer, elle ne réussissait jamais et elle finissait par pleurer de découragement.

Il lui arrivait de la consoler, en grand seigneur. Il la serrait fort contre lui et la rudoyait un peu, respirait le parfum de ses cheveux et lui disait des mots qui l'apaisaient, lui caressait la joue, lui embrassait l'épaule. Il arrivait qu'il eût après envie d'elle, et son tricot et sa broderie tombaient par terre tandis qu'il la prenait brutalement par-derrière, en silence, son membre était si dur quand il la pénétrait qu'elle avait la sensation d'être inondée d'une douleur sourde, mais ensuite elle était soulagée, à l'image d'une vaste mer chaude, car il l'aimait, oui, comme le jour où Trocadero avait remporté sa première course à Leangen, il l'avait alors prise dans ses bras devant tout le monde, il l'avait étreinte et tout le monde les avait vus, c'était vraiment incroyable, tout le monde avait bien compris qu'il était *à elle*, cet homme, et la petite cuillère que Trocadero avait gagnée ce jour-là avait eu droit à une place d'honneur sur une étagère en teck, à droite du canapé, elle veillait toujours à ce qu'elle brille et à ce qu'il n'y ait aucune poussière sur l'étagère.

— Jan-Ragnar ? Est-ce que tu peux baisser le radiateur sous la fenêtre pendant que je fais chauffer le lait ?

Il fallait veiller à ce que l'aiguille du compteur n'atteigne pas la zone rouge, celle où les watts étaient beaucoup plus chers à la minute. Elle avait hâte d'être en été, quand elle pourrait faire cuire et revenir la nourriture sans penser à sa consommation d'électricité.

Elle découpa des tranches de pain de seigle frais en petits dés qu'elle déposa en une pyramide dans chaque assiette creuse, avant de verser dessus le lait chaud et de saupoudrer le tout de cassonade.

— Qu'est-ce que vous avez envie de boire ?

— Du lait, répondirent-ils en chœur.

— Du lait à la fois dans l'assiette et dans le verre ? Eh bien dites donc !

Ils lui sourirent. De leur vrai sourire, pas de celui qu'ils faisaient sur commande à leur père quand il l'exigeait.

Elle alla chercher la bouteille de lait et remplit deux verres. La porte coulissante s'ouvrit et Fartein entra avec son plat vide.

— Il reste encore des gaufres ?

— Non.

— Les garçons n'ont quand même pas…

— Mais non, tu vois bien qu'ils mangent du pain au lait.

— C'est quoi, cette manière de me répondre ?

— Excuse-moi. Tu veux que je t'en fasse d'autres ? Ça prendra un peu de temps, mais…

— Je prendrai des tranches de pain plus tard. Si les garçons m'en laissent un peu.

— Ne t'inquiète pas, il reste assez de pain pour ce soir et pour préparer le casse-croûte demain matin.

On sonna de nouveau à la porte et Geir lâcha son verre de lait. Elle manqua défaillir à la vue du lait qui coulait le long de ses cuisses et tombait sur le linoléum bleu. Elle se cramponna à l'évier et serra la brosse à vaisselle, ferma les yeux et retint sa respiration.

— MAIS C'EST PAS POSSIBLE, BORDEL !

— Fartein…

Il saisit le petit garçon par l'oreille et le leva de sa chaise, l'enfant ne protesta pas.

— Tu te mets à faire sous toi dans la journée, maintenant ?

— C'est du lait, chuchota Geir.

— De la pisse et du lait, ouais !

— Non…

— Et tu oses RÉPONDRE ?

— Fartein, tu as vu comme moi qu'il a lâché son verre quand on a sonné. Jan-Ragnar, va voir qui c'est.

Les larmes coulaient sur les joues de Geir, il fermait les yeux et sa tête semblait suspendue à la main de son père qui le tirait par l'oreille.

— Lâche-le, Fartein, je vais m'occuper de lui dans la salle de bains.

— Il n'a qu'à se laver tout seul, ce petit morveux. Tu ferais mieux de nettoyer toute cette saloperie de lait. T'as vu ? Mes pantoufles sont trempées en dessous.

Il lâcha Geir, qui retomba sur sa chaise, avant de balancer ses pantoufles mouillées dans la flaque de lait, puis il flanqua à Geir une bonne gifle. Le garçon sanglota tout haut.

— C'était seulement quelqu'un qui vendait encore des fleurs de mai, dit Jan-Ragnar en reprenant sa place tout en évitant de marcher dans la flaque de lait. J'ai dit qu'on n'en voulait pas.

— Tu as bien fait, mon garçon, dit-elle en sortant le seau du placard sous l'évier.

Fartein respirait lourdement, les yeux rivés sur Geir.

— Et en plus tu chiales ! Un vrai bébé. Normal, pour quelqu'un qui se pisse dessus la nuit. Bientôt tu seras aussi dégoûtant que la petite pisseuse du troisième. T'as peut-être envie de devenir une fille, c'est ça ?

Geir secoua doucement la tête. Jan-Ragnar mangeait en silence, le regard dirigé vers son assiette. Elle remplit son seau, essora la serpillière et commença à laver autour de la chaise où était assis Geir, du lait continuait de tomber goutte à goutte de la chaise et de son pantalon, autant attendre un peu avant de laver en dessous ; elle préféra soulever délicatement les pantoufles de Fartein et les essuya avec soin avant de les mettre dans le séchoir.

— Est-ce que tu veux que j'aille te chercher tes chaussons en laine, Fartein ? Le temps que tes pantoufles sèchent ? Je peux aussi monter le chauffage dans le séchoir.

— Mais fais attention à l'aiguille du compteur, dit-il.

— J'ai éteint le poêle dans la cuisine, alors il n'y a pas de problème.

Il retourna au salon, ils entendirent son fauteuil craquer, il s'était donc assis. Elle s'approcha de la porte coulissante.

— Je referme, dit-elle, le temps que je remette un peu d'ordre… ici.

Il ne répondit pas. Dès qu'elle eut fait coulisser la porte, Geir se précipita vers elle. Le corps tremblant, il enfouit son visage contre le ventre de sa mère qui, d'une main dans la nuque, l'attira davantage à elle pour étouffer le bruit de ses sanglots.

— Chut… Allez, c'est fini.

— Il a encore du lait qui coule, maman, dit Jan-Ragnar.

Elle se dégagea lentement, s'agenouilla devant lui et caressa doucement son visage avec ses deux mains, la joue droite était brillante et enflammée, le lobe de l'oreille était rouge foncé.

— Tu sais, mon trésor, ce n'était vraiment pas de ta faute.

— Je veux pas être une fille…

— Ne pleure plus, va. Tu ne seras jamais une fille comme Nina, voyons.

— Elle aussi, elle fait pipi sur elle.

— Toi, tu le fais seulement quand tu dors, tu n'y peux rien. Nina fait pipi en pleine journée aussi. Cela n'a rien à voir.

— Elle fait pipi sur elle, parce que son père l'enferme dehors quand elle est assise dans l'escalier, dit-il.

— D'où tu tiens ça ?

— C'est Irene qui l'a dit.

— Viens, je vais t'enlever ton pantalon, comme ça on évitera d'en mettre partout jusqu'à la salle de bains.

Elle lui retira son pantalon, sa culotte et ses chaussettes, et replia le tout en mettant ce qui était sec par-dessus.

— Peut-être que tu peux laver un peu ici pendant ce temps, Jan-Ragnar ?

— D'accord, maman.

— Mais pas avec une serpillière trop mouillée. Et rince-la bien entre deux passages.

Elle prit la main de Geir et l'accompagna à la salle de bains. Elle le mit dans la baignoire et se retint de pleurer à la vue du corps malingre qui tremblait comme une feuille, avec son sternum qui ressortait et la joue rougie. Mais que pouvait-elle faire ? Ça ne servait à rien qu'elle le défende, ça ne faisait qu'aggraver les choses. Tout ce qu'elle pouvait faire, c'était essayer de le satisfaire avec des gaufres et de le faire penser à autre chose en lui parlant à voix basse. Elle le connaissait, tout au fond de lui, ce n'était pas un mauvais bougre, mais il avait tellement de choses à faire et il s'inquiétait toujours pour l'état de ses finances. Mais quelle idée aussi d'investir dans un cheval ? Ses collègues du magasin et lui l'avaient acheté ensemble, ils avaient pensé pouvoir s'enrichir rapidement, mais pour l'instant, ce cheval leur coûtait cher à entretenir et la seule course qu'il avait gagnée était locale et n'avait guère d'importance. Elle aurait aimé qu'un de ses collègues prenne l'initiative de le vendre. Un jour, elle avait osé dire que le septième du cheval qu'ils possédaient leur revenait trop cher, et cette fois-là, c'est elle qui s'était pris une claque, heureusement que les garçons étaient couchés, mais pas question de revenir sur le sujet.

Elle vérifia la température de l'eau avant de doucher Jan-Ragnar, elle le savonna, le rinça et l'enveloppa dans une grande serviette pour le sécher, avant de lui enfiler un pyjama propre. Sans volonté, il la laissait soulever ses membres un à un, comme lorsqu'il était petit.

— Tu n'avais pas terminé ton assiette ? dit-elle.

— Non.

— Alors on se brossera les dents après, mon trésor.

— Toi, tu es gentille, maman.

— Toi aussi, mon trésor.

— Papa pense pas comme toi.

— Mais si. C'est juste qu'il est parfois un peu sévère.

— Il est tout le temps sévère.

— Chut… Viens, on va retrouver Jan-Ragnar.

Fartein ouvrit la porte.

— Je dois pisser, dit-il.

— Ça tombe bien, on vient de terminer, répondit-elle.

Il visa dans l'eau, il aimait que ça fasse du bruit. La salle de bains était la pièce la plus sonore de l'appartement, puisque toutes les salles de bains, ces espaces vides entre quatre murs, s'empilaient les unes sur les autres et faisaient caisse de résonance. Il pissa longtemps. Il se sentait fatigué. C'était sans doute le fait d'avoir porté tous ces skis aujourd'hui. Il secoua son sexe et le remit dans sa braguette, remonta la fermeture Éclair et écouta les bruits qui lui parvenaient. Comme ceux d'en haut. Il entendit qu'elle était dans la salle de bains, peut-être qu'elle était nue ? Mais c'était trop tôt dans la soirée. Elle venait d'ouvrir son robinet et il entendit l'eau passer dans les tuyaux à la hauteur de son visage, il y avait là une forme d'intimité troublante, comme s'il était en quelque sorte en contact avec elle, car elle était seule dans la salle de bains, même si son crétin de mari était à la maison.

Avoir une nana pareille et voyager par monts et par vaux pour vendre des sachets de soupe, cet homme devait être cinglé – ou complètement fauché. Il avait la femme la moins sexy, une vraie planche à repasser, qui était toujours fourrée dans sa cuisine, et il n'avait quasiment jamais envie d'elle, alors que deux mètres plus haut, se trouvait une femme *sans* homme, ah bordel, quelle ironie du sort ! Il aurait pu donner une bonne leçon à ce vendeur de soupes en s'introduisant dans l'appartement, en la jetant sur le lit et en lui offrant ce qu'elle était en droit d'attendre d'un homme, d'un vrai. Ce type n'était même pas capable de lui faire un enfant.

À cette pensée, il se gratta l'entrejambe et ferma les yeux. Mais non, il n'allait pas pousser plus loin le fantasme, d'ailleurs ses foutus mômes n'étaient pas encore couchés, il ne pouvait pas avoir la paix avant de les savoir au lit. Il tira la chasse d'eau et retourna au salon. La porte coulissante était constituée d'une grande plaque en chêne massif. Des voix étouffées lui parvinrent, il regarda l'heure, bientôt il aurait la paix. Il n'allait pas tarder à se coucher lui aussi, demain ils sortiraient tout ce qui était nouveau pour l'été. Ça allait des chaussures de foot au badminton et au matériel de camping, il passerait la journée dans les cartons, heureusement qu'ils resteraient fermés jusqu'à midi pour pouvoir travailler sans être dérangés par les clients, c'était toujours ça de pris.

Il but sa dernière gorgée de café, mais il était froid, alors il recracha le liquide dans la tasse.

Geir continuait de hoqueter tout en finissant son assiette.

— Est-ce que celle du quatrième est amie avec Irene Salvesen ? demanda-t-elle.

Geir fit signe que oui.

— Pas vraiment amie, rectifia Jan-Ragnar.

— Mais si, insista Geir.

— Elle peut aller chez Irene, reprit Jan-Ragnar.

— Quand le père l'enferme dehors, dit Geir.

— C'est Irene qui vous a raconté ça ?

— Non, c'est Oliver, répondit Jan-Ragnar. C'est Susy qui le lui a dit. Irene l'a dit à Susy. Et c'est à cause que la mère de Nina elle est morte. Elle est vraiment à plaindre.

— Est-ce que c'est pour ça qu'elle peut aller chez les Salvesen ?

— Oui, dit Geir.

— Parce que la mère et le père d'Irene sont très gentils. Elle a le droit d'aller les voir même si elle a fait pipi sous elle, ajouta Jan-Ragnar en jetant un regard rapide sur Geir.

Elle avait à peine échangé deux mots avec les Salvesen, ses voisins de palier. C'étaient des gens silencieux, leur fille Irene devait avoir dix ans, ou peut-être seulement neuf. Elle paraissait aussi réservée que ses parents, toujours bien mise et bien coiffée, on aurait dit une petite poupée. M. Salvesen parlait un dialecte de la côte sud, il devait être très croyant, mais sa femme était de Trondheim. Fartein avait un jour discuté un peu avec lui devant l'immeuble et il lui avait dit qu'il travaillait comme menuisier. Après cela, elle avait toujours cherché à sentir l'odeur du bois coupé — une odeur qu'elle adorait — quand elle le croisait dans l'escalier, mais il sortait toujours en manteau et chapeau, comme tous les autres hommes, sauf M. Larsen, alors elle se demandait si Fartein ne s'était pas trompé. Mais ils étaient abonnés à la *Revue pour tous*, elle le savait avec certitude, puisque le facteur s'était trompé une fois et avait glissé la revue dans leur propre boîte aux lettres. Et son prénom était Holger, alors que sur les plaques de porte n'apparaissaient que les noms de famille. S'appeler Salvesen, c'était aussi un drôle de nom à porter. À cet égard, Berg c'était beaucoup mieux, plus neutre. Mais difficile de passer inaperçu quand on s'appelait Salvesen.

— Allez, il est temps d'aller au lit, va d'abord dans la salle de bains, Jan-Ragnar, puis Geir et moi on ira après.

Il resta allongé sur le dos, les bras le long du corps quand sa mère les embrassa pour leur souhaiter bonne nuit. Elle commençait toujours par Jan-Ragnar, puis c'était son tour. Sa bouche était chaude et elle sentait bon le savon.

— Bonne nuit, faites de beaux rêves, dit-elle en éteignant la lumière avant de refermer la porte.

Il replia ses mains sur son thorax.

— Maintenant je suis comme les morts sont dans leurs cercueils, murmura-t-il dans le noir.

— Comment tu le sais ? demanda Jan-Ragnar.

— Je l'ai vu dans la revue de maman. Il y avait un roi qui était mort.

— Ça fait mal ?

— Un peu. Surtout à l'oreille.

— Peut-être qu'on pourrait avoir des amis et aller chez eux ?

— Pourquoi ?

— Peut-être qu'ils ont des bandes dessinées ? hasarda Jan-Ragnar.

— Oui. Qui ça, par exemple ?

— Oliver, peut-être.

— Il a dix ans. Il est trop grand.

— Ça n'empêche. Peut-être qu'il voudrait bien.

Il ferma les yeux et bougea un peu. Le drap frottait contre le plastique en dessous, il avait déjà le dos en sueur. Jan-Ragnar, lui, n'avait plus besoin d'alèze. Il avait froid quand il se réveillait en pleine nuit, du pipi partout, sur les draps et la couette, tout était froid et mouillé. Jan-Ragnar et lui avaient eu des pyjamas exactement pareils, avec des éléphants et des balles jaunes. Mais les éléphants de son pyjama étaient devenus tout pâles, ils n'étaient même plus gris. Et les balles jaunes avaient presque disparu. Jan-Ragnar pouvait utiliser le même pyjama plusieurs nuits de suite.

— Eh, Geir ? chuchota Jan-Ragnar.

— Oui…

— Quand tu te réveilleras cette nuit et que tu auras fait pipi partout, tu n'auras qu'à me réveiller.
— Pourquoi ?
— Comme ça on échangera nos draps et on dira que c'est moi qui ai fait pipi sous moi.
— Tu veux vraiment ?
— Oui.
— Mais papa dira que tu es une fille.
— Ça ne fait rien, dit Jan-Ragnar.

La mer en bouteille

Elle aurait préféré que Ken ait de vrais cheveux et non cette imitation en synthétique marron. Elle pouvait peigner et arranger les cheveux de Barbie comme elle voulait, lui mettre des rubans. Plus tard elle serait coiffeuse, comme la mère de Susy et d'Oliver. Mais il fallait qu'elle fasse attention quand elle lui lavait les cheveux, sinon ils pouvaient tomber, et il ne fallait pas que de l'eau entre par les petits trous dans la tête, sinon la poupée pourrait pourrir, ou du moins sentir mauvais, sa mère avait lu ça dans un magazine. Au fond, ce n'était pas si amusant de les laver puisqu'ils séchaient tout de suite. Ce qu'elle aimait surtout, c'était jouer avec les cheveux *mouillés*.

La mère de Susy mettait *de la bière* sur les cheveux des gens, elle avait été deux fois chez eux, après l'école, et elle l'avait vue faire. Susy disait que c'était pour que les boucles tiennent plus longtemps, une fois que les cheveux avaient été enroulés sur des bigoudis et séchés au sèche-cheveux. La bière était meilleur marché que la lotion. Elle aurait aimé essayer de mettre un peu de bière sur les cheveux de sa Barbie, mais ils n'avaient jamais de bière à la maison, et les enfants n'avaient pas le droit d'en acheter sans un mot des parents. C'était idiot, puisqu'elle n'allait pas la boire, cette bière. Et si elle essayait avec de la limonade ? Pour son anniversaire, Noël ou la fête nationale, sa mère lui achetait de la limonade rouge, elle n'aurait qu'à en garder un peu.

— Irene ? Tu veux bien m'aider à éplucher les pommes de terre ? cria sa mère depuis la cuisine.

— Oui !

Elle replia les jambes de sa Barbie pour la faire asseoir sur son lit, tout contre le mur. Sa poupée portait un maillot de bain rayé. À côté d'elle, sur le ventre, le visage enfoncé dans la couverture, Ken était vêtu d'un pantalon marron et d'un pull rouge que sa mère lui avait tricoté. Il lui allait bien, ce pull. Peut-être qu'il faisait froid et qu'il en avait vraiment besoin. Auquel cas, Barbie n'avait pas assez de vêtements sur elle.

— Tu viens ?

— Oui, j'arrive.

Elle l'habillerait davantage tout à l'heure.

Elle aimait bien éplucher les pommes de terre. Elle n'avait plus besoin de se tenir sur une chaise pour le faire, sa mère trouvait qu'elle avait assez grandi pour rester debout, mais au bout de deux pommes de terre, elle avait déjà mal aux bras. Mais si elle était montée sur une chaise, c'est tout juste si elle les aurait touchées du doigt.

— Qu'est-ce que tu faisais ?

— Je jouais avec ma Barbie.

— Et Ken ?

— Pas tellement avec Ken. Il est un peu ennuyeux.

— C'est peut-être parce que tu ne le connais pas encore bien, dit sa mère.

— Je ne sais pas trop ce que des messieurs comme lui font.

— Peut-être que Barbie et Ken sont ensemble ?

— Non ! Il serait alors son mari et je n'ai jamais entendu mes copines à l'école dire ça. Ils sont seulement amis.

— Peut-être qu'il a le même métier que ton papa ?

— Il construit des immeubles ?

— Pourquoi pas ? Il va au travail, gagne de l'argent et rentre à la maison retrouver Barbie.

— Mais c'est pas amusant. J'ai pas envie de jouer à ça.

— À propos, je voudrais te faire essayer une robe d'été tout à l'heure.

Elle fit oui de la tête, même si elle savait que ce n'était pas une nouvelle robe qu'elle aurait. Sa mère allait souvent en ville faire quelque chose qui était un secret, elle n'avait pas le droit de le raconter, à personne. Sa mère achetait en effet des vêtements mais pas pour de vrai car il y avait quelque chose qui s'appelait « clause de remboursement ». Elle les payait normalement puis elle signait un papier où cette clause était marquée, puisqu'il fallait qu'elle vérifie d'abord si les vêtements allaient à sa fille ou à son mari. C'était toujours le cas, sa mère savait exactement ce qui leur allait. Elle enlevait ensuite la plante et la nappe de la table de la cuisine, étendait de grandes feuilles de papier et y inscrivait toutes sortes de chiffres ici et là, notait l'emplacement des fermetures Éclair et des petites coutures qui faisaient des plis sur le tissu, l'endroit où il fallait coudre les boutons, où la doublure commençait et se terminait, par exemple, s'il s'agissait de vêtements d'hiver. Le lendemain, elle retournait à la boutique et disait que, malheureusement, les vêtements n'allaient pas. Alors on lui redonnait l'argent, parce qu'elle avait signé ce papier.

— Je crois qu'il faut que tu te mouches, dit sa mère, avant que ça ne tombe sur les pommes de terre. Tiens, prends un morceau d'essuie-tout.

Sa mère avait un rouleau d'essuie-tout dans la cuisine rien que pour ça.

Elle en avait marre de se moucher ! Son nez n'arrêtait pas de couler, et ça lui picotait dans les yeux et tout en haut des narines. L'hiver, c'était un peu mieux, mais pas vraiment. Le pire, c'est qu'elle n'était pas enrhumée. Elle appréhendait le printemps et l'été, synonymes pour elle de catastrophe. Parfois elle était obligée de marcher du matin au soir avec les mains devant les yeux, comme une aveugle, pour ne pas prendre la forte lumière en plein et se mettre à éternuer sans pouvoir s'arrêter. Une des maîtresses à l'école avait dit qu'elle avait peut-être une *allergie.* C'était un mot bizarre. Comme si c'était quelque chose qu'on achetait dans une jolie boîte, et non pas quelque chose qu'on avait. C'était la maîtresse qui semblait avoir presque le même âge que les filles les plus âgées des immeubles. Elle ne l'avait pas répété à sa mère, ce mot bizarre : *all-er-gie*. Elle ne voyait pas bien le rapport avec son nez qui coulait tout le temps.

Elle éplucha sept pommes de terre. Quatre pour son père, deux pour sa mère et une pour elle-même. Elle avait les bras en feu.

— Tu peux mettre la table, dit sa mère.

Elle s'essuya longuement les mains avec la serviette en lin en regardant ses doigts. Quand elle serait grande, elle se mettrait du vernis à ongles. Sa mère n'en mettait pas. Dans l'escalier, il n'y avait que Peggy-Anita au troisième qui en mettait. Sur les orteils aussi. La mère de Susy avait parfois du vernis à ongles sur les orteils, en été. Elle l'avait vu et avait trouvé ça drôlement joli.

— Je mets aussi des serviettes ?

— Non, c'est pas la peine aujourd'hui, je crois. On va les économiser un peu.

— On n'a qu'à utiliser du papier toilette.

— Non mais, Irene !

— Il y a de jolies couleurs.

— Mais on ne peut pas se servir de quelque chose qui a été dans les toilettes, mon trésor.

— Eh bien, la prochaine fois, t'as qu'à acheter un rouleau qui restera dans la cuisine.

— Non, vraiment…

— Mais si, pourquoi on le ferait pas ?

Avant, le papier toilette était toujours blanc, mais maintenant il existait un nouveau type de papier dans des tons pastel : bleu pâle, rose et vert pâle. Mais pas jaune, sûrement parce que c'était la couleur du pipi. En ce moment, ils en avaient un bleu pâle, la prochaine fois ils en prendraient un rose. Elle se servirait de quelques feuilles pour mettre autour des robes de Barbie avant de les empiler soigneusement dans une boîte à chaussures. Quand on achetait des vêtements chers, il y avait toujours un papier de soie pour les envelopper, comme pour la robe très chère que sa mère avait « achetée » avec son système de caution, parce qu'ils étaient invités à un mariage.

— Je trouve qu'on devrait avoir la même couleur pour le savon dans la salle de bains que pour le papier toilette, maman. Tout le temps.

— Ce n'est pas possible. On utilise un paquet de papier toilette beaucoup plus vite qu'un Lux.

— On n'a qu'à changer ! Enlever le savon qui n'a pas la bonne couleur quand tu achètes un nouveau paquet de papier toilette et le remplacer par un autre, et puis rechanger quand c'est la bonne couleur !

— C'est fou ce qu'il y a dans cette petite tête.

— Qu'est-ce qu'on mange ?

— Du boudin avec de la graisse et du sirop de canne à sucre.

Elle découpa en tranches le boudin en chantonnant l'air qui passait à la radio, elle se sentait toute joyeuse. Quand elle lisait le courrier des lecteurs dans les magazines où certaines femmes racontaient combien elles étaient malheureuses, elle se demandait souvent — et Holger lui aussi parfois — pourquoi elle était si heureuse. « Sans doute parce qu'on n'a plus les toilettes dehors », disait-il.

En un sens, il avait raison. Elle adorait cet appartement, elle adorait cette tranquillité de savoir que tout *fonctionnait* autour d'elle : l'eau courante, la douche, les toilettes, les radiateurs, les murs propres et le plafond du salon lisse, sans vieilles poutres fissurées, la petite véranda qui n'était qu'à eux et où elle pouvait bronzer au printemps et en été sans être dérangée.

Après avoir contracté un emprunt pour emménager ici, l'inquiétude l'avait rongée jour et nuit, pendant qu'ils faisaient leurs cartons pour quitter la ferme de ses parents. Sa mère se promenait en permanence avec une serviette pour essuyer ses larmes, parce qu'on allait « lui arracher sa seule petite-fille ». Quand ils leur rendaient visite sur l'île d'Innerøya, il lui arrivait de s'asseoir pour regarder sa mère accomplir les tâches ménagères si compliquées dans une cuisine sans évier. La vaisselle se faisait dans une bassine en zinc qu'il fallait ensuite porter délicatement à l'autre bout de la cuisine pour en jeter l'eau, les canalisations étaient souvent bouchées, l'eau gelait en hiver, et ils avaient beau chauffer tout ce qu'ils pouvaient, on n'avait jamais chaud à moins d'être collé au poêle à bois. C'était comme si la chaleur montait au plafond et y restait, refusant de s'aventurer dans les coins.

Ici, ils se chauffaient au charbon et en moins d'une heure il faisait très chaud au salon et les radiateurs fonctionnaient dans toutes les pièces. Du reste, ils habitaient au second étage, à droite, et avaient des appartements tout autour pour leur tenir chaud. Il leur suffisait de mettre leurs radiateurs sur cent vingt pour avoir chaud tout l'hiver.

Et puis il y avait ces fameuses toilettes. Holger avait détesté être obligé de sortir dans le froid pour aller aux toilettes primitives installées dans la grange. Elle aussi. Mais comme elle était née là-bas, difficile de critiquer les toilettes sans avoir l'air de critiquer les parents. Et ils avaient pu vivre là gratuitement, le temps que Holger obtienne son diplôme, sinon ils n'auraient jamais pu s'offrir cet appartement flambant neuf, il y a deux ans de cela. Si quelqu'un lui avait dit trois ans plus tôt que dans un an elle ferait la cuisine devant un plan de travail aménagé avec deux éviers en inox, avec un mitigeur qu'elle pouvait basculer d'un évier à l'autre, des tuyaux qui jamais ne se bouchaient et une cuisinière tout à côté et des toilettes avec une cuvette en porcelaine, à l'intérieur de l'appartement, à quelques pas de la cuisine !

La seule fois où sa mère et son père leur avaient rendu visite, sa mère n'avait pas su qu'il fallait tirer la chasse d'eau, car dans les toilettes de la grange, quand on avait terminé, on se contentait de baisser le couvercle en bois. C'est Holger qui le lui avait dit après les avoir raccompagnés en voiture jusqu'au train. Ça l'avait bien fait rire, lui, alors qu'elle avait plutôt eu envie de pleurer. Il n'était pas dans l'ordre des choses, trouvait-elle, qu'une fille ait une vie meilleure que ses parents.

Elle avait aussi acheté le tissu de la robe et pouvait s'y mettre dès ce soir. Elle s'en faisait déjà une joie. Les soirées étaient si paisibles, si agréables, avec la radio allumée pas trop fort, elle avec sa couture ou un autre ouvrage, Holger avec ses maquettes de bateaux en bouteille, et toujours du café chaud dans le thermos qu'ils s'étaient acheté à Noël comme cadeau pour tous les deux.

Ces belles soirées lui évoquaient la vie dans les fermes autrefois, au crépuscule, en automne et en hiver, quand toute la famille se retrouvait dans la salle commune et que chacun s'occupait de son côté, les femmes au rouet ou à repriser les chaussettes, les hommes à tailler des couteaux ou à réparer une chaussure ou un outil. Les conversations à voix basse, le plaisir de partager ces moments ensemble, le calme qui régnait… elle regrettait ce temps où, petite, elle avait le droit de s'allonger sur la banquette de la pièce, et de rester avec eux, avant d'être portée dans son lit quand tout le monde allait se coucher. Elle se rappelait ce sentiment d'être en sécurité, quand elle s'endormait au son du rouet, des voix familières et des bûches qui crépitaient dans l'âtre.

À présent, le soir, à la ferme, ses parents regardaient la télévision. C'était d'une tristesse à pleurer. Pour sûr, un téléviseur devait coûter aussi cher qu'une cuvette de WC ou un bon évier dans la cuisine. Malgré cela, son père s'était acheté une télévision dont il était fier comme un coq, parce qu'ils avaient pu acquérir la ferme voisine. Il n'avait pas songé une seconde au travail pénible que représentait la préparation d'un repas dans une cuisine aussi peu pratique – ni à la vieillesse qui les attendait et aurait dû les inciter à se faciliter un peu la vie.

Elle et Holger avaient d'un commun accord décidé qu'ils n'avaient pas les moyens de s'offrir la télévision. Ils avaient la radio et c'était largement suffisant. Elle ignorait qui dans l'escalier avait la télévision. Mais les appartements étaient très sonores ici, c'était leur seul défaut. On entendait les discussions, les cris et les rires des Larsen en dessous, les bruits de pas des Karlsen au-dessus, et un vacarme désagréable du logement social de l'escalier B. Il avait beau être situé au rez-de-chaussée, le tapage qu'ils faisaient remontait jusque chez elle. Ce n'étaient pas des gens bien, ces gens-là.

— Quatre-vingt-dix... quatre-vingt-dix... quatre-vingt-quinze ! Papa va arriver ! s'écria Irene qui surveillait l'arrivée du bus sur la route et qui comptait ensuite jusqu'à quatre-vingt-quinze le temps pour le bus de tourner au coin de la maison de retraite.

— Ça tombe bien, dit-elle, car le repas est prêt.

C'était si bon de savoir que bientôt il serait là. Elle l'entendrait pousser la lourde porte d'entrée en bas, et saurait qu'il monterait quatre à quatre les marches, léger comme un oiseau. Quand il grimpait l'escalier avec Sidsel, après la promenade dominicale ou après avoir fait les courses, il montait toujours doucement, en se calant sur le rythme de Sidsel, mais quand il était seul, il volait littéralement. Rien à voir, Dieu soit loué, avec tout le bruit que faisait M. Berg, leur voisin de palier, ou M. Karlsen au-dessus d'eux. Non, il effleurait à peine les marches, trop heureux à l'idée de retrouver sa femme et sa fille, et, tout autant, de rentrer à *l'appartement*. Ce mot seul le ravissait, comme s'il s'agissait de la maison du Seigneur. Il avait perdu depuis belle lurette sa foi d'enfance, mais « la maison du Seigneur » était une jolie expression, encore qu'il ne fût pas un seigneur, mais tout l'appartement était un cadeau qu'on lui avait remis entre les mains, c'était tellement inespéré. Et ils arrivaient à payer sans problème les mensualités du prêt immobilier de sept mille couronnes, cela faisait deux cent quarante couronnes par mois, et comme Sidsel tricotait et cousait tous les vêtements dont ils avaient besoin, et se montrait économe en toutes choses, ils arrivaient même à mettre un peu d'argent sur un compte d'épargne.

Ils allaient manger du boudin, en déduisit-il à l'odeur.

— Papa !

— Ma petite fille, dit-il en lui caressant les cheveux. Tu as passé une bonne journée ?

— J'ai épluché des pommes de terre et j'ai mis la table.

— Et à l'école ?

— Rien de spécial. Je me suis ennuyée.

— Tu connaissais des réponses ?

— Oui, mais il y en a tellement qui lèvent la main avant moi.

— Et ton nez ?

— Il coule pas mal.

— Alors tout va bien, dit-il.

Ils venaient de s'asseoir à table lorsqu'il y eut de petits coups frappés à la porte.

— Ça doit être Nina, dit Irene.

— Oui, va ouvrir et demande-lui ce qu'elle veut, dit sa mère.

Nina n'utilisait jamais la sonnette, elle se contentait de frapper à la porte, tout bas et très vite.

— Peut-être qu'elle a besoin d'aller aux toilettes, hasarda Irene en se levant.

Sa mère la suivit.

Nina se tenait sur le paillasson, dans son éternel collant blanc avec de grosses taches sur les cuisses et sous la plante des pieds, là où le collant avait glissé et formait un tas informe devant ses orteils. Elle portait un tricot de corps rouge qui laissait à l'air une partie de sa culotte et de son ventre, c'était tout ce qu'elle avait sur elle. Ni pantoufles, ni chandail, ni cardigan tricoté.

Elle sentit monter en elle sa profonde répulsion pour ce Karlsen, mais elle avait trop faim et venait de couper en deux sa première pomme de terre, quand Nina avait frappé.

— Tu veux peut-être aller aux toilettes ? demanda Irene.

Nina secoua la tête, le regard baissé sur le paillasson.

— Nina n'a qu'à entrer et t'attendre dans ta chambre, jusqu'à ce que tu aies fini de manger.

— Tu veux ? dit Irene.

La petite fille fit oui de la tête, Irene ouvrit la porte en grand et Nina entra timidement, avec un dos voûté qui faisait mal à voir. Elle n'avait pas l'air d'avoir fait pipi sous elle, mais c'était difficile à apprécier comme elle portait un collant blanc. Sidsel essaya de sentir si l'enfant avait fait pipi quand Nina passa devant elle, mais elle ne perçut qu'une faible odeur de cheveux sales.

— Tu as mangé, Nina ? demanda-t-elle.

La fillette ne réagit pas tout de suite, mais après quelques secondes, elle inclina la tête et regarda droit dans les yeux Irene qui, aussitôt, approcha l'oreille de sa bouche.

— Non, parce que son père n'avait pas faim et n'avait pas envie de faire à manger, dit Irene qui ajouta de sa propre initiative : Nina n'a pas le droit de se servir toute seule dans le réfrigérateur, sauf le matin quand elle doit préparer ses tartines pour l'école. Et maintenant il a fermé la porte à clé. Et d'ailleurs, maman, il fait de la nourriture bizarre, m'a dit Nina.

La petite fille se recroquevilla encore plus pendant qu'Irene parlait, elle était si petite et maigrichonne, avec une grosse tête ébouriffée, elle ressemblait à une barbe à papa – mais sans vrai papa.

— Alors elle n'a qu'à manger avec nous.

Nina eut droit à une des pommes de terre de Holger.

— J'ai fait un gâteau de semoule en dessert, avec un coulis aux fruits rouges, alors tu ne devrais plus avoir faim en quittant la table, dit-elle à Holger.

Tassée sur sa chaise, le regard fixé sur son assiette, Nina coupa la pomme de terre en deux avec la fourchette et ne semblant pas vouloir se servir du couteau. Quand elle eut une tranche de boudin, elle utilisa aussi simplement la fourchette.

— Et il faut que tu prennes un peu de gras. Au fait, c'est quoi « de la nourriture bizarre » ?

— Oh, ça dépend. Je peux le dire, Nina ? demanda Irene.

La petite fille acquiesça.

— Par exemple, il fait réchauffer des sardines à l'huile avec des macaronis. Nina ne trouve pas ça très bon. Et il ne mange presque que du poisson. C'est quelqu'un à son travail qui pêche lui-même et qui lui en donne.

— Le poisson, c'est bon pour la santé.

— Oui, mais pas quand il n'y a que ça, maman ! Presque chaque jour. Et quand il fait cuire des harengs à la poêle, il dit qu'on peut manger toutes les arêtes parce qu'elles sont si fines qu'on les sent pas, c'est ce qu'il fait, lui. Comme avec les sardines. Mais Nina, elle aime pas ça non plus.

— J'avoue que c'est un peu...

— Et pour ses sandwichs à l'école, il n'achète que de la crème d'œufs de poisson à tartiner. Nina n'a jamais de chocolat ni de confiture.

Nina prit de la nourriture sur sa fourchette et leur jeta un regard furtif avant de tout fourrer dans sa bouche et de mâcher, lèvres serrées. Elle finit son assiette bien avant Irene et quand le gâteau de semoule arriva sur la table, elle avala presque sa part, ainsi que les deux suivantes, tout en engloutissant deux verres de lait.

Difficile d'avoir une conversation normale avec Holger quand Nina était là, tous deux bouillaient intérieurement de colère : la petite fille mourait de faim et son père l'enfermait dehors presque sans vêtements.

— On va dans ma chambre ?

Nina hocha la tête et se laissa glisser de sa chaise. Une fois, à l'école, elle avait fait pipi dans sa culotte et elle avait dû garder sa culotte mouillée toute la journée. Tout le monde s'était moqué d'elle, mais elle n'était pas rentrée à la maison. Seule Irene savait que c'était parce qu'elle n'avait pas la clé de chez elle. Mais pourquoi elle préférait être la risée de tous plutôt qu'attendre dans l'escalier devant sa porte ?

C'était à n'y rien comprendre. À l'école, elle n'était pas copine avec Nina, personne ne l'était. On aurait dit qu'elle n'entendait pas les moqueries et les rires, elle ne pleurait jamais, gardait la tête baissée avec sur le visage la même expression figée, presque comme Barbie, le sourire en moins. En réalité, elle aurait pu aller voir sa maman à elle qui s'en serait occupée, lui aurait prêté des vêtements et l'aurait gardée à la maison le temps que son père rentre. Mais elle n'y avait pas pensé sur le coup, c'était trop bête.

— Il faut que j'habille ma Barbie, elle a froid. Je te prête Ken, si tu veux.

— Ils sont où, ses vêtements ? demanda Nina après avoir refermé la porte.

C'était toujours comme ça, elle ne parlait jamais à sa mère ni à son père, mais avec elle, oui.

Elle lui tendit la boîte à chaussures qui contenait les vêtements de Ken. Nina souleva délicatement chaque vêtement.

— Il n'a pas autant de vêtements que Barbie, tu sais.

— Je sais, rétorqua Nina.

— Tu crois qu'ils sont ensemble ?

— Non ! répondit Nina avec véhémence, le regard soudain en colère. Ils ne sont PAS ensemble !

— Je pense comme toi. Il est trop ennuyeux. Barbie a certainement envie d'avoir un garçon tout à fait différent.

— Elle n'a besoin de personne, Barbie.

— J'ai eu Ken en cadeau à Noël, j'avais demandé à l'avoir, maintenant je regrette. J'aurais préféré avoir une autre Barbie, une avec des cheveux bruns. Comme ça, j'aurais eu une Barbie de chaque. Une blonde et une brune.

— Et on aurait pu jouer avec une Barbie chacune, ajouta Nina.

Nina n'avait pas de Barbie. Elle n'en avait même pas reçu une de ses grands-parents. Ils lui avaient offert un petit troll à habiller, mais ça, c'est ce que toutes les filles avaient *l'année dernière* ! Et un des garçons le lui avait arraché des mains à l'école et l'avait jeté par-dessus le grillage du jardin des vieux ronchons qui habitaient à côté et qui détestaient l'école : on les avait contraints à abattre deux grands arbres, des cytises, parce qu'ils poussaient trop près du grillage de l'école et que les grappes de fleurs jaunes étaient si toxiques que les écoliers pouvaient mourir s'ils les mangeaient. C'est pourquoi Nina n'osait pas aller rechercher son petit troll...

Il s'installa sur le balcon et bourra une pipe. Sidsel ne fumait pas elle-même, elle trouvait que l'odeur restait imprégnée aux rideaux. Il aimait bien ce moment de calme sur le balcon, c'était le seul endroit — à part aux toilettes — où il était tout seul.

Sortie pour faire ses courses, Mme Larsen s'était arrêtée et discutait avec d'autres femmes, elle riait et gesticulait. C'était dommage que Sidsel n'ait pas d'amies proches ici, elle ne fréquentait même pas les autres femmes de l'escalier ou de l'immeuble. Elle disait qu'elle n'en avait pas besoin, elle les saluait, un point c'est tout. Et quand elle voulait arranger ses cheveux, elle allait chez une autre coiffeuse qui avait son propre salon de coiffure à côté de l'épicerie. Pas question de descendre chez Mme Larsen, il y avait trop de commérages et elle n'avait pas envie d'y participer, non elle se portait mieux en gardant ses distances, affirmait-elle.

Il la croyait. Elle avait toujours l'air heureux et joyeux. Et il la connaissait suffisamment pour savoir qu'elle ne faisait pas *semblant*. Rester à la maison et s'occuper de son foyer, c'était vraiment ce qu'elle voulait.

Une bande de gamins traversa la pelouse marron en poussant des cris, il reconnut des enfants de l'horrible famille de l'escalier B. Il tira sur sa pipe et garda la fumée quelques secondes, sentit qu'il avait l'estomac bien rempli et qu'une petite sieste n'aurait pas été de trop, mais après il se sentait patraque le restant de la soirée et, ce soir, il avait une chose importante à faire : il avait l'intention de commencer une nouvelle maquette de bateau et devait mettre en place la mer.

Sidsel sortit sur le balcon.

— J'ai terminé la vaisselle. Tu prendras du café ?

— Volontiers, c'est gentil.

Elle avait posé des biscuits sur une assiette avec le café, mais ils n'avaient plus faim tous les deux, un morceau de sucre eût été suffisant. Elle avait fait du pain dans la matinée, ils auraient donc une délicieuse collation vers vingt heures, avant qu'Irene n'aille au lit.

Installés dans la cuisine, ils regardèrent par la fenêtre.

— L'herbe sera bientôt verte, dit-elle.

— Oui, on pourrait prendre le train et aller avoir tes parents, un de ces week-ends, proposa-t-il. C'est si agréable d'être là-bas à la ferme au printemps.

— Tu parles sérieusement ? s'étonna-t-elle. Oh, ils seront si contents. Irene leur manque beaucoup, tu sais.

— Ce seront bientôt les vacances scolaires.

— Toi, tu me manques toute la semaine, quand je suis là-bas avec Irene en été.

— C'est gentil de me dire ça.

— Oh, tu le sais parfaitement, Holger, ne fais pas l'innocent. J'attends avec impatience le samedi. Maintenant qu'Irene est assez grande, elle peut rester là-bas toute seule. J'ai envie d'être un peu en ville, moi aussi.

— Ah bon ? Rien que toi et moi à la maison ? Mais je serai au travail toute la journée, tu sais. Tu tourneras peut-être en rond ici, sans Irene.

— Ne dis pas de bêtises. Je pourrais bronzer et me détendre. Et puis j'ai envie d'apprendre à faire de la tapisserie. J'ai emprunté un livre à la bibliothèque. Mais j'ai besoin d'un grand cadre, il y a un croquis avec les dimensions dans le livre.

— Je peux m'en occuper, dit-il.

— Cela me tente beaucoup. Et puis je pourrais teindre moi-même la laine à la ferme, tout est expliqué dans le livre, j'ai hâte de m'y mettre.

— Tu pourrais aussi tisser à la ferme.

— Je préfère rester un peu ici. À moins que tu n'aies envie de jouer au célibataire ?

— Non, mais ça ne me dérangerait pas de manger des œufs au plat tous les jours. Je ne veux pas que tu restes à l'appartement à cause de moi.

— Les murs sont assez minces ici. Et Irene a le sommeil léger, dit-elle en évitant de le regarder.

Il mit un biscuit dans sa bouche.

— Tu rougis ? fit-il en observant son visage.

— Oui, reconnut-elle en soutenant son regard. On pourrait peut-être arrêter avec cet affreux truc en plastique. Tu ne crois pas qu'on peut se le permettre maintenant ? J'ai gardé toutes les affaires de bébé d'Irene.

— Hum.

Elle avait osé le dire. Elle savait qu'il désirait un garçon, mais cela faisait plusieurs années qu'il n'en parlait plus.

— Tu n'y crois plus ? dit-elle en lui caressant le dos.

— Non, plus vraiment, avoua-t-il. C'est toi qui auras tout le travail, c'est pourquoi je...

— Viens ici.

Elle l'enlaça, l'embrassa sur le front et les cheveux, il posa ses mains autour de sa taille et l'attira si fort contre lui que les pieds de la chaise raclèrent contre le linoléum.

— Sidsel... Tu es vraiment mervei...

— Toi aussi. Si tu savais comme je t'aime.

M. Karlsen avait l'habitude de donner des coups sur le plancher pour signifier que Nina devait rentrer, et c'est exactement ce qu'il fit.

— Il faut que je m'en aille.

— Avec quoi il tape ?

— Je ne sais pas. Je ne suis pas là pour le voir.

— C'est vrai. Tu veux que je te prête Ken ?

— Je peux ?

— Oui. Je peux aussi te prêter la boîte avec ses vêtements. Jusqu'à demain.

— Alors je vais mettre Ken dans la boîte pour monter chez moi. Salut.

— Salut.

Elle n'avait jamais été chez Nina. Celle-ci n'avait pas le droit d'inviter quelqu'un à la maison, même pas dans sa chambre. Elle savait seulement qu'ils n'avaient pas la télévision et que son père achetait du papier toilette blanc et du savon Lux blanc. Nina lui avait confié qu'elle espérait qu'un jour son père oublie de faire les courses en revenant du travail et qu'il l'envoie le faire à sa place, avec de l'argent et un bout de papier où seraient marqués « papier toilette » et « savon ». Alors elle les achèterait tous les deux de couleur rose.

Son père et sa mère prenaient leur café à la table de la cuisine, ils souriaient et avaient l'air heureux d'une autre manière que d'habitude, presque comme le jour où ils lui avaient annoncé qu'ils allaient déménager pour s'installer à Trondheim dans un nouvel appartement avec des toilettes et une douche.

— Qu'est-ce qu'il y a ? demanda-t-elle.

— Comment ça ? Mais rien, répondit sa mère.

— Vous avez un air bizarre. Comme si vous vouliez me faire une surprise.

— Mais non, on a seulement parlé de quelque chose d'amusant, dit son père.

— J'ai prêté Ken à Nina jusqu'à demain.

— C'est gentil de ta part, dit sa mère. Nina a besoin que tout le monde soit gentil pour elle.

— Il n'y a pas grand-monde qui l'est, objecta Irene.

— Mais les professeurs sont certainement gentils avec elle.

— Je crois. Mais je ne suis pas dans sa classe. Je sais seulement qu'elle est très douée en maths.

— En maths ? s'étonna le père.

— En calcul, corrigea la mère.

Elle ne leur avait jamais dit que tout le monde se moquait de Nina. À quoi bon ? Ses parents n'avaient rien à voir avec l'école, là-bas c'étaient les professeurs qui faisaient la loi. Lors des réunions parents-profs, ils ne parlaient que des notes et des bavardages en classe.

— Tu peux encore jouer un peu puis tu finiras tes devoirs et tailleras tes crayons avant le dîner. Et n'oublie pas de me donner ta boîte à tartines, dit sa mère.

— Elle n'a vraiment pas de chance, cette petite, dit-il.

— On ne peut rien faire, dit-elle. Cela ne nous regarde pas.

— Si, puisqu'on sait qu'elle ne va pas bien.

— On fait déjà ce qu'on peut en la laissant entrer ici et en lui donnant un peu à manger. Et je n'ai pas compté le nombre de fois où j'ai dû laver le dessus-de-lit d'Irene après que Nina se soit assise dessus avec sa culotte toute mouillée.

— Je ne sais pas ce qui me retient de lui foutre mon poing dans la figure, à ce type. Ou de le balancer par-dessus le balcon.

— Parce que tu crois que ça aiderait Nina, gros bêta ? Les grands-parents viennent parfois les voir.

Espérons qu'ils représentent quelque chose pour elle. C'est quand même leur petite-fille.

— Personne ne sait comment la mère est morte… Peut-être qu'il l'a tuée ?

— Holger !

— Avoue que c'est louche qu'il ne lui ait pas dit comment sa mère est morte.

— Elle était si petite quand c'est arrivé, qu'elle ne s'en souvient pas, c'est ce qu'elle a confié à Irene.

— Je sais, tu me l'as déjà dit. Mais pourquoi elle ne demande pas à son père ?

— Je ne pense pas qu'ils aient de grandes conversations.

— Non, comme tu dis. Ah, quel salaud, ce type !

— Holger, voyons. Ça ne doit pas être facile pour lui tous les jours. De vivre seul dans ces conditions.

— Quand je pense qu'il enseigne à des gamins ! D'accord, il n'est pas prof au lycée et ses élèves n'ont pas besoin d'être maternés, mais quand même !

— Mais Irene lui a prêté Ken, ça a dû lui faire plaisir. Tu veux que je cuise des œufs pour le dîner ?

— Je n'ai vraiment pas faim, répondit-il.

— Moi non plus. Mais il faut tenir compagnie à Irene, c'est plus agréable pour elle. Et j'ai fait du pain frais dans la matinée.

Il avait réussi à se procurer une bouteille de whisky Grant's, triangulaire, grâce à un collègue de travail. C'était parfait pour un clipper. Tandis que Sidsel mettait la table, il s'assit au petit bureau dans le salon et nettoya l'intérieur de la bouteille à l'aide d'un chiffon en lin enroulé autour d'un morceau de fil de fer tordu. Ensuite, il fit briller soigneusement le moindre coin de la bouteille, en ne cessant de penser qu'elle voulait un autre enfant. Il l'imagina un instant avec un ventre proéminent, elle était si belle quand elle attendait Irene, comme si, sous cette peau tendue, elle abritait le monde entier.

Peut-être qu'il allait donner à ce nouveau bateau un nom de garçon, même si ce n'était pas usuel ; il fallait trouver un prénom qu'il aimait, qui lui porterait chance. S'il avait perdu sa foi d'enfant, il avait gardé — pour ne pas dire entretenu — une certaine superstition que sa grand-mère de Grimstad lui avait transmise quand il était enfant. Et sur la mer, beaucoup de choses portaient bonheur ou malheur. Les parapluies, siffloter, parler de chevaux, ça portait malheur. Il ne fallait jamais parler de chevaux, pas même prononcer ce mot. Le nom du bateau, lui, portait bonheur.

Il attendait toujours plusieurs semaines après avoir terminé un bateau en bouteille avant d'en commencer un autre. Il fallait d'abord trouver des bouteilles adaptées. Parfois il construisait un petit socle pour leur donner une meilleure stabilité. Il ne s'était jamais demandé pourquoi il avait tant de plaisir à fabriquer ces bateaux, à prendre soin de ces bouteilles qui allaient les abriter, sans doute parce que ce bonheur allait de soi. C'était son père qui le lui avait transmis, lui qui avait un hangar à bateaux plein de ses réalisations et qui avait commencé petit à petit à vendre.

Il ressentait la même joie chaque fois qu'il devait expliquer aux gens intrigués comment il travaillait. « Comment as-tu réussi à faire entrer ce grand bateau par le goulot de la bouteille ? » était la question qui revenait toujours. Certains croyaient qu'il travaillait avec de longues pinces à épiler et construisait le bateau depuis l'intérieur de la bouteille. Il les laissait croire ça. C'était déjà en soi assez de travail de planifier la moindre voile, de fixer tous les fils sur tout ce qui était voile et mât, pour ensuite redresser l'ensemble dans toute sa hauteur et sa beauté, une fois qu'il avait introduit le tout à l'intérieur. Seule la coque du bateau dans son intégralité devait être glissée entière par le goulot, au millimètre près. Quand il tirait sur les fils en respectant un ordre bien précis et que le gréement et la voilure se redressaient, tout paraissait beaucoup plus grand que la coque fine et cela créait une illusion d'optique qui faisait croire à quelque chose d'impossible.

Il prit assez de pâte pour en couvrir sa paume et y ajouta de la gouache blanche en tube. Il commandait les couleurs par correspondance, le magasin devait croire qu'il était peintre. Il malaxa soigneusement la pâte pour qu'elle prenne bien la couleur, et quand elle fut uniformément blanche, il la déposa dans un bocal en verre rempli d'eau froide : il s'en servirait plus tard pour tracer le sillage d'écume du bateau. Ensuite il reprit un morceau de pâte qu'il colora en bleu en y ajoutant une pointe de vert. Tandis qu'il pétrissait pour avoir une jolie couleur homogène, il ne cessait de penser à ce fils qu'il allait peut-être avoir. Bien sûr, ce pouvait être aussi une fille. Irene ne s'intéressait pas à ses bateaux en bouteille, même si elle aimait le moment précis où il tirait sur les fils pour que le bateau se redresse.

Ils allaient faire un enfant.

Enfin, plus besoin d'utiliser de capotes.

Cela devait faire un moment qu'elle y pensait, sans le lui dire, mais elle voulait être sûre à cent pour cent, il la reconnaissait bien là. Elle était forte. Avec un solide bon sens paysan.

Quand la pâte fut prête, il la roula un peu dans la craie, pour qu'elle attache moins, avant d'en confectionner un cylindre qu'il coupa en tronçons avec un couteau. Puis il déposa une à une ces rondelles dans le fond de la bouteille à l'aide du fil de fer. Il fallait surtout veiller à ne pas toucher avec la pâte les côtés de la bouteille destinés à être au-dessus de l'eau, car cela laissait des taches de gras difficiles à enlever. Il égalisa ensuite la mer avec une minuscule cuillère à café qu'il avait fixée au bout d'une tige en fer. Il ajouterait le sillage du bateau et les crêtes d'écume juste avant d'introduire le bateau, de façon à maintenir celui-ci bien en place.

Lorsque la mer fut terminée, il ferma le goulot de la bouteille avec un peu de toile à fromage roulée en boule. Ainsi l'air pouvait circuler et la pâte sécher, tout en empêchant la poussière d'entrer.

Elle contemplait son dos, sa nuque courbée tandis qu'il se concentrait pour boucher le goulot de la bouteille, avant de se redresser en expirant l'air de ses poumons.

— Écoute, dit-elle, en s'approchant du meuble radio et en montant le son, ils passent ta chanson préférée !

Deine Heimat ist das Meer, deine Freunde sind die Sterne, über Rio und Shanghai, über Bali und Hawaii. Deine Liebe ist dein Schiff, deine Sehnsucht ist die Ferne…[9]

Il bondit de sa chaise et l'entraîna dans une valse.

— Holger ! Mais tu as plein de pâte bleue sur les mains !

— *Seemann, laß das Träumen*[10] sur ma belle amie, oh ouiiii ! Tu supportes bien quelques éclaboussures des sept océans sur ton tablier ! Tu n'auras qu'à le teindre en bleu, la couleur de tes yeux.

À la fin de la chanson, ils restèrent enlacés.

— Je t'aime, dit-il.

Elle détourna les yeux, il ne le lui disait qu'après avoir fait l'amour, c'était à peine croyable qu'il le lui dise comme ça, debout, en plein salon. Elle eut soudain conscience de la force du sentiment qui animait son propre cœur et en ressentit de la fierté. Elle n'en revenait toujours pas de posséder tout ça et de ne le devoir, en grande partie, qu'à elle-même. Elle mit son front dans le cou de Holger et ferma les yeux.

— Tu sais quoi ? dit-il.

— Non.

— J'ai un petit creux. Ça donne faim de fabriquer toute une mer en à peine une heure.

---

9. *Ton pays est la mer, tes amis sont les étoiles au-dessus de Rio et Shanghai, de Bali et Hawaï. Ton amour est ton bateau, ton désir est l'appel du large…* (en allemand dans le texte).

10. *Marin, arrête de rêver…* (en allemand dans le texte).

Blue Master

Heureusement qu'il rentrait toujours à la maison beaucoup plus tôt que les autres papas, puisqu'il enseignait dans une école. Les professeurs étaient libérés en même temps que les élèves, soit au moins deux heures avant que les autres hommes sortent de leur travail.

Elle était assise dans l'escalier avec ses cahiers sur les genoux et le journal *Adresseavisen* posé à côté d'elle sur la marche. Elle n'avait pas fait pipi dans sa culotte, car elle avait pu aller aux toilettes dans la loge du gardien à l'école, elle avait le droit si elle acceptait de rester un peu sur ses genoux après et le laissait enfouir sa tête dans ses cheveux tandis qu'il lui chuchotait qu'elle était « sa petite chérie ». Il tremblait toujours d'une drôle de manière quand elle était assise sur ses genoux, ce devait être une sorte de maladie, mais ça ne faisait rien, elle se contentait de penser à autre chose. Ça ne durait pas si longtemps et ça lui évitait de faire pipi dans sa culotte. Car il n'y avait aucun buisson ou endroit où se cacher des regards des garçons, ils la suivaient après l'école, et elle n'allait plus jamais aux toilettes de l'école depuis que Karin en CM2 l'avait vue sortir d'un box et avait crié tout haut que plus personne ne devait utiliser ces toilettes car elle avait dû mettre plein de son « sale pipi » sur la lunette.

Elle venait de finir ses devoirs en calcul quand son père surgit de l'escalier, peu après qu'elle eut reconnu sa voix quand il avait poussé la porte d'entrée. Elle n'avait pas distingué les mots, car la cage d'escalier faisait caisse de résonance. Au troisième étage, il était alors impossible d'entendre des paroles si on criait.

— Ah, t'es là ? dit-il.

Il portait deux filets en nylon avec des provisions, en plus de son porte-documents et d'un grand paquet enveloppé dans du papier journal humide.

— Allez, entre !

— T'es fâché ?

— L'insupportable dragon du rez-de-chaussée m'a montré sa serpillière devant mes pieds. Mais merde ! C'est quand même pas *mon* boulot de garder propres *ses* escaliers ! Elle n'a que ça à faire, cette bonne femme qui n'a pas de gosses.

C'était dommage qu'il soit déjà en colère, mais tant pis. Geir et Jan-Ragnar au second étaient plus à plaindre qu'elle. Ils étaient aussi plus petits. Mais son père disait que « les vrais hommes ne frappaient pas les filles, ni les petites ni les grandes ». Elle trouvait que c'était gentil de dire ça. Il qualifiait M. Berg d'imbécile, et il refusait de le saluer d'un signe de tête quand ils se croisaient dans l'escalier, même si leurs corps se touchaient presque au passage, elle avait vu la scène de ses propres yeux.

— J'ai terminé mes exercices de maths, annonça-t-elle.

— Ça s'appelle des « mathématiques », je t'ai déjà dit cent fois que je déteste cette abréviation. Ou même cent fois au carré. Tu as eu des exercices amusants à faire ?

— Non, répondit-elle. Rien que des multiplications très ennuyeuses.

— C'est bien. Ça ne m'étonne pas que tu trouves ces calculs ennuyeux.

Elle ne mentait pas d'ailleurs. Les exercices étaient trop faciles pour elle. Son père lui avait appris des rudiments de calcul et les tables de multiplication avant qu'elle commence l'école. Les logarithmes, elle avait appris à les lire grâce à une règle à calcul qu'elle avait eue en cadeau sa première année d'école, même si les logarithmes n'étaient qu'au programme de la quatrième. Elle aimait penser qu'elle était certainement aussi forte en maths que son professeur. Comme elle n'avait pas besoin de réfléchir longtemps pour trouver la réponse, elle s'appliquait à écrire très proprement, utilisant la règle et le stylo à plume, et elle n'oubliait jamais les deux traits pour le signe égal. Cela terminait les calculs d'une manière si jolie, elle veillait toujours à ce que les deux traits soient exactement de la même longueur. Deux lignes parallèles pouvaient se prolonger, page après page, à l'infini, sans jamais se rencontrer, et le signe de l'infini était un huit couché sur le côté. C'était à ce genre de choses qu'elle réfléchissait lorsqu'elle était sur les genoux du gardien : l'infini traversait tout l'univers et même au-delà, tandis que cet homme tremblait un petit moment, soulevait sa tête et lui souriait avec des yeux qu'on aurait dit mouillés.

Il y a quelque temps de cela, elle avait eu un petit pain au raisin de Peggy-Anita Foss et elle avait gardé les raisins jusqu'à maintenant. Peggy-Anita Foss était si belle, elle était ce qu'il y avait de plus beau au monde, elle était même plus belle que la Barbie d'Irene, et elle lui donnait parfois une friandise qu'elle sortait de son filet à provisions, quand elle rentrait chez elle. Mais Nina n'avait jamais eu le droit d'entrer chez elle, même au plus froid de l'hiver, quand c'était glacial de rester assise dans l'escalier.

Sans doute parce que Peggy-Anita Foss portait toujours un manteau de fourrure en hiver et qu'elle devait avoir chaud après avoir monté tout l'escalier ; comment aurait-elle su qu'on avait les fesses glacées à rester assise sur ces marches en béton ?

Chaque fois que Peggy-Anita ouvrait la porte de chez elle, un peu de l'odeur de son appartement s'échappait dans l'escalier : beaucoup de parfum derrière l'odeur des cigarettes. Ça ne sentait jamais la nourriture ou le savon noir. Peut-être qu'elle utilisait un autre savon que les autres dans l'escalier ? Un savon parfumé, est-ce que ça existait ? Elle savait qu'il y avait un parfum dans le savon Lux, c'était marqué dans les revues hebdomadaires qu'elle pouvait lire dans la chambre d'Irene, mais personne ne faisait le ménage avec un savon de toilette. Mme Salvesen possédait un flacon de parfum dans sa salle de bains, ça s'appelait *4711*, c'était incroyable qu'un parfum puisse s'appeler d'un chiffre. Irene ne savait pas non plus pourquoi ; elle avait demandé à sa mère, mais celle-ci ne le savait pas non plus.

Elle aimait entrer dans une salle de bains avec des affaires de dame sur les étagères. Elle examinait vite chaque chose lorsqu'elle allait aux toilettes chez les Salvesen. Le rouge à lèvres sentait bon, une odeur sucrée comme celle de fleurs et c'était un peu gras, comme du beurre. On tournait le fond du tube et le rouge sortait tout doucement de son étui doré. Il y avait marqué *Sans Égal* sous l'étui. Ça voulait dire quoi ? Sa grand-mère n'avait pas grand-chose de ce genre dans la salle de bains, elle avait seulement de la lotion pour cheveux et des rouleaux, un peigne, une brosse et un flacon blanc de crème hydratante Spenol. Cela faisait bientôt un an qu'elle n'avait pas été chez ses grands-parents, mais elle était sûre que sa grand-mère n'avait toujours pas de parfum.

Elle croyait que le parfum était quelque chose qu'on mettait toute sa vie, et si on n'avait pas commencé jeune à l'âge de Peggy-Anita Foss, on n'en mettait jamais par la suite. À moins d'en recevoir en cadeau, à Noël ou aux anniversaires. Mais elle avait du mal à imaginer son grand-père entrant dans une boutique pour acheter un flacon de parfum à sa grand-mère. Son père ne leur faisait pas non plus ce genre de cadeaux, il leur offrait un exemplaire de *Qui Quoi Où*[11] et une boîte

11. *Hvem Hva Hvor* est l'équivalent norvégien du Quid français.

de chocolats Kong Haakon. Et il ne viendrait à l'idée de personne d'autre d'offrir un cadeau à sa grand-mère.

Si un jour elle avait assez d'argent, elle serait la première à lui acheter du parfum et ce serait celui avec l'étiquette turquoise où il y avait marqué *4711* en lettres d'or.

Son père referma la porte à clé derrière lui.

— On mange maintenant ou ce soir ? demanda-t-elle.

Maintenant, j'ai pu avoir du cabillaud.

Elle attendit sagement à table, pendant qu'il rangeait les courses dans les placards et le réfrigérateur, remplissait une casserole d'eau bouillante et jetait dedans plusieurs poignées de gros sel. La vaisselle sale de plusieurs jours traînait à côté de l'évier, la casserole qu'il venait de prendre était la dernière à être propre, elle le savait. Ils possédaient en tout cinq casseroles, plus une poêle et une minuscule casserole pour faire fondre le beurre, dont ils ne se servaient jamais.

Elle lui demanderait si elle pouvait faire la vaisselle ce soir. Ou du moins commencer. Sinon, les restes de nourriture durcissaient tellement qu'ils étaient difficiles à faire partir. Une fois, elle avait raclé une assiette avec un couteau et s'était coupée. L'eau de vaisselle était devenue rouge. Et la mousse rose, c'était assez joli, finalement. Elle avait vidé l'eau et mis plein de sparadrap sur la coupure, une fois la peau bien sèche, et s'était tue. Il n'avait rien remarqué. Quand elle avait refait la vaisselle quelques jours plus tard, ça avait saigné seulement un tout petit peu et les bords autour de la blessure étaient devenus tout blancs à force d'être restés longtemps dans l'eau savonneuse, elle avait pu enlever ensuite pas mal de bouts de peau…

Les quatre morceaux de cabillaud étaient gigantesques, d'un blanc nacré, l'eau éclaboussa sur la cuisinière quand il les jeta dans la casserole. Si c'étaient des tranches, cela avait dû être un très gros poisson. Ce devait être impressionnant de sortir de l'eau un poisson de cette taille. Elle aurait bien aimé attraper elle-même un jour un poisson vivant, mais il faudrait que des adultes le tuent après.

Il sortit les pommes de terre déjà cuites du réfrigérateur. Chaque dimanche, il faisait bouillir les pommes de terre pour toute la semaine.

— Est-ce que je mets la table ? demanda-t-elle.

— On a juste besoin d'un couteau et d'une fourchette, je mettrai la nourriture directement dans les assiettes. Au fait, et ce théorème ?

— Je ne m'en souviens pas tout à fait.

— « Si un nombre entier divise le produit de deux autres nombres entiers et qu'il est premier avec l'un, alors il divise l'autre », a démontré Gauss.

— Ah oui, je m'en souviens. Celui avec les poli… poly…

— Polynômes. Exact. C'est bien, Nina.

Il alluma une cigarette, tira quelques bouffées, puis la posa en équilibre sur le rebord du plan de travail, le temps de découper les pommes de terre en fines rondelles et de les beurrer avec de la margarine comme si c'étaient des tranches de pain. Ensuite il les mit dans deux assiettes et déposa le poisson dessus.

— Je n'en prendrai qu'un seul morceau, papa.

Il remit sa cigarette entre ses lèvres et posa les assiettes sur la table. De la cendre tomba sur une des assiettes, heureusement c'était la sienne. Puis il remplit deux verres d'eau qu'il posa entre eux. Elle vit que c'étaient les deux derniers verres propres du placard.

Elle poussa légèrement son poisson chaud vers les pommes de terre et la margarine, elle n'aimait pas tellement quand c'était froid. Personne ne pouvait manger ces énormes arêtes, c'était déjà ça, alors elle se détendit un peu en les enlevant et en les mettant sur le bord de l'assiette. Elle prit tout son temps, espérant que la margarine serait enfin fondue. Son père préférait les pommes de terre froides, il trouvait qu'elles avaient plus de goût et de consistance. Pourquoi il ne les mangeait pas crues, tant qu'à faire ? Mais elle se gardait bien de le lui dire. Ça bouillonnait dans sa tête quand elle était avec son père : elle lui parlait longtemps, lui posait des questions, lui disait des choses. Mais pas en vrai. Son père n'aimait pas qu'on exprime son avis ou qu'on lui demande quelque chose, sauf quand il était d'accord, et elle savait presque toujours à l'avance quand il serait d'accord et ne se mettrait pas en colère. Tout devait tourner autour des maths.

Elle ne voyait pas l'intérêt de se mettre en colère. Ils avaient lu à l'école l'histoire de Ola-Ola qui piquait une crise quand on lui prenait son bonnet, et le professeur avait voulu discuter du thème de la colère. Beaucoup d'élèves avaient levé la main et raconté des tas d'anecdotes, mais elle ne comprenait toujours pas à quoi ça servait. Irene laissait souvent Barbie s'emporter contre

Ken, quand elles jouaient ensemble, mais Nina ne savait pas comment Ken allait se comporter ou ce qu'il devait dire. Est-ce qu'il fallait qu'il crie ? Elle avait essayé et crié, ça l'avait même mise mal à l'aise, mais elle n'avait pas dit ce qu'il fallait, avait commenté Irene. Elle avait crié tout ce qu'elle pouvait. Résultat : Mme Salvesen était entrée dans la chambre pour voir ce qui se passait.

Son père mangeait le cabillaud en se servant de ses deux mains, la fourchette dans la droite et les doigts de la main gauche pour pousser.

Le dimanche, quand il faisait bouillir l'énorme casserole avec toutes les pommes de terre et qu'ils les mangeaient chaudes, elle en demandait toujours une de plus et il ne disait jamais non, il était gentil alors. Elle mettait un peu de sel et de poivre sur les pommes de terre et savourait chaque bouchée. Quand elles étaient froides, elles avaient un côté collant, exactement comme tous les poissons, mais pas quand elles étaient chaudes. Si on touchait directement la chair des poissons et qu'on rapprochait ses doigts après, ils restaient collés.

De temps en temps, ils avaient de la viande, mais toujours la même : des côtelettes de porc. Peut-être une fois par mois, et toujours un dimanche. La viande était grise et dure comme de la semelle, il fallait la mâcher très longtemps. Avec les côtelettes, ils avaient les pommes de terre chaudes — puisque c'était dimanche — et de la moutarde ainsi que de la confiture d'airelles que sa grand-mère leur donnait parfois.

Elle n'était jamais seule à la maison, mais un jour que son père était descendu avec les poubelles parce que le sac était trop gros pour passer par le vide-ordures, elle avait vite ouvert le réfrigérateur, trouvé le pot de confiture et enfoncé un doigt à l'intérieur. En le retirant, elle avait eu plein de confiture dessus et elle l'avait vite fourré dans sa bouche avant de remettre le bocal à sa place et de se précipiter aux toilettes. Elle était restée là un bon moment, avec la confiture qui lui fondait dans la bouche, le goût avait duré une éternité, c'était si bon que ses yeux étaient devenus brûlants.

— C'était bon ?
— Mmm. Oui.
— Tu reprendras bien un autre morceau de poisson ? Il a été pêché cette nuit.
— Non merci.
— Alors je ferai une omelette avec ce qui reste, demain.

L'omelette en question consistait en des bouts de poisson avec de gros morceaux de pommes de terre et des œufs qui se figeaient autour dans la poêle. Du coup, les pommes de terre étaient chaudes. Elle fut toute contente quand elle l'entendit dire ça. Elle pouvait déjà se réjouir à l'idée du repas du lendemain, même si elle ne savait pas si elle mangerait au retour de l'école ou le soir.

Il repoussa son assiette, finit son verre d'eau et alluma une autre cigarette. Elle regarda le paquet de cigarettes, il était si beau, il y avait marqué *Blue Master* dessus. Pourtant on n'y voyait pas de bateau avec des mâts[12],

12. *Mast(er)* : mât(s) en norvégien.

mais une tête de cheval devant une immense lune, avec plein de bleu autour. *Blue*, elle ignorait ce que ça signifiait car ils n'auraient pas cours d'anglais avant le CM1, mais le professeur avait dit que beaucoup de mots étaient identiques dans les deux langues, puisque les Vikings avaient navigué jusqu'en Angleterre et appris aux habitants de là-bas de nombreux mots norvégiens. *Mast* devait être un de ces mots vikings.

Il inhalait si fort qu'il faisait disparaître la fumée, mais quand il la rejetait, elle n'arrivait presque plus à distinguer la couleur des placards de la cuisine. Elle savait qu'ils étaient bleu clair avec des poignées blanches. Il écrasa le minuscule mégot dans ses arêtes de poisson en faisant un petit bruit de papier froissé ; maintenant il allait se reposer et elle serait obligée de sortir.

— Est-ce que je fais la vaisselle, papa ?

— Pourquoi pas ?

— Alors c'est oui ? dit-elle, mais sans doute un peu trop vite.

— Eh, tu te réjouis de faire la vaisselle maintenant ?

— Je peux la faire pendant que tu te reposes.

Elle ne pouvait pas lui avouer que c'était pour éviter de rester assise dans l'escalier. Il croyait qu'elle allait chez Irene ou Susy, c'est ce qu'elle lui disait, mais elle n'allait chez Irene que de temps en temps, elle voyait bien qu'elle n'était pas vraiment la bienvenue. Ils avaient beau être gentils avec elle, elle le sentait. Et Irene regardait toujours vers le bas pour voir si elle avait fait pipi dans sa culotte. Et souvent elle avait la culotte mouillée sans s'en être rendu compte, elle croyait que sa culotte était sèche, jusqu'à ce qu'elle découvre en se relevant qu'il y avait une tache sombre sur le dessus-de-lit d'Irene, là où elle s'était assise.

— Non, je ne vais pas me reposer aujourd'hui. Il faut qu'on fasse la lessive, je n'ai presque plus rien de propre à me mettre. Va chercher tout le linge de couleur dans la salle de bains, dit-il en se levant.

Il avança un peu la machine à laver pour que le gros tuyau gris à l'arrière puisse atteindre l'autre bac, plus profond. C'est là que sortait l'eau sale, par saccades répétées, un flot si puissant qu'il fallait s'assurer que le tuyau soit bien stable et dirigé vers la bonde, sinon ça éclaboussait de partout. Le tuyau était accroché à une pince grise, mais ça ne suffisait pas si le jet d'eau venait trop vite et avec trop de force.

Les deux rouleaux en toile fixés au dos de la machine à laver tremblaient quand il tirait l'appareil vers l'avant, bloquant ainsi le passage. On devait faire le tour par le salon si on voulait aller par exemple aux toilettes, dans la salle de bains ou dans les chambres. Elle vit à quel point ces rouleaux étaient sales. Depuis quand ne les avaient-ils pas lavés ? Combien de temps mettait la poussière pour tomber ?

Dans le coin le plus reculé de la salle de bains, à l'opposé de la baignoire, une haute pyramide de vêtements et de serviettes sales s'élevait contre le mur. Sauf les vêtements imprégnés de pipi. Ceux-là, elle les lavait elle-même dans le lavabo avec le savon Lux blanc, les posait sur le radiateur de sa chambre avec le thermostat réglé sur cent vingt pendant toute la nuit, et elle les remettait le lendemain matin. Pendant qu'elle lavait ses vêtements avec Lux, elle pensait à sa grand-mère qui utilisait sans arrêt le savon Sunlight : elle s'en servait pour se laver les cheveux et quand elle voulait laver par terre, elle le râpait au-dessus de son seau pour avoir des copeaux jaunes avant de le remplir d'eau chaude. L'eau ne moussait jamais, elle devenait grise et fumante.

Elle se chargea les bras de vêtements : pantalons, chemises, pulls et chaussettes. Elle laissa les serviettes, les gants de toilette et ses slips, tout ce qui était blanc. Ses culottes à elle avaient des couleurs, c'était sa grand-mère qui les lui achetait. Elle en profita pour jeter un coup d'œil dans l'armoire à côté du miroir.

Hier, il ne restait plus que cinq comprimés dans la boîte. À moins qu'il l'ait vu et en ait rachetés entretemps. La pharmacie étant située en ville, il avait peut-être les comprimés dans son porte-documents. Mais elle ne pouvait pas lui poser la question. Chez Irene, ils avaient une armoire à pharmacie, avec une grosse croix rouge peinte dessus et une serrure, mais la clé était toujours dans la serrure. Une fois, il y a longtemps, elle l'avait ouverte quand elle était aux toilettes chez eux, c'était presque trop haut pour elle, et tout de suite elle avait remarqué la boîte d'aspirine, blanche et ovale, en plastique, avec le nom marqué dessus en bleu, elle l'avait vite ouverte : la boîte était presque pleine. Elle avait pris cinq comprimés qu'elle avait fourrés dans sa poche et avait vite remis la boîte à sa place. Mais elle avait eu si peur que la mère d'Irene s'en aperçoive qu'elle n'avait pas osé frapper chez eux pendant presque deux semaines.

Son père décrocha le tuyau du crochet à l'arrière de la machine à laver et de l'eau restée depuis la dernière fois coula par terre.

— Bordel de merde !

Elle se dépêcha de prendre la serpillière dans le seau sous l'évier et voulut essuyer, mais la serpillière était si sèche qu'elle n'épongeait rien du tout. Les deux bacs de l'évier débordaient de tasses et de casseroles sales. Elle fit le tour en passant par le salon, mouilla et essora la serpillière dans le lavabo de la salle de bains et revint en courant. Maintenant la serpillière absorbait bien.

— On va faire deux lessives ? demanda-t-elle.

— Oui, il faut aussi que j'aie des slips propres. Et on n'a pas de serviettes non plus.

— Est-ce que je peux laver les tasses en attendant ? Plutôt qu'attendre ce soir ?

— Oui, mais fais attention au tuyau dans l'autre bac, pour que ça n'éclabousse pas partout. Tu n'as qu'à laver tout ce qui traîne.

Il n'y avait pas de place pour les tasses sales sur le plan de travail, elle dut par conséquent les mettre sur la table de la cuisine. Mais ça salirait, et le chiffon pour nettoyer était déjà très sale.

— Est-ce que je peux prendre un gant de toilette et m'en servir pour essuyer la table ?

— Oui, si tu veux, mais on n'a pas la place de faire sécher toute la lessive en même temps. Oh, quel bordel !

— Tu peux l'accrocher dehors, sur l'étendoir à linge. Je suis trop petite pour atteindre les fils.

— Pour que le dragon du rez-de-chaussée inspecte mes vêtements ? Non merci. Encore que… si, les serviettes peuvent sécher dehors. Dans ce cas, on va peut-être commencer par les serviettes. Et on fera sécher les sous-vêtements et les autres vêtements dans le séchoir.

Ils faisaient toujours comme ça. Bizarre qu'il ne s'en souvienne pas d'une fois sur l'autre. Mais il se passait pas mal de temps entre chaque lessive, ce devait être pour ça. Elle fit le tour en passant par le salon et chercha les serviettes et ses slips, fourra le tout dans la machine à laver, et regarda un instant les vêtements sales, tout mous, dans le tambour. Il mit de la lessive en poudre, relia le tuyau au robinet d'eau, tourna le bouton rouge de la machine sur « Lavage 90 °C », ferma le couvercle et ouvrit en grand le robinet.

— Tu devras aller chercher l'eau dans la salle de bains pour faire la vaisselle, dit-il.

— Je sais, j'utilise le seau.

— Parfait. Pendant ce temps, moi je vais m'allonger sur le canapé pour lire le journal.

Elle fit trois fois l'aller et retour en passant par le salon, pour remplir son seau, mais sans le regarder. Malgré son jeune âge, elle lui faisait penser à Anna, toujours en mouvement, toujours à réclamer ceci ou cela, sans ouvrir la bouche, rien que dans sa manière de se tenir, une forme de reproche, comme s'il aurait dû l'aider, son seau d'eau avait l'air lourd, elle avait le bras tout tendu et raide, éloigné de son corps pour ne pas renverser sur le sol, et le regard qui se détournait de lui.

Ah comme il avait en horreur cette application silencieuse, ces gestes assurés des femmes, toujours et partout ! Un fils se serait contenté de *faire le boulot*, mais elle quémandait une forme de reconnaissance, en courbant le dos et en poussant de petits gémissements.

Le canapé était dur comme du béton. Rien à voir avec les canapés de son enfance, où il s'enfonçait dans des royaumes lointains. Tous les canapés qu'on pouvait acheter ces dernières décennies étaient durs, inconfortables, modernes, on ne pouvait pas s'allonger pour se reposer, à l'image de celui-ci. Les accoudoirs étaient en teck sur le dessus et il ne s'était pas décidé à acheter des coussins, puisqu'il choisissait presque toujours son lit pour se reposer.

Le journal était encore humide. Et ce facteur incapable de faire correctement son travail ! Au lieu de déposer le journal au troisième comme il aurait dû, il se contentait de balancer tous les journaux pêle-mêle sous les boîtes aux lettres. Les autres dans l'immeuble prenaient leur exemplaire le matin, soit les maris soit leurs bonnes femmes une fois que les hommes étaient partis au travail, mais lui était si pressé par le temps chaque matin qu'il n'avait pas le courage de descendre et remonter l'escalier. C'était Nina qui le prenait quand elle rentrait de l'école et, d'ici là, la poule pondeuse du rez-de-chaussée avait roulé dessus plusieurs fois avec son landau sale et mouillé. Elle aurait quand même pu avoir la délicatesse de pousser le journal contre le mur, mais non, c'était visiblement trop lui demander.

Il en avait marre de lire sur la guerre du Vietnam en long et en large, alors il feuilleta jusqu'à la page des échecs : « Les blancs jouent et gagnent. » Il regarda les fous blancs qui devaient certainement se déplacer ainsi que le roi qui se tenait entre eux et bloquait le roi noir. Mais la tour noire était un sacré problème, elle surveillait toute la ligne derrière son roi.

C'était plus compliqué qu'il n'y paraissait.

Mais les deux reines avaient déjà été sorties de la partie, sans doute assez vite. Il préférait les problèmes d'échecs quand les reines n'étaient plus là. Il laissa retomber le journal sur sa poitrine, il allait réfléchir à ce problème en fermant un peu les yeux, son cerveau travaillait toujours mieux quand il laissait ces questions en suspens au lieu de remuer le couteau dans la plaie.

L'accoudoir du canapé lui rentrait dans la nuque. Ce n'était pas aux hommes d'acheter des coussins de canapé, il faudrait qu'il demande à sa mère de lui en trouver, elle serait ravie de s'en charger. Chez elle, il y avait des canapés et des fauteuils partout, avec plein de coussins brodés qu'elle avait tous faits elle-même, sans compter ceux qu'elle réalisait à la chaîne pour la mission chrétienne de Madagascar. Il aurait tous les coussins qu'il voulait, il suffisait de lui demander.

Cela faisait un moment qu'il ne l'avait pas appelée, et elle, de son côté, ne lui téléphonait plus à l'école, elle savait qu'il ne supportait pas d'entendre un collègue l'appeler en disant : « Ta mère est au téléphone, qu'est-ce que tu as encore foutu ? » Mais elle n'arrêtait pas d'être sur son dos quand ils se voyaient, alors il faisait tout pour qu'ils ne viennent pas le voir, et quand il l'appelait au bureau de la paroisse à Rissa où elle s'occupait des avis de décès et de mariages, impossible d'avoir une conversation normale sans qu'elle lui demande quand ils viendraient leur rendre visite. Elle utilisait Nina comme alibi, prétendant que sa petite-fille « avait besoin d'elle », qu'est-ce qu'il ne fallait pas entendre ! Nina allait parfaitement bien, et elle était la meilleure de l'école en mathématiques. Si elle avait été un garçon, il lui aurait appris à jouer aux échecs. Et l'enfant aurait été le meilleur joueur d'échecs qui soit.

Mais il ne pouvait pas jouer aux échecs contre une fille, fût-elle sa propre fille. Rien qu'à la pensée de perdre contre elle… Mieux valait qu'elle se fasse la main avec des exercices toujours plus difficiles. Ça l'obligeait lui aussi à se creuser la cervelle. Il ouvrit les yeux en pestant contre ce fichu accoudoir et écouta les bruits qu'elle faisait là-bas, dans la cuisine. *Toujours en activité.* La machine à laver était en plein cycle et le tambour tournait dans un sens, puis dans l'autre, au rythme des tasses, des assiettes, des verres et des couverts qui s'entrechoquaient. Trois seaux d'eau avaient donc suffi.

Dès l'âge de sept ans, elle avait compris l'intérêt des mathématiques. Il l'avait retrouvée assise en pleurnichant avec un genou égratigné, elle était tombée en rentrant de l'école, et pour lui changer les idées, il lui avait promis une pièce d'une couronne si elle trouvait un moyen astucieux de calculer la somme de tous les nombres de un à cent. Elle s'était aussitôt arrêtée de pleurer, l'avait regardé avec ses yeux tout ronds et pleins de larmes, avant de se diriger en boitant dans la salle de bains. Quelques minutes après, elle avait crié : « Cinq mille cinquante ! »

Ça lui avait cloué le bec, au point d'oublier qu'il avait une cigarette dans la bouche. La cendre était tombée d'elle-même. Il était allé dans la salle de bains et lui avait demandé comment elle était arrivée à ce résultat, et elle lui avait expliqué sa méthode : si on prenait les nombres deux par deux en partant de chaque extrémité, on obtenait chaque fois cent un. Il fallait faire ça cinquante fois, et cent un multiplié par cinquante, ça faisait cinq mille cinquante.

Il se souvenait que ses mains tremblaient quand il avait sorti le sparadrap de l'armoire et le lui avait tendu. Carl Friedrich Gauss avait huit ans quand il avait donné cette même réponse à son professeur qui avait soumis ce problème à ses élèves pour les tenir occupés un petit moment. Mais comme Nina, il avait trouvé rapidement la solution. Gauss, celui qu'on avait appelé « le prince des mathématiques ».

Ah, si seulement elle avait été un garçon !

Il sommeillait, la nuque comme anesthésiée par la position inconfortable. La dernière chose qu'Anna avait faite, c'était de le laisser seul avec une fille sur les bras. Souvent, au début, presque chaque jour, il la détestait pour cette simple raison. Qu'il l'ait prise ainsi en grippe avait éclipsé, à proprement parler, son chagrin et sa stupéfaction de devoir embaucher, payée par la municipalité, une femme qui se disait « mère au foyer remplaçante » et qui préparait les biberons avec du lait en poudre et de l'eau bouillie, remplissait ses seaux avec des couches qu'il fallait laisser tremper avant de les faire bouillir et laver pour pouvoir les réutiliser.

Non seulement elle décédait lors de ce qui était un simple accouchement — ce que les femmes de la Terre entière réussissaient toutes sans faire d'histoires –, mais en plus le fruit de son tout dernier travail était une fille. Il était persuadé que cela aurait été plus simple avec un garçon, couches incluses. Les garçons savaient quand ils avaient envie de pisser, ils ne faisaient pas dans leur culotte.

Elle n'avait pas assez d'eau pour rincer les verres et les assiettes, mais ne voulait pas aller en chercher davantage car elle avait remarqué le regard mécontent de son père quand elle avait traversé la pièce avec ses trois seaux d'eau. Ses yeux pouvaient exprimer tant de sentiments différents et leur expression pouvait changer vite. C'est ce qu'elle aimait bien avec Barbie, et Ken aussi : leurs yeux étaient identiques en toute circonstance.

Elle jeta un coup d'œil furtif derrière la porte coulissante pour vérifier s'il dormait. Il était allongé, les yeux clos, mais respirait comme d'habitude ; il ne dormait pas. Elle aperçut son porte-documents posé contre le mur, près du radiateur sous la fenêtre de la cuisine et vit qu'il était enflé. Pas juste gros et plat, mais avec une espèce de boule : il avait donc acheté une boîte d'aspirine. S'il oubliait de ranger la boîte sur l'étagère de la salle de bains avant d'aller se coucher, elle n'aurait qu'à rester éveillée jusqu'à ce qu'il aille au lit, avant de se relever et d'aller dans la salle de bains et faire semblant d'aller aux toilettes. Il suffisait de mettre un peu d'eau dans un verre à dents et de le verser au milieu dans la cuvette des WC, avant de tirer la chasse d'eau. Ça faisait comme si elle avait réellement fait pipi.

La machine à laver avait vidé la première eau, celle avec tout le savon. Maintenant c'était la phase de rinçage. Et si elle en profitait pour rincer la vaisselle dans la même eau ? Cela lui parut une bonne idée. Elle se tint prête avec toute une pile d'assiettes quand la première giclée d'eau sortit du tuyau. Elle laissa couler cette eau grise entre les assiettes avant de les reposer à l'envers sur le plan de travail. Lorsque le prochain jet d'eau arriva, elle approcha cette fois les verres, après avoir déposé tous les couteaux et les fourchettes au fond du bac d'évier. Cela eut l'effet escompté et elle ressentit la joie d'avoir résolu un problème épineux, c'était la même joie que lorsqu'elle trouvait la solution d'aller aux toilettes chez le gardien ou de laver ses affaires sales à la main et de les faire sécher sur le radiateur pendant la nuit.

— La vaisselle est bientôt terminée ? cria-t-il du salon d'une voix qui était tout sauf ensommeillée.

— Bientôt !

Elle se dépêcha de reposer les verres et les couverts sur le plan de travail, elle devinait qu'il n'apprécierait pas, mais alors pas du tout, qu'elle rince la vaisselle avec cette eau-là. Mais le torchon en lin était sale, elle aurait dû le mettre dans la machine. Elle avait aussi oublié le chiffon de cuisine. Mme Salvesen mettait les chiffons et les serviettes en lin dans l'évier avec de l'eau de Javel, elle disait que cela les rendait plus propres que dans la machine à laver. C'est pour ça que ça sentait la piscine dans leur cuisine. Parfois, elle faisait bouillir les torchons dans une grande casserole qu'elle appelait sa « marmite à lessive ».

C'était intelligent de regarder ce que faisaient les femmes adultes. Mais elle n'arriverait jamais à soulever une aussi grosse marmite toute seule.

Son père arriva dans la cuisine, avec les cheveux tout aplatis derrière.

— Est-ce qu'on peut acheter de l'eau de Javel, papa ?

— Pourquoi ?

— C'est utile dans une cuisine. Pour les torchons et ce genre de choses. Ça devient très propre.

— Je le sais. L'eau de Javel est un désinfectant. Ça tue toutes les bactéries, comme la flamme. C'est de la chimie.

— Tu sais plein de choses en chimie, papa ?

— Un peu, mais pas tant que ça. Bon, il va falloir passer les affaires aux rouleaux. Prépare-toi.

Elle alla vite chercher la grande bassine et plongea son nez dedans ; elle aimait l'odeur du zinc et du savon. Elle revint à grandes enjambées, se faufila entre la machine à laver et le mur, tint la bassine à bout de bras et la coinça par terre. Ce coin était plein de saletés, la poussière resterait accrochée à la bassine quand elle la soulèverait. Elle essaya d'en enlever le plus gros en passant les doigts sur le bord inférieur.

— Voilà la première fournée, prévint-il.

L'eau reflua dans le tambour lorsqu'il saisit la première serviette et la fit passer entre les deux rouleaux de l'essoreuse, d'où elle ressortit tout aplatie, dure et presque sèche. Elle la prit, la serviette ressemblait à un long ver de terre. Il n'y avait pas la place pour la faire claquer en l'air, coincée comme elle était, et son père, contrairement aux femmes, ne le faisait presque jamais avant d'étendre le linge. C'est pourquoi, après être passées entre les rouleaux et séchées, les serviettes étaient toujours froissées, avec des plis collés dans le tissu. Le jour où elle serait assez grande pour atteindre les fils à linge, elle ferait claquer les serviettes pour qu'elles soient toutes lisses. Les draps, les housses de couettes et d'oreillers aussi.

Elle avait entendu dire par la maîtresse qui enseignait les travaux ménagers aux élèves plus âgées, qu'il convenait de repasser le linge de maison, oui, tout ce qui supportait la chaleur devait être repassé, mais ils n'avaient pas de fer à repasser. Les chemises de son père avaient été taillées dans une étoffe à carreaux où on ne voyait pas trop que c'était froissé. Quant aux nappes, ils n'en avaient pas. La seule fois de l'année où le repassage était important et où l'on en parlait même dans les magazines qu'elle lisait chez Irene, c'était le 17 mai[13]. Les vêtements devaient être repassés « avec une pattemouille ». Rien à voir avec ce qu'ils faisaient normalement ; il fallait placer un torchon humide sous le fer pour repasser les chemises, les chemisiers, les pantalons et les tabliers des costumes traditionnels ainsi que tous les rubans aux couleurs du drapeau national. Mais ils avaient l'habitude d'être chez ses grands-parents le 17 mai parce que son père ne supportait pas de rester à la maison ce jour-là, il ne cessait de dire qu'il était bien content de ne pas être professeur principal, ça lui évitait au moins de défiler avec ses élèves « comme le premier imbécile venu ». Chez grand-mère et grand-père, il n'y avait pas de défilé d'enfants, seulement de la crème anglaise et un gâteau de fête avec du massepain dessus au beau milieu de la

13. Le 17 mai est le jour de la fête nationale. Les enfants défilent dans la rue en agitant des drapeaux et chacun revêt ses plus beaux habits ou son costume traditionnel, le *bunad*.

journée, et grand-mère portait toujours pour l'occasion une très jolie broche en argent représentant le drapeau norvégien. Grand-mère, grand-père et son père *avaient vécu pendant la guerre*, c'est pourquoi ils ne parlaient que de la guerre pendant toute cette journée. C'était intéressant de les écouter, un peu comme s'ils lui avaient raconté une histoire. Dire que son père avait été un tout petit garçon à l'époque et que grand-mère et grand-père avaient été alors ses parents.

Ils avaient un grand mât blanc dressé sur la petite pelouse devant leur maison. Grand-père hissait les couleurs aux premières lueurs de l'aube, avant qu'elle et son père arrivent en bus. Grand-mère repassait le drapeau la veille au soir. Peut-être qu'elle utilisait « une pattemouille » ?

— Est-ce qu'on va changer les draps, papa ?

— Non.

— Ça fait longtemps depuis la dernière fois.

— Non, je t'ai dit. Deux machines un seul soir, ça suffit comme ça.

Elle réussit à soulever la bassine avec les vers blancs et des petits biscuits blancs qui étaient les slips de son père et il l'emporta en passant par le salon. Elle entendit ses pas dans l'entrée, il cherchait le sac avec les pinces à linge dans le tiroir de la commode, puis la porte claqua derrière lui. Elle s'extirpa de son coin derrière la machine à laver et se dirigea droit vers le réfrigérateur, où elle prit un gros morceau de confiture avec son doigt, avant de préparer une nouvelle machine avec cette fois tous les vêtements de couleur.

Le goût des airelles sucrées dans la bouche, elle resta immobile, les yeux fermés, sa conscience toute remplie de la moindre particule de saveur, ce mélange de sucré et d'acide et de rouge sombre. Son cœur battait à tout rompre. Cela avait été une belle journée, et demain, ils auraient de l'omelette ! Elle allait aussi penser un peu au 17 mai, la date se rapprochait. Ils mangeaient toujours un rôti de porc avant de prendre le bus du retour, c'était la meilleure nourriture du monde. Pour sûr ! Des pommes de terre très chaudes qui reposaient sous une serviette en lin propre avec des bords repassés jusqu'à ce qu'ils se mettent à table, et de la sauce et des petits pois pour aller avec la viande chaude et de couleur brune. La sauce avait un goût légèrement sucré, elle aussi, et les petits pois étaient *très* sucrés. C'était incroyable qu'un déjeuner avec du vert et du marron puisse être *sucré* ! D'habitude, c'était salé. Et en dessert ils avaient terminé le gâteau à la crème avec du massepain. Que rêver de mieux ? Elle ouvrit les yeux et avala le dernier petit bout de confiture d'airelles sauvages qu'elle avait gardé pour faire durer le plaisir.

Et si elle mettait la serviette en lin et le chiffon avec ces vêtements-là ? Tout allait être lavé à 60 °C, était-ce suffisant pour qu'ils soient propres ? Sans doute pas. S'il oubliait d'acheter de l'eau de Javel, elle pourrait proposer d'aller elle-même à l'épicerie, et peut-être que dans la foulée elle aurait le droit d'acheter du papier toilette et du savon Lux, de couleur rose tous les deux ? Mme Salvesen collait toujours le bout de savon restant sur le nouveau, ça faisait si joli. Ainsi une fois, ils avaient eu un gros savon vert tout neuf et un tout petit bout de rose accroché sur le côté, et une autre fois c'était un savon bleu clair avec au-dessus un petit morceau de l'ancien savon blanc. Si elle en achetait un blanc, elle essaierait de faire comme Mme Salvesen, il suffisait certainement de mouiller les deux savons, le vieux et le neuf, puis de les presser l'un contre l'autre en les mettant sous l'eau chaude, oui, elle devrait arriver à les faire se coller entre eux.

Elle n'allait pas reparler de l'eau de Javel avant que son père rentre du travail le lendemain en ayant déjà fait les courses et oublié d'en acheter. Oui, c'était un bon plan.

Elle l'entendit qui remontait les deux derniers étages puis qui refermait la porte à clé derrière lui. Elle savait bien qu'il ne l'enfermait pas dehors quand il la faisait sortir : c'est lui qui s'enfermait à l'intérieur. Mais elle ne comprenait pas pourquoi. C'était une des choses qu'elle lui demandait quand elle avait des conversations avec lui dans sa tête. Il répondait qu'il avait peur des voleurs. Mais qu'est-ce qu'ils auraient pu emporter ? se demandait-elle. Leurs lits ? Les casseroles ? La cuisinière ? Ils n'avaient aucun tableau au mur et ne possédaient que leurs vêtements. Alors pourquoi avoir peur des voleurs ? Elle avait beau se creuser la cervelle, ça n'avait pas de sens.

— Ah bordel !

— J'ai mis le reste des vêtements dans la machine, dit-elle.

— Saloperies de bonnes femmes ! Elles n'ont rien de mieux à faire que de commenter l'« épaisseur » de mes serviettes ! Elles ricanaient en disant qu'on pouvait lire le journal à travers ! Je vais m'acheter un étendoir à linge pliant que je mettrai sur le balcon et le problème sera réglé. Pas question de me retrouver une nouvelle fois au milieu des ces mégères qui…

— Elles étaient nombreuses ?

— Elles *se prêtent* les cordes à linge ! La mienne est tout au fond, à droite, c'est bien marqué sur le poteau, « troisième B ». Et voilà que j'arrive et je découvre qu'il y a un tapis, des plaids et je ne sais quoi encore que je prends et que je balance par terre. Personne ne m'a demandé la permission d'utiliser MA corde à linge, que je sache ! Madame Rudolf, Madame Åsen, Madame Larsen et une autre dont j'ai oublié le nom, elles fument leurs cigarettes et s'activent avec leurs pinces à linge. Oh, bordel !

— Ce sera bien avec un étendoir pliant, papa.

Il aurait pourtant suffi qu'ils fassent la lessive plus souvent et il y aurait eu assez de place pour tous les vêtements dans le séchoir, cet immense placard qui allait presque jusqu'au toit, et ses quatre petites étagères à l'intérieur avec les fils pour suspendre les affaires. Mais à quoi bon le lui dire ?

— De quoi elles se mêlent, bordel !

— Les femmes sont différentes, papa.

Il inspira profondément, ferma les yeux quelques secondes et la regarda. Il n'avait pas l'air si fâché que ça, finalement. Il s'en voulait surtout. Il lui fit de la peine, tous les autres hommes avaient des épouses qui pouvaient s'occuper d'eux et faire des trucs de femmes.

Il voulut sourire mais n'y parvint pas. Il sentait qu'il aurait dû y arriver, mais il avait soudain — fait aussi étrange qu'étonnant — un peu pitié d'elle. Peut-être parce qu'elle donnait l'impression d'être assez fatiguée, faut dire qu'elle n'était encore qu'une mouflette, pas bien résistante. Dans un an, voire un an et demi, elle serait assez grande pour suspendre le linge en bas, les filles ça pouvait pousser d'un seul coup, il croisait les doigts. Un étendoir pliant sur le balcon était à considérer comme une solution tout à fait valable, même si l'idée de voir sécher le linge sous ses yeux, dehors, dans le prolongement du salon, le contrariait déjà.

La fillette était mouillée partout, même les cheveux : qu'est-ce qu'elle avait encore fabriqué, bordel ! Ah oui, elle avait lavé. Lavé les tasses, les assiettes et les couverts.

Ah, il ne pouvait pas les blairer, les bonnes femmes de son escalier, c'était du genre à tout savoir mieux que tout le monde, mais à prétexter qu'elles étaient trop fatiguées du ménage de la journée pour écarter les cuisses le soir.

Pas comme Anna.

Ils s'étaient bien amusés sous la couette, tous les deux. Et elle n'avait rien trouvé de mieux à faire que de mourir. À croire que le diable s'était introduit dans la pièce et jeté sur elle. Tout à son bonheur, il avait laissé la porte grande ouverte. Il n'en revenait pas d'être aussi heureux. La belle Anna, avec son ventre tendu où un *petit être* donnait des coups de pieds contre sa peau fine… et puis elle était morte sans prévenir. Il n'y avait plus rien à montrer au monde.

Son corps lui réclamait sa sieste habituelle, cela faisait longtemps qu'il n'avait pas eu une bonne nuit de sommeil. Ah bordel ! Pourquoi ne pouvait-il pas simplement exister ? Ne plus ressentir, ne plus penser. La fillette pourrait rester quelques semaines chez ses parents à Rissa, l'été, et ça lui permettrait de partir de son côté et de récupérer. Oublier les éternelles questions des élèves, oublier qu'il était veuf avec une fille, oublier toutes ces bonnes femmes qui suspendaient leur linge en ayant pitié de lui. Il n'était pas dupe, quand elles parlaient en riant de ses serviettes si minces. Peut-être qu'il trouverait un magasin demain après le travail et achèterait des serviettes et des coussins, comme ça la question serait réglée une bonne fois pour toutes. Il accrocherait ses serviettes aussi épaisses que des paillassons aux yeux de tous et ça leur clouerait le bec. Ah, elles verraient qu'il s'y connaissait, lui aussi.

— Bon, on va lancer la deuxième machine, dit-il en refermant le couvercle sur les vêtements de couleur.

— Je peux essuyer la vaisselle pendant ce temps et ranger dans le placard. Tu vas t'allonger sur le canapé ?

— Non. Et l'angle, au fait, ça avance ?

— L'angle ?

— Oui, de vingt degrés.

— Ça fait si longtemps, soupira-t-elle.

— Tu as laissé tomber ?

— Non, papa, mais… Je n'y arrive pas.

Il alluma une cigarette. La pièce était envahie des bruits de la machine à laver, le tambour allait dans un sens et dans l'autre, faisant trembler le couvercle. C'est fou ce que cette petite tête dans ce corps malingre pouvait saisir.

C'était impossible de tracer un angle de vingt degrés et pourtant il lui avait demandé de le faire pour la tester, puisqu'elle avait visiblement la bosse des maths. Lui-même avait passé des semaines à chercher la solution quand il n'était qu'un tout jeune garçon au collège.

— Je n'y arrive pas avec juste un compas et une règle, papa.

— Si tu as deux points sur une règle et que tu la fais glisser…

— Mais c'est impossible.

— Oui, même les Grecs se sont cassé les dents sur ce problème.

— Mais c'est impossible.

Elle pressa la serviette en lin à l'intérieur d'un verre et la fit tourner, avant de tendre le bras pour reposer délicatement le verre sur l'étagère. Pendant ce temps, il fumait en la regardant. C'était une bonne cigarette, bien forte, très sèche, comme il les aimait. Le paquet était resté trop longtemps sur l'étagère de la boutique, un peu de tabac tombait par terre quand il l'allumait. Il y retournerait pour acheter les autres paquets restants, il détestait les cigarettes au tabac humide, qui l'obligeaient à inhaler jusqu'à ce que le diaphragme lui fasse mal. Et s'il les roulait lui-même ? Il pourrait en rouler tout un tas et les laisser sécher dans le séchoir. Oui, c'était une bonne idée.

— Tu as entièrement raison. C'est impossible. Pense au cercle. Dans l'Antiquité, les Égyptiens ont essayé de calculer la quadrature du cercle. Impossible. Les lignes courbes, c'est l'enfer. La quadrature du cercle est incalculable.

— Les rayons et les périmètres sont en effet…

— Oui, je sais. Mais… attends un peu. Je réfléchis à un autre problème.

Elle laissa tomber deux fourchettes par terre et se dépêcha de les ramasser. Ses petits pieds dans ses collants faisaient sur le linoléum bleu des taches étroites et mouillées, quand elle s'activait en courant partout. N'était-il pas un bon père ? Bien sûr que si, se dit-il. Je suis un bon père. Elle paraissait heureuse. Un peu fatiguée aujourd'hui, mais heureuse, toujours partante.

— Maintenant écoute-moi, dit-il.

C'était le signal. Ces mots précisément. Tous deux le savaient. Elle se plaça devant lui, en tenant plusieurs petites cuillères dans la main gauche et une serviette en lin sale dans la droite. Tout était mouillé chez elle : cheveux, vêtements, ce qu'elle tenait, toute la fillette dégoulinait de bonne volonté, et maintenant elle allait être mise à l'épreuve, elle allait devoir montrer de quoi était capable son petit cerveau. Il ne put s'empêcher de sourire. Elle interrompait net ses tâches dès qu'il prononçait les mots magiques « maintenant écoute-moi ».

— Oui ? dit-elle.

Les cuillères s'égouttaient sur le sol

— Tu veux peut-être essuyer d'abord ce que tu tiens dans la main ?

— Non.

— Très bien.

Il inspira une grosse bouffée de cigarette et alla à la fenêtre de la cuisine pour rejeter la fumée dans cette direction. En ce mois d'avril, le ciel était d'un joli bleu.

Il savait sans se retourner qu'elle n'avait pas bougé d'un pouce et avait gardé ses petites cuillères dans la main gauche.

— Prenons dix personnes et dix bananes qu'elles vont se partager ou plus exactement qui vont leur être distribuées au hasard. En moyenne, chacun devrait avoir une banane. Mais imagine qu'une de ces personnes reçoive les dix bananes. Comment tu interprètes ça de manière purement mathématique ?

— Les dix bananes pour une seule personne ?

— Oui.

— C'est injuste, dit-elle.

— Très injuste.

— Alors il est où, le partage ?

— C'est la vie. Ce genre de choses peut arriver.

— Mais...

— Ça s'appelle les probabilités, lança-t-il. En particulier, on entend beaucoup parler de « moyenne », ces temps-ci. Pour prendre un exemple, il pourrait s'agir de télévisions. Si on connaît le nombre de télévisions vendues et le nombre d'habitants, on peut calculer combien, *en moyenne*, chaque Norvégien a de télévisions.

— Personne n'a dix télévisions !

— Ne fais pas l'imbécile. Écoute ce que je te dis. Comment peut-on quantifier l'écart entre la moyenne et le nombre réel de télévisions — ou de bananes — qu'une personne a ? Il est en effet très rare que tout le monde ait exactement le même nombre de bananes.

— Alors il faudrait calculer... comment...

Il restait impassible, en regrettant l'obscurité de l'hiver quand il fumait.

— ... comment le nombre de bananes reçues par une personne peut *varier* par rapport à ce qu'elle s'attendait à recevoir, c'est-à-dire une et une seule banane.

Elle avait compris. Elle avait compris de manière tout à fait intuitive la notion d'écart-type.

Anna, pensa-t-il. Anna, Anna, ah si seulement tu avais été là pour voir ses dons ! J'aurais peut-être même pu lui apprendre à jouer aux échecs.

Elle fut soulagée de voir la boîte avec les cachets d'aspirine dans l'armoire de la salle de bains. Le séchoir était archiplein et ils avaient suspendu deux des pantalons de son père au-dessus des portes entre le salon et l'entrée, et au-dessus de la porte coulissante entre la cuisine et le salon. Elle avala deux cachets avec de l'eau tiède du robinet, se brossa les dents, se déshabilla et se glissa sous la couette. Elle était glaciale et pas propre du tout. Dix bananes et quelqu'un les avait toutes eues, alors qu'on croyait qu'il y en aurait une pour chacun. C'était injuste mais peu importait. Il s'agissait de maths.

Son esprit s'apaisa, elle savait exactement le temps que ça prenait une fois qu'elle avait avalé les comprimés. C'était si agréable. Comme un petit moment de réconfort entre les comprimés et le sommeil. Dix bananes... Elle pensait toujours à Peggy-Anita Foss avant de s'endormir, et un peu à Mme Salvesen. Mais surtout à Peggy-Anita Foss. Ah, si seulement elle pouvait être comme elle ! Ou être elle, c'est-à-dire être adulte et décider toute seule. Ou être Barbie, sans Ken. Maintenant, les vêtements et les serviettes étaient propres, enfin une bonne chose de faite, oui tout était propre, les vêtements, les verres, les couteaux et les fourchettes, et demain elle irait acheter de l'eau de Javel et du savon rose et du papier toilette, oui, c'est ce qu'elle ferait, enfin, peut-être. Ils mangeraient une omelette. Les neuf autres personnes, qui n'auraient pas une seule banane, elles devaient quand même être prises en compte dans la *moyenne* ? Il faudrait qu'elle tire ça au clair…

Tu auras des bonbons et du chocolat

Elle adorait cirer le sol de la cuisine, se trouver pieds nus devant cette mer bleue ternie par l'usure des pas, pour la recouvrir d'une cire claire et voir la couleur bleue devenir plus intense et profonde à chaque passage du balai-brosse. Elle avait attaché une serviette en lin sur la raclette en caoutchouc à l'aide d'un peu de ficelle. Mais d'abord, le sol avait été lavé avec une eau ammoniaquée et rincé avec deux eaux claires. Elle arrivait ainsi à le dégraisser à fond et la cire se fixait bien mieux et durait plus longtemps.

Tous les autres ciraient les sols pour Noël, mais elle jamais, parce qu'à cette période de l'année il faisait si sombre dehors et dans les appartements que personne ne voyait réellement la différence ; elle se contentait donc du ménage un peu plus approfondi qu'elle faisait le week-end. Mais maintenant que la clarté était revenue, elle ressentait le besoin de faire le ménage à fond et d'embellir son intérieur. Elle avait déjà lessivé les plafonds de chaque pièce avec le grand balai et des torchons. Ils étaient en béton peint et présentaient quelques auréoles, mais en tout cas ils étaient propres. Une fois les sols terminés, elle allait s'attaquer aux fenêtres, pas seulement des deux côtés, mais aussi à l'intérieur des doubles vitres qu'il fallait démonter avec un tournevis. Il fallait voir la joie de Steingrim quand il rentrait à la maison et découvrait qu'elle avait réussi à le faire elle-même, lui qui disait que c'était un travail d'homme ! Non, changer une roue et lui réchauffer les orteils sous l'édredon, ça c'était un travail d'homme, voilà ce qu'elle lui répondait toujours.

Elle fit une grosse bulle de chewing-gum Sweetmint, si grosse qu'elle lui cacha la vue. En éclatant, la bulle lui recouvrit la lèvre supérieure et le nez, elle rit d'elle-même en la décollant et enfourna tout ce qu'il en restait dans la bouche, avant de finir de cirer le sol de l'entrée.

La radio à fond, elle fredonnait *500 Miles Away From Home*. En se redressant, elle eut mal aux reins, elle n'allait donc pas tarder à avoir ses règles. Elle jeta un coup d'œil à son entrejambe, mais il n'y avait aucune fuite. Bon, ce n'était pas encore pour ce mois-ci. Elle calcula rapidement que cela aurait été un « enfant de Noël ».

À quoi bon être triste ? Elle commençait à avoir l'habitude. Et en vérité, après un verre ou deux, quand elle se parlait à elle-même devant le miroir de la salle de bains, un enfant ne lui manquait pas du tout. Elle adorait rester seule à la maison quand Steingrim partait en voyage. Il disait toujours que s'ils avaient un enfant, il chercherait un travail ici, en ville, ça voulait dire qu'elle *n'aurait plus jamais l'occasion d'être seule, et probablement pour le restant de sa vie.*

Tenant le récipient avec la cire pour bois sous le balai pour qu'il ne goutte pas, elle emporta le tout dans la salle de bains et le posa dans un coin, avant de monter dans la baignoire et d'ouvrir en grand le robinet bleu. Tandis que l'eau froide ruisselait sur ses cheveux et son corps, elle leva son visage vers le pommeau de la douche : c'était sa récompense.

Elle laissa couler l'eau froide durant plusieurs secondes avant d'ouvrir le robinet d'eau chaude et de se savonner tout le corps. Ensuite elle fit gicler un peu de shampoing dans la main pour faire mousser ses cheveux. Elle resta sous l'eau jusqu'à ce que celle-ci devienne tiède, peu importe si elle vidait le ballon d'eau chaude, dans quelques heures, l'eau serait de nouveau chaude. C'était le laps de temps qu'elle avait pensé s'accorder pour se détendre.

Un beau soleil brillait dehors. Et il était déjà assez fort. Mon Dieu, comme elle aimait le soleil !

Elle enfila une robe de chambre, entoura ses cheveux d'une serviette, et glissa ses pieds dans des pantoufles en tissu éponge. Elle avait déjà dressé un plateau qu'elle avait posé sur la table basse dans le salon, puisqu'elle ne pourrait marcher sur le sol de la cuisine que dans deux heures au plus tôt. Une carafe isotherme avec du café fraîchement préparé, une tasse avec un soupçon de crème liquide dans le fond, deux tranches de pain blanc garnies de macédoine de légumes, cendrier et cigarettes, quelques magazines, et la boîte de crème Nivea. Elle porta le plateau sur le balcon.

Peut-être qu'un *pjolter*[14] aurait mieux fait l'affaire ? Quand elle se trouvait seule et qu'elle avait toute la journée devant elle, ça lui arrivait d'en boire quelques verres, puis de danser sur une belle musique à la radio. Mais elle se rappela qu'elle n'avait ni limonade ni eau gazeuse à la maison, et quand bien même elle en aurait eu, les bouteilles auraient été inaccessibles, puisqu'elle ne pouvait pas pénétrer dans la cuisine. Il y avait bien de l'eau-de-vie dans le bar du salon, mais elle ne la buvait pas pure et, de toute façon, pas au beau milieu de la journée. Alors ça serait du café sur le balcon, comme prévu.

Après l'hiver, elle avait déjà nettoyé le balcon au savon noir, de même que les deux chaises et la petite table. C'était si agréable de vivre au troisième et dernier étage. Personne ne pouvait la voir, tous les autres habitants se trouvaient en dessous d'elle. Quant à ses voisins de palier, M. Karlsen et sa fille, ils n'utilisaient guère leur balcon. Seule la fillette s'asseyait de temps en temps sur une chaise de cuisine, tout emmitouflée. Faut croire qu'elle n'avait rien de mieux à faire que de l'épier.

En s'installant, elle sentit que le béton était un peu froid. Le soleil d'avril étant trop bas, le sol restait dans l'ombre. Et si elle mettait un tapis ici qui supporterait la pluie ? Le petit désavantage quand on habitait le

14. Un peu de whisky mélangé avec de l'eau gazeuse.

dernier étage était bien sûr de ne pas avoir de balcon au-dessus pour servir de toit. Puis ses règles lui revinrent à l'esprit, sa robe de chambre était presque neuve.

Elle se précipita dans la salle de bains pour glisser une serviette hygiénique dans une ceinture élastique qu'elle se fixa autour de la taille. En réfléchissant bien, il fallait aussi, tout de suite, enfiler une petite culotte pour maintenir en place la serviette et la ceinture. Steingrim ne rentrerait pas avant cinq jours, ses règles seraient déjà terminées, c'était parfait. Elle trouvait étrange de lire parfois que certaines femmes utilisaient leurs règles comme *excuse*. Des femmes qui, apparemment, *n'aimaient pas* ça. Sûrement des couples qui n'avaient pas le temps de se désirer vraiment, contrairement à elle et Steingrim.

Elle ferma les yeux au soleil et alluma une cigarette, inspira fortement plusieurs bouffées avant de se servir du café, réussit à poser la cigarette en équilibre sur le rebord du cendrier, ouvrit le pot de Nivea et s'étala sur le visage un peu de crème blanche qui sentait bon l'été.

Pendant que le goût du café et celui de sa tranche de pain se mélangeaient dans sa bouche, elle reprit la cigarette et ferma de nouveau les yeux. Quel bonheur de pouvoir rester là et jouir de l'instant présent, d'avoir toute une journée devant elle, avec des tâches qu'elle pouvait faire à son propre rythme. Jamais, au grand jamais, vivre comme sa mère ! Parce que si elle et Steingrim parvenaient un jour à faire un enfant, un seul suffirait largement. Espérons que ce soit un garçon pour que Steingrim aussi préfère s'en tenir là. Sa mère ne s'était pas arrêtée avant de contempler sept petits visages autour de la table à manger, plus le visage, toujours renfrogné et austère, du père…

Parce qu'elle était l'aînée de ses six frères, et la seule fille, elle avait toujours été obligée d'assister sa mère dans les tâches ménagères, lesquelles étaient si nombreuses qu'on n'en voyait jamais la fin. Elle ne se rappelait pas avoir jamais vu sa mère s'offrir une seule fois le luxe de cirer le sol et d'attendre ensuite qu'il sèche pendant deux heures *sans rien faire.*

Les yeux mi-clos, elle parcourut du regard le terrain entre les immeubles, les pelouses, les allées et l'immeuble en face. Celui-ci se dressait de dos avec les fenêtres des chambres à coucher tournées vers elle, tous les balcons de la copropriété étaient, comme ici, orientés vers le sud, plus ensoleillé. Les enfants venaient de rentrer de l'école et avaient abandonné leurs cartables dans les cages d'escalier. Une dizaine de filles sautaient à l'élastique ou jouaient à la marelle, quelques garçons s'escrimaient à regonfler leur ballon de foot avec une pompe à vélo. Près de la résidence des personnes âgées, une autre bande de garçons se préparait à jouer aux billes, ils avaient tracé un long trait dans le sable avec un bout de bois, et à présent ils mesuraient en marchant la distance à partir de laquelle ils devaient se tenir pour lancer.

Une des dames de l'immeuble en face sortit de la cage d'escalier B avec une serviette enturbannée autour de la tête et un sac en papier blanc dans la main. Elle traversa la pelouse, certainement pour aller chez Mme Larsen, au premier, pour se faire coiffer. La journée étant avancée, elle n'aurait sûrement pas le temps de faire sécher la mise en plis : elle sortirait avec les bigoudis et un foulard noué par-dessus, pour les laisser posés jusqu'au lendemain.

Au fond, elle aurait bien aimé elle aussi prendre rendez-vous chez Mme Larsen, mais elle hésitait. Elle semblait assez sympathique, cette Anglaise, un peu différente des autres. Mais la seule pensée d'y rencontrer les commères de la cage d'escalier lui donnait la nausée, malgré le fait qu'elle aussi était un peu curieuse de la vie des autres : elle connaissait leurs noms de famille, mais rarement leurs prénoms. Les commères devaient toutes être les meilleures amies du monde, et elle constituait sans aucun doute un de leur sujet préféré de conversation.

Il fallait aussi voir les *bonnes femmes* que c'était ! Était-ce le fait d'être mariées ou mères de famille ? D'ailleurs, Mme Åsen au rez-de-chaussée n'avait pas d'enfant, elle non plus, et pourtant elle se comportait comme une petite vieille, par ses vêtements, de vilaines robes tabliers informes, et sa coiffure, une coiffure triste. Seule Mme Larsen tranchait sur les autres, mais sans être vraiment coquette. Étaient-elles si sûres de leurs maris ? Se rendaient-elles compte du risque qu'elles prenaient ?

Steingrim était vraiment bel homme et pendant ses déplacements, qui pouvaient durer de dix à quinze jours, il vivait entouré de femmes au quotidien, que ce soit pour sa tournée des épiceries ou celle des collectivités ; en tant que représentant de commerce, il vivait à l'hôtel, libre comme l'air. Il lui racontait que le ton entre lui et ces femmes était badin, il connaissait la plupart d'entre elles, et cela égayait un peu son travail. Elle ne lui demandait jamais s'il flirtait pour de vrai et en invitait certaines à dîner. Il était trop honnête. Mieux valait ne pas demander. Et il lui téléphonait aussi souvent qu'il pouvait. Appeler de province coûtait cher, alors, chaque fois qu'il en avait l'occasion, il profitait du bureau d'un client, même s'ils ne pouvaient échanger que quelques mots, sur l'endroit où il se trouvait ou sur le temps qu'il faisait, ici et là-bas. Pour cette raison, elle allait toujours à l'épicerie à deux heures, juste avant que les enfants sortent de l'école. À ce moment-là, c'était plus calme là-bas, la plupart des commères de l'immeuble ayant déjà fait leurs courses. À l'exception de Mme Åsen au rez-de-chaussée qui ne faisait pas ses courses à heure fixe. Elle était d'une indiscrétion notoire, inspectant tous les articles que les autres achetaient.

C'était important pour Steingrim de savoir à quel moment de la journée elle n'était pas à la maison. Pas question de lui faire de la peine en laissant le téléphone sonner dans le vide. Après son coup de fil, elle redevenait libre comme l'air, elle pouvait prendre le bus pour aller se promener en ville et flâner dans les boutiques.

Une fois ou deux pendant ses tournées, il s'autorisait une longue conversation du soir d'une cabine ou d'un box téléphonique à l'hôtel où il logeait. Alors, ils pouvaient se parler pendant plusieurs minutes. Et puis, il lui chantait doucement : *attends seulement que j'arrive à la maison, tu auras des bonbons et du chocolat, tu iras au café et au cinéma, nous nous promènerons bras dessus bras dessous sur les boulevards, et tu pourras t'asseoir sur mes genoux...*

Mais ils ne se promenaient pas tellement sur les boulevards, justement. Les premiers jours après son retour à la maison, il était entièrement libre, avant de reprendre la comptabilité et les commandes, et ils partaient faire un tour en voiture. Elle préparait du café dans la carafe isotherme, mélangeait du Nesquik froid dans une bouteille de lait qu'elle enroulait dans une serviette, Steingrim aimait tellement le lait chocolaté qu'il le buvait sans soif, et elle beurrait des bonnes tartines – il les aimait au cervelas et aux œufs durs. Puis ils partaient au bonheur la chance sur les petites routes départementales dans la Coccinelle bleu ciel, avec l'incontournable plaid de voiture sur la banquette arrière entre les échantillons de soupes de fruits, d'abricots, de pruneaux, du bouillon de poule et des sachets de sauce lyophilisée.

Le plaid était bien pratique pour s'asseoir quand ils s'arrêtaient pour pique-niquer ; Steingrim en profitait pour la photographier sous tous les angles. Elle se sentait alors la plus fêtée des femmes, comme dans une réclame américaine pour des cigarettes. D'ailleurs, sur toutes les photos qu'il prenait d'elle, elle fumait, assise, en tenant sa cigarette comme sur les publicités, avec les doigts tendus à hauteur de visage, du rouge à lèvres, les chevilles croisées, souvent les yeux fermés en plein soleil et affichant un sourire que Steingrim qualifiait de « vamp ».

Les photos, ils les collaient directement sur le papier peint dans leur chambre à coucher, ils adoraient tous deux les regarder. Elle aimait particulièrement les contempler au moment de se coucher seule le soir. Justement, avec cette idée en tête, elle avait aussi pris quelques photos de lui. Toujours vêtu de son imperméable, le chapeau tombant sur le front, la pipe dans la main. Il n'avait pas le droit de sourire quand elle le photographiait, elle l'aimait mieux quand il avait l'air un peu ténébreux.

Une des photos collées sur le mur, prise avec le déclencheur automatique, les montrait tous deux ensemble. Là, ils avaient l'air si différents qu'elle n'aimait pas vraiment cette photo. Lui riait à gorge déployée et son visage à elle était déformé par son rire ; en effet l'appareil photo avait dégringolé de la souche où il l'avait posé, et la photo avait été prise de travers. Ils avaient l'air si jeunes, si éloignés de cette vie que menaient les adultes.

Elle aurait voulu avoir une photo de mariage officielle, cela l'aurait rassurée, mais après le passage rapide à la mairie, ils avaient regardé à la dépense. Elle avait refusé un grand mariage, n'avait pas le courage de supporter la honte qu'elle éprouvait vis-à-vis de ses parents provinciaux et de ses frères : l'église et la salle des fêtes auraient pué la bouse de vaches.

Elle se redressa. Est-ce qu'on sonnait à la porte ? Elle tendit l'oreille. Oui, on sonnait. Sans doute encore des enfants vendant des pin's de fleurs de mai à cinquante *øre* pièce. À cette époque de l'année, à l'école, on distribuait aux filles des feuilles cartonnées sur lesquelles étaient piquées des fleurs de mai montées en pin's, qu'elles portaient grâce à une ficelle nouée autour du cou. Si toutes les filles voulaient gagner quelques sous, presque personne chez les garçons n'en vendait, et c'était probablement mieux pour tout le monde. Les hommes étaient des vendeurs plus agressifs qui ne se contentaient pas d'un « non » comme réponse, contrairement aux filles. Et le nombre de fleurs de mai qu'elle pouvait épingler le long du cordon de la sonnette dans l'entrée n'était pas extensible.

Tout en maintenant fermée d'une main sa robe de chambre, elle ouvrit la porte de l'autre, prête à répondre « non merci » à une énième fleur de mai – cette année, elles étaient roses avec un point vert au centre.

Un homme souriant se tenait sur le seuil, un chapeau en feutre hardiment incliné sur le côté.

— Je vous dérange, madame ? C'est peut-être le cas… Si vous êtes malade, je ne veux pas vous retenir.

— Depuis quand on est malade parce qu'on prend une douche après avoir fait le ménage ?

— Euh, non, bien sûr, je ne voulais pas…

— Qu'est-ce que vous voulez ?

— Ah, le ménage… Avez-vous un aspirateur, si ce n'est pas trop indiscret de le demander ?

— Vous vendez des aspirateurs ?

— Oui, le tout dernier modèle de chez Philips, une petite merveille. Vous avez peut-être vu la publicité dans les magazines ?

— Je crois, dit-elle.

— Si vous l'avez remarquée, alors je parie que vous n'avez pas d'aspirateur chez vous, glissa-t-il avec un large sourire comme s'ils étaient de vieux amis.

— Je n'ai pas besoin d'un aspirateur. Je secoue mes tapis en bas.

— C'est trop de travail pour une jeune épouse comme vous. Je qualifierai cela d'un travail d'homme. Vous habitez au troisième étage, avec un palier entre chaque étage !

Il sourit de nouveau. Ses cheveux paraissaient mouillés, probablement en raison de la brillantine, et il tenait à présent son chapeau dans la main droite – sa main gauche n'avait pas lâché son attaché-case. Il ressemblait à un homme marié rentrant à la maison après le travail, ce qui serait sans doute le cas dans quelques heures. Ces vendeurs-là se pointaient toujours au milieu de la journée quand les femmes étaient seules, bien sûr. Tandis que ceux qui vendaient des livres, des boîtes à outils, des branchements de lignes téléphoniques ou des téléviseurs préféraient rencontrer le maître de maison, et pour cette raison arrivaient exclusivement le soir.

— Quelqu'un d'autre dans l'immeuble en a acheté ? demanda-t-elle.

— Pas encore. Moi, je commence toujours au dernier étage et je descends au fur et à mesure.

Bizarrement, cela sonnait comme une sorte de flatterie. Elle se déporta un peu sur le côté et jeta un coup d'œil derrière lui. Là, la fillette de l'appartement en face était assise sur la dernière marche, avec son cartable à côté d'elle, et le quotidien *Aftenposten* ouvert à la page de la bande dessinée.

— Il n'y a personne à la maison, dit-elle.

— Oui, mais ton papa devrait rentrer d'ici peu, je pense, ajouta-t-il en se retournant vers la fillette. C'était bien Nina, ton prénom ?

— Nina Karlsen. Mais papa n'en achètera pas, je le connais, glissa-t-elle d'une voix faible, sans les regarder.

— Pouvez-vous attendre un peu que je m'habille ?

— Bien sûr, madame. Entre-temps, je vais m'entretenir avec cette jeune demoiselle.

— Ça ne sert à rien, on n'en achètera pas de toute façon, chuchota Nina.

Alors c'était Nina qu'elle s'appelait, la pauvre petite qui traînait toujours dans l'escalier. Elle n'avait jamais entendu quelqu'un l'appeler par son prénom. La plaque de la porte n'indiquait que « Karlsen ». Et elle n'aurait jamais pensé à le demander, ce n'était qu'une enfant assise dans le passage, quand elle voulait ouvrir sa porte, encombrée de toutes ses courses. Une enfant qui semblait si perdue que, de temps à autre, elle lui faisait l'aumône de quelque sucrerie piochée dans un de ses sacs.

Elle agrafa son soutien-gorge et enfila par la tête une robe d'été.

Elle ressortait justement, ces jours-ci, sa garde-robe d'été, lavait, repassait et vérifiait boutons et coutures. Celle-ci sentait bon le frais et le propre, le tissu était jaune vif avec un motif de grandes fleurs orange, un modèle élégant sans manches, mais peu décolleté. Steingrim la lui avait achetée à Namsos, il connaissait exactement sa taille. Elle plia son bras en arrière afin de remonter la fermeture Éclair à mi-dos, avant de passer les deux bras derrière la nuque pour la tirer ensuite jusqu'en haut.

Elle ôta la serviette de sa tête et rassembla ses cheveux humides dans une mousseline jaune qu'elle noua lâchement sur la nuque. Puis elle se mit du rouge à lèvres et se vaporisa un peu d'eau de toilette derrière le lobe de chaque oreille. Elle s'observa quelques secondes dans la glace avant d'attraper un gant de toilette qu'elle humidifia pour enlever le léger parfum qu'elle venait de se mettre, et le lança dans la corbeille à linge sale.

Mettre des escarpins à l'intérieur de sa propre maison lui semblait un peu bizarre et ses pantoufles étaient vieilles et moches : elle marcherait pieds nus, son vernis à ongles sur les orteils n'ayant que quelques jours, il n'avait pas encore commencé à s'écailler.

— Entrez, je vous en prie.

— Merci beaucoup, madame. Je dois avouer que c'est une grande transformation en si peu de temps. D'ailleurs, permettez-moi de me présenter : Roar Ånevik Hansen.

Ils se serrèrent rapidement la main. C'était une poignée de main forte et franche, mais pas *trop* forte.

— Madame Peggy-Anita Foss.

Elle ferma la porte d'entrée derrière lui et désigna d'un geste de la main la porte du salon ouverte.

— Passez par ici, pour aller sur le balcon. Je viens de cirer le sol de la cuisine. Du café ?

— Oui, volontiers. Si ça ne vous dérange pas.

— Non, pas du tout. Il est déjà prêt.

— Alors, comme ça, vous m'attendiez ? plaisanta-t-il, avec un petit sourire par-dessus l'épaule pendant qu'il défaisait ses lacets et glissait les pieds hors de ses chaussures.

Elle apprécia qu'il retire ses chaussures sans même avoir demandé s'il pouvait les garder à l'intérieur. Ça voulait dire qu'il respectait ce travail sans fin qu'elle faisait : le ménage. À moins que… vu qu'il vendait justement des aspirateurs, cela fasse partie de sa stratégie de vente ? Pour que, de cette manière, elle pense du bien de lui. Oh, elle n'était pas née de la dernière pluie !

Ses chaussettes étaient en nylon bleu marine brillant et ses pieds étaient plus grands que ceux de Steingrim, c'était étrange de les voir franchir le seuil du salon, comme s'ils étaient chez eux.

Ne pouvant pas prendre les tasses de café dans le placard de la cuisine, elle en choisit deux du joli service chinois, presque transparent, dans le meuble du salon qui servait de bar et de placard pour la porcelaine. Il fallait qu'ils aient deux tasses identiques, sinon, ce ne serait pas convenable, cela ferait un peu déplacé et bizarre. Elle vit qu'il avait laissé son chapeau sur le fauteuil immédiatement avant la porte donnant sur le balcon.

Elle posa les tasses sur la petite table et enleva celle de tout à l'heure, à moitié vide. La tranche de pain avec la macédoine de légumes qui restait dans l'assiette semblait soudain une chose si intime qu'elle emporta les deux avant de servir le café chaud. Elle s'assit en croisant les jambes ; le sol du balcon était si glacé sous ses pieds nus qu'elle regretta ses pantoufles, mais l'essentiel était de se montrer sous son meilleur jour, et s'il y avait une chose qu'elle savait faire, c'était précisément cela. Elle alluma une cigarette en tenant sa main en l'air, le coude serré contre le sein droit, dans la pose des publicités pour cigarettes, celle que Steingrim lui demandait d'adopter quand il la prenait en photo lors de leurs échappées en voiture.

Il s'était déjà confortablement installé sur la chaise dans le coin du balcon et, de la sorte, avait l'air aussi grand et imposant que Steingrim. Dieu merci, il avait choisi de s'asseoir là, ce qui lui avait évité de le frôler en mettant la table, le balcon était si exigu.

— Vous êtes drôlement bien ici au soleil, dit-il. Avec une vue plongeante. D'en haut, vous devez tout voir ?

— Oh, il n'y a pas grand-chose à voir, à part les enfants qui jouent. J'ai quelques gâteaux secs, mais comme je vous l'ai dit, le sol de la cuisine vient d'être ciré. Donc, je ne peux pas vous proposer du lait ou du sucre pour votre café.

— C'est parfait comme ça, merci beaucoup, répondit-il, et il prit plusieurs lampées de café comme pour souligner sa phrase. C'est pratique, une carafe isotherme. Avant, il fallait réchauffer cette maudite cafetière tout le temps. On gaspillait pas mal d'électricité.

— Oui. C'est vraiment un progrès. Un thermos est si moche. C'est affreux sur une belle table.

— Mais si j'ai bien compris, vous n'avez pas d'aspirateur, continua-t-il.

— Je trouve que je n'en ai pas besoin. Ça ne me manque pas.

— Mais vous devez avoir un réfrigérateur et une machine à laver. Un congélateur aussi, peut-être ?

— Non pas de congélateur.

— Mais un fer à vapeur et un téléviseur, peut-être ?

— Pas de télé. Seulement une carafe isotherme pour regarder les programmes de télé ! dit-elle en riant. Tout le monde a un fer à repasser, non ?

— Oui, mais pas forcément un fer à vapeur. Je vous promets que si vous commencez à utiliser cet aspirateur incroyablement efficace et solide de chez Philips, vous vous demanderez comment vous avez pu vous en passer aussi longtemps.

— Vous croyez ?

— Je le sais, martela-t-il. Prenez seulement ma propre femme. Quand les enfants laissent tomber des miettes de gâteau et de pain, avant, elle était obligée de sortir le balai et la pelle…

Elle ne l'écoutait plus. Il avait donc une femme et des enfants. C'était chez eux qu'il rentrait à la fin de sa journée avec ses cheveux gominés et son attaché-case. Les enfants devant l'immeuble en face poursuivaient leurs jeux. Elle écrasa sa cigarette.

— … et du peu que j'ai vu de votre salon, vous avez un très bel intérieur.

— *Nous* avons un beau chez-nous, mon époux et moi, rectifia-t-elle.

— Bien sûr. Mais aujourd'hui il y a aussi beaucoup de beaux tapis à acheter. Des imitations de tapis persans. Ils sont beaucoup trop lourds pour être portés dans les escaliers, à plus forte raison pour être secoués. Mais avec un aspirateur, vous aurez la possibilité de posséder un tapis persan. Parce que vous pourrez le nettoyer à l'endroit où il est posé.

— Ne me dites pas que vous vendez aussi des tapis !

— Euh, non. Mais si on pense aux matelas… au canapé et aux fauteuils.

— Pour passer l'aspirateur dessus, vous voulez dire ?

— Oui. Vous les nettoyez sans doute avec un chiffon humide, et vous brossez dans les coins sous les coussins ?

— Évidemment, dit-elle.

— C'est fait en quelques secondes avec un aspirateur.

— Je n'avais pas pensé à ça.

— Et les matelas n'auront plus un grain de poussière. Réfléchissez-y, madame.

Il lui adressa encore une fois un large sourire, et alluma une cigarette du paquet qu'il sortit de la poche de son imperméable. Il fumait des Teddy sans filtre. Il avait posé l'imperméable sur ses genoux. Sa veste de costume était un peu élimée aux coudes, peut-être ne gagnait-il pas tant d'argent que ça ; elle eut soudain un peu pitié de lui. Steingrim était toujours légèrement contrarié quand il n'arrivait pas à conclure une vente, surtout en province, les petites épiceries un peu démodées hésitaient toujours avant de passer commande pour ce qu'ils appelaient des produits « faciles ». À la campagne, on préparait toutes ses sauces soi-même, prétendaient les gérants. Il n'y avait que la fameuse soupe de poissons de Bergen qu'il était quasiment sûr de pouvoir placer.

— Vous en vendez beaucoup, des aspirateurs ? voulut-elle savoir.

— Il y a des hauts et des bas. La meilleure période de l'année, c'est juste avant Noël. Ensuite maintenant, c'est le deuxième temps fort, quand les gens s'attaquent au nettoyage de printemps. C'est étrange, puisque le ménage est en réalité une occupation quotidienne.

Elle alluma une nouvelle cigarette. Une petite brise emporta la fumée quand elle l'expira. Elle sentait que son dos s'était un peu refroidi même si le soleil lui réchauffait la poitrine. Elle éprouva un fort besoin de le sentir, et inhala la fumée si profondément que ça la fit tousser. Cela faisait à présent cinq jours que Steingrim était absent. Il devait y avoir quelque chose qui clochait chez elle, puisqu'elle avait toujours envie de faire l'amour avec lui et ne prétextait jamais qu'elle avait ses règles, comme d'autres femmes.

Remarquant le vendeur qui l'observait de côté, elle fixa une jeune fille qui sautait à la marelle sur une jambe : c'était la phase la plus difficile, car elle devait d'un seul pied pousser le palet, sans perdre l'équilibre ni marcher sur les traits de craie. Elle se rappela tout à coup une des nouvelles dans le magazine *Hjemmet*, où une communauté de Tsiganes arrivait dans un hameau du sud du pays, et la jeune mariée de l'une des plus grandes fermes s'était sauvée avec un Tsigane d'une si grande beauté que les oiseaux dans les arbres chantaient quand il passait dessous.

— Vous fumez des Savoy ? fit-il. Ma femme aussi. Elle trouve le nouveau paquet si moderne. Elle aime basculer le haut pour l'ouvrir. Elle soutient qu'elle fume plus depuis qu'ils ont changé le paquet, rien que pour le plaisir de l'ouvrir.

Elle inhala une nouvelle bouffée et retint la fumée si longtemps dans ses poumons qu'elle sentit la nausée atteindre son diaphragme.

— Je ne sais pas s'il est si précieux, dit-elle en continuant à regarder la fille unijambiste.

— Pardon. Quoi donc ?

— Le temps dont dispose la femme au foyer.

— Dites-moi si j'arrive à un moment inapproprié, je ne veux pas m'imposer, reprit-il après une courte pause.

Elle se tourna vers lui en plongeant ses yeux dans les siens :

— Vous *imposer* ? Dites-moi, vous êtes bien un vendeur ? Alors c'est votre travail de vous imposer !

Il se tortillait vaguement sur la petite chaise, serrant son imperméable contre lui, le regard au loin.

— Ce n'est pas de cette manière que je vends, se récusa-t-il. Je veux que les gens aient le sentiment... oui, je dis bien le sentiment, d'avoir fait un bon achat. Je ne veux pas seulement avoir réussi une bonne vente, si vous comprenez ce que je veux dire.

— Bien sûr, je comprends ce que vous voulez dire, je ne suis pas complètement stupide !

— Je n'ai jamais dit que vous...

— Mon mari est représentant lui aussi. Je sais tout sur le métier de la vente. Et je sais tout sur l'acte d'achat. Je ne suis pas née de la dernière pluie. Alors, déballez-moi votre baratin sur votre aspirateur.

— Vous le voulez ?

— Oui.

Il posa l'imperméable sur le rebord du balcon, et hissa l'attaché-case sur ses genoux. Le cuir était usé là où il appuyait ses pouces pendant que les fermetures métalliques s'ouvraient. Il sortit une brochure en papier glacé. Une femme chic en robe rouge, les cheveux noirs coupés au bol, passait l'aspirateur dans un beau salon et, effectivement, sur un tapis persan ; impossible pour elle de juger s'il était ou non authentique.

— Cet appareil possède un pivot central, expliqua-t-il. Autrement dit, vous pouvez passer l'aspirateur dans toutes les directions sans tourner l'appareil ! Quand vous voulez déplacer l'aspirateur, il tourne sur lui-même ! Sans compter qu'il est facile à vider : vous changez seulement le sac en papier. Et vous l'allumez et l'éteignez avec le pied.

— Avec le pied ?

— Oui ! Vous voyez le bouton rouge au sommet, là ? Vous appuyez simplement dessus du bout du pied. Aussi sur l'embout, vous appuyez avec le pied, pour que la brosse sorte ou se rétracte. Quand la brosse est rentrée, vous aspirez les tapis, et quand vous voulez passer sur du linoléum, vous abaissez la brosse. Et le moteur est de cinq cent cinquante watts.

— Je ne sais pas ce que c'est des watts, mais cela me semble beaucoup. Il ne raye pas le linoléum ?

— Absolument pas. Puisque tout est sec. Vous n'aurez bien sûr pas l'idée de l'utiliser si vous avez laissé tomber un verre de lait par terre.

— Ah bon ?

— Non. Il y a un moteur à l'intérieur. On ne verse pas du lait dans un moteur…

— Je vous faisais marcher, répliqua-t-elle. Combien il coûte ?

— Il est disponible en rouge, noir ou gris. Le rouge vous irait bien, je crois.

Elle alluma une nouvelle cigarette, se rendit compte que sa main qui tenait l'allumette tremblait légèrement, mais il ne le remarqua pas, il était plongé dans sa brochure.

— Et que coûte cette merveille ?

— Vous pouvez l'acquérir à crédit, pour seulement vingt-neuf couronnes par mois pendant douze mois. Ou en payant comptant, pour deux cent quatre-vingt-dix-neuf.

— Personne n'a deux cent quatre-vingt-dix-neuf couronnes sous la main, déclara-t-elle.

— Sans doute. Mais à crédit, c'est très simple.

— Alors je le prends en rouge.

— Vraiment ? Une sage décision, madame ! Vous ne le regretterez pas. Nous allons seulement remplir ce formulaire et l'aspirateur sera livré chez vous dans une semaine.

Ensemble, ils remplirent nom et adresse, il voulait avoir le nom de Steingrim aussi, et la date de naissance des deux. Il redoublait de zèle à présent.

— Puis vous signez simplement ici, dit-il.

Quand elle leva le stylo du papier, il afficha son large sourire commercial, détacha la copie derrière le carbone bleu et la lui tendit.

— Félicitations, déclara-t-il.

— Merci.

— Vous recevrez douze mandats-cartes à renvoyer par la poste. Et si vous gagnez à la loterie, vous pouvez payer la totalité en une seule fois, vous gérez tout vous-même !

Comme si c'était lui seul qui lui avait offert cette chance et cette possibilité unique. Ça, c'était de la *vente*. Elle aimait cela.

— Encore du café ?

— Peut-être un tout petit peu, avant que je ne redescende l'escalier. Ou... d'abord, juste en face de chez vous.

— Celui-là, vous pouvez l'oublier. Il n'est pas franchement du genre aspirateur.

— Il n'y a pas... une femme au foyer ?

— Non, il vit seul avec sa fille, je n'ai jamais vu de femmes dans cet appartement. Sauf une plus âgée, mais c'est rare, accompagnée d'un homme âgé. Je pense que ce sont ses parents.

— Mais ça vaut toujours la peine d'essayer, reprit-il. Certains hommes aiment avoir des sols propres, même s'ils ont connu le contraire.

— C'est ce que mon mari a aussi l'habitude de dire.

— Sur la propreté des sols ?

— Non, dit-elle en riant doucement. Ça vaut toujours la peine d'essayer.

— Et que vend-il ?

— Il est représentant pour la marque Toro.

— Alors, il aurait eu la cote auprès de mon épouse !

Son sourire, large et éblouissant, montrait qu'il était heureux. Les vendeurs étaient toujours si heureux quand ils concluaient une vente.

— Et si je change d'avis ? hasarda-t-elle.

Son sourire se figea.

— Dans ce cas...

Il fouilla un peu dans son sac.

— Dans ce cas, vous appellerez ce numéro.

Il lui tendit une petite carte avec « PHILIPS » écrit en bleu, en grandes lettres capitales, avec une adresse et un numéro de téléphone en dessous.

— Vous appellerez ce numéro avant trois jours en disant que vous regrettez votre décision.

— Nous n'avons pas le téléphone.

— C'est pourtant pratique. Ce numéro, c'est celui de notre bureau central à Oslo.

— C'est donc une communication interurbaine.

— Oui, mais un tel message est vite transmis. Le bureau de votre mari est à Bergen, n'est-ce pas ?

— Oui.

— Il doit avoir un travail intéressant. Mais on ne peut pas voyager partout dans le pays quand on a des enfants en bas âge.

— Non, ça fait trop de responsabilités pour la mère, dit-elle.

Quand il eut lacé ses chaussures et qu'elle eut refermé la porte derrière lui, elle s'accroupit près du seuil de la cuisine et tâta le sol bleu, mais il était loin d'être sec, la paume de sa main resta légèrement collée et poisseuse. Elle alla dans la salle de bains et laissa couler l'eau froide, longtemps, avant d'en boire trois verres en se servant du verre à dents. Ensuite, elle vérifia la serviette hygiénique. Oui, ses règles étaient bien arrivées, aussi rouges qu'un aspirateur Philips à crédit…

Au fond, elle aurait dû se chercher un travail. Il lui restait presque trois ans de crédit pour sa fourrure. Mais chaque fois qu'elle émettait l'idée de chercher un emploi, Steingrim répondait que, dans ce cas, il voyait mal l'intérêt de rentrer à la maison pour retrouver une épouse fatiguée avec l'esprit ailleurs. Ne gagnait-il pas assez pour deux ? rétorquait-il.

Eh oui, il gagnait pas mal sa vie. Après le lancement l'année dernière de la soupe de poissons de Bergen, sa commission avait été augmentée de plus de trente pour cent puisque cette soupe était le plus grand succès que son entreprise ait jamais connu. Mais il ne gagnait peut-être pas assez pour à la fois la fourrure et l'aspirateur. Mon Dieu, que venait-elle de faire ? Il avait déjà appelé une fois aujourd'hui, de Hammerfest, en toute hâte, et il lui avait raconté que là-bas il tombait de la neige fondue. S'il appelait ce soir, elle pourrait peut-être le lui dire. Qu'elle regrettait, et qu'elle allait appeler le numéro à Oslo pour tout annuler. *Tout annuler...*

Elle retira la robe et sortit sur le balcon en petite tenue. Elle se trouvait si haut que personne ne pouvait la voir. La robe était trop peu décolletée pour pouvoir bronzer. Et, au fond, c'était quoi la différence entre un bikini et des sous-vêtements ?

Elle examina le mégot de cigarette du vendeur qui se détachait nettement de ses propres mégots, avec filtre et marques de rouge à lèvres. Celui de l'homme semblait nu et propre, comme s'il l'avait fumé jusqu'au bout de ses doigts, c'était vraiment un type glouton : enfants en bas âge et épouse à la maison, une épouse qui devait crouler sous les nouveaux modèles d'aspirateurs, comme elle-même sous les sauces et les soupes, si elle avait voulu. Mais quand Steingrim rentrait à la maison, il ne souhaitait manger que des plats faits maison, de préférence de la baleine ou du foie en sauce à la crème, avec plein d'oignons et de petits pois et un monceau de pommes de terre qu'il pouvait écraser dans la sauce, parce que justement il n'avait pas eu le droit de le faire quand il était petit. Oui, elle devrait peut-être le prévenir quand il appellerait ce soir, et dire qu'elle allait téléphoner demain à Oslo pour résilier le contrat.

Cela aurait été bien si on avait pu prendre un aspirateur à l'essai comme on pouvait le faire pour une robe, se dit-elle. Avoir le droit de l'essayer toute une soirée pour le tester, évaluer le résultat, et ensuite se décider en toute tranquillité, sans avoir un homme aux cheveux gominés suspendu à sa réponse, assis à côté d'elle sous un soleil printanier.

Les magazines balayés par le vent jonchaient le sol du balcon. Dans l'un d'eux, à moitié ouvert, Julie Andrews apparaissait pliée en deux dans sa robe rose et blanche de Mary Poppins, ses mains gantées tenant un parasol en tulle sur l'épaule droite. Elle était belle, une des vendeuses à l'épicerie trouvait qu'elle lui ressemblait.

Elle avait lu l'article qui racontait comment Audrey Hepburn lui avait ravi le rôle d'Eliza dans *My Fair Lady,* et comment Julie Andrews à son tour avait raflé l'Oscar de l'année sous le nez d'Audrey Hepburn. Mon Dieu, celui qui pouvait aller aux Amériques et vivre la vraie vie ! Elle n'eut pas le courage de ramasser les magazines, Julie Andrews n'avait qu'à rester là, pliée en deux d'une manière peu flatteuse. Au dos de l'autre magazine, une Ursula Andress souriante, parce que « neuf stars du cinéma sur dix utilisent le savon Lux ». Elle-même utilisait la marque Lano, car elle trouvait que sa mousse était plus douce et ne desséchait pas autant la peau que Lux.

Elle resta longtemps assise à contempler Ursula, l'imaginant dans une salle de bains hollywoodienne avec un savon moussant entre les mains. Peut-être que la *dixième* star utilisait Lano ? À supposer qu'on en trouve en Amérique…

Elle et Steingrim avaient vu Ursula au cinéma, dans le film de James Bond où elle sortait de la mer en bikini blanc avec un couteau fixé au slip du bikini. Steingrim en avait parlé pendant des semaines après, et avait sûrement aussi rêvé d'elle, les sens tout excités.

Tout d'un coup, elle se leva et s'arrêta au beau milieu du salon. Quelle idée d'avoir laissé entrer cet homme ! Uniquement parce qu'elle s'était mise au soleil et sentie d'humeur joyeuse.

Elle entra dans la salle de bains et passa sa robe. Dans la chambre, sur le grand lit du côté de Steingrim. les cartons de vêtements d'hiver s'entassaient. Chaque fois qu'elle allait à l'épicerie ou descendait prendre le courrier, elle en profitait pour déposer un carton à la cave, mais à présent elle eut envie d'en descendre un tout de suite. Il ne pesait pas lourd et elle avait écrit ce qu'il contenait sur une étiquette. Tout était à elle : vêtements de ski, gants, bonnets et écharpes. Steingrim, lui, avait encore besoin de ses vêtements d'hiver quand il partait loin dans le Nord, la petite Coccinelle était une véritable glacière.

Elle glissa ses pieds dans les chaussures blanches à petits talons qu'elle mettait d'ordinaire pour aller faire ses courses.

La petite Nina n'était plus assise dans l'escalier. Elle commença sa descente, le carton dans les bras. Dès le deuxième étage, elle fut rejointe, comme d'habitude, par les odeurs qui s'échappaient de chez Mme Larsen même quand la porte était fermée. Alors qu'elle atteignait le premier, celle-ci s'ouvrit et leur fillette sortit dans un nuage douceâtre de savon, de shampooing, de fumée et d'odeur de café. Elle traversa le palier et sonna chez la famille Rudolf. Le carton de vêtements d'hiver était si volumineux qu'elle eut des difficultés pour passer.

— Tu ne peux pas...

— Mais si, répliqua la fillette en s'aplatissant contre le mur, à l'instant même où Mme Rudolf, le visage inexpressif, ouvrait la porte. Elles se saluèrent par un hochement de tête sans un sourire.

— Est-ce que je peux aller voir Rickard ? demanda la fillette.

— Demande-lui toi-même s'il veut de la visite, lui répondit Mme Rudolf.

Le vendeur Roar Ånevik Hansen se trouvait peut-être encore dans l'un des appartements de l'immeuble ?

Au rez-de-chaussée, elle croisa Mme Åsen en train de frotter le couvercle du vide-ordures avec quelque chose qui ressemblait à un vieux caleçon décoloré.

— Bonjour.

— Bonjour, répondit Mme Åsen.

Son corps, secoué au rythme des frottements frénétiques sur la surface métallique, sentait la sueur. Ce fut tout juste si elle prit la peine de s'écarter quand Peggy-Anita manœuvra avec son carton pour passer.

— Ça a l'air lourd, remarqua Mme Åsen. Vous auriez dû attendre le retour de votre mari.

— Non, ça ne contient que des vêtements d'hiver, ça ne pèse presque rien.

— C'est peut-être votre fourrure ?

— Oh non. Ma fourrure, je l'enverrai en centre-ville, dans la chambre froide chez Fyhn. Il ne fait pas assez froid dans ma cave.

— Ah ! Faut dire que je n'y connais rien en *belles fourrures*, avoua Mme Åsen.

Elle fut obligée d'utiliser les deux mains pour ouvrir la lourde porte métallique de la cave. Le carton posé par terre, elle le poussa du pied à l'intérieur en laissant claquer la porte derrière elle. Il y régnait une odeur de pommes et de béton brut, de moisissures et d'huile de vidange, de vieux papiers et de poussière humide. Elle aimait à respirer ces odeurs, un méli-mélo de choses gardées par de gros cadenas. Cependant, si l'on collait l'œil aux fentes de la mince palissade de chaque cave particulière, on pouvait facilement voir à l'intérieur. Au fond, les gros cadenas étaient plutôt ridicules, puisqu'on pouvait enlever les lattes en bois très facilement. Mais seuls les gens habitant l'immeuble détenaient la clé de l'entrée des caves.

En vérité, elle aurait préféré que les caves soient séparées, escalier par escalier, mais ce n'était qu'un long corridor d'un seul tenant avec toutes les caves des particuliers réparties des deux côtés, qui se terminait par un grand local pour les vélos et par un local pour bricoleurs, un atelier en somme. Les enfants du logement social de l'escalier B étaient ainsi libres d'aller et venir comme bon leur semblait. C'était pourquoi jamais de la vie elle ne remiserait sa fourrure ici, que la cave fût froide ou non. Elle ne stockerait pas la *moindre* chose de valeur dans des conditions aussi peu sûres.

Elle déposa le carton dans son box et referma le cadenas. Quelqu'un toussa dans l'atelier. Les fenêtres basses de la cave filtraient une lumière poussiéreuse sur les murs jaunes en lambris et sur le sol gris en béton ; elle se dirigea vers la porte de l'atelier et l'ouvrit en la poussant d'un seul doigt.

— Coucou, lança-t-elle.

C'était M. Larsen, il se retourna vers elle.

— Bonjour, dit-il.

— Fallait juste que je voie qui était là. J'étais à la cave.

Il s'occupait d'un abat-jour, enroulant de larges bandes de plastique jaune citron autour d'une frêle armature métallique. Une bobine de ruban plastique rose saumon et une autre en noir étaient posées sur le plan de travail.

— Un abat-jour ? hasarda-t-elle.

— Oui. J'enlève la vieille toile et je l'entoure de rubans plastique de différentes couleurs.

— Ça a l'air joli.

— Merci. Ça donne une jolie lumière, avec des couleurs différentes. Oui, comme je disais…

— C'est ça, votre travail ? Puisque vous êtes là… je veux dire…

— Non. Je traduis des livres. Je gère mon temps de travail comme je veux. Mais il y a du monde à la maison.

— Oui, elle est coiffeuse, votre femme.

— Précisément. Mais j'ai un bureau en ville.

— Bon, il va falloir que je remonte. Vous prenez des commandes ?

— Pour des abat-jour ?

— Oui.

— Apportez-moi celui que vous n'aimez plus, dites-moi quelles couleurs vous préférez, et je m'en occuperai.

— Ça alors ! Et ça coûterait... ?

— Vous paierez seulement le prix des rubans en plastique. Ça m'amuse de les faire.

— Moi aussi, j'en *ferai* peut-être, un beau jour.

— Chut, dit-il, en interrompant son mouvement de bras.

— Quoi ?

— Dans le mur. Écoutez.

Elle tendit l'oreille, et perçut quelques faibles bruits, comme des grattements.

— C'est quoi ? chuchota-t-elle.

— Des souris, peut-être. Mais on entend très bien tous les bruits dans cet immeuble.

— En tout cas, ils viennent du mur, renchérit-elle. Ou des fondations, je crois que ça s'appelle comme ça.

— C'est au moins à un mètre et demi en terre. Certainement des souris. Mais je les ai entendues plusieurs fois ces dernières semaines. Depuis le dégel.

— Quelle horreur ! s'écria-t-elle.

— Vous avez peur des souris ?

— Non. Mais elles peuvent être porteuses de maladies.

— Vous savez, tout va bien tant qu'elles restent à l'extérieur et ne s'aventurent pas à l'intérieur.

— Vous en avez déjà vu ici, à l'intérieur ? Autour des caves ?

— Non, jamais.

— Tant mieux, parce que sinon il faudrait prévenir tout le monde. Il y a beaucoup de gens qui stockent des fruits et des pommes de terre dans leurs caves.

— Je vais surveiller, madame Foss. Faites-moi confiance.

— Bon, au revoir. Merci de m'avoir laissée regarder ce que vous faites. Je vais voir si je n'ai pas quelques vieux abat-jour à rafraîchir.

Il demeura debout un moment à contempler les rubans en plastique qu'il tenait dans ses mains, jusqu'à ce qu'il entende le claquement de la porte de la cave derrière elle. Il baissa alors les épaules et prit une profonde inspiration. De quoi avaient-ils parlé au juste ?

D'abat-jour.

Il aurait pu lui parler de tout ce que l'on peut faire avec de la matière plastique. Il n'y avait pas de limites, on pouvait même créer des *maisons* de bas en haut. Selon de nombreuses recherches scientifiques, l'humanité tout entière, avant les deux prochains millénaires, vivrait dans des maisons fabriquées exclusivement en matière plastique, aux frais de chauffage réduits au minimum. Au lieu de cela, il avait attiré son attention sur les grattements incessants dans le mur des fondations, elle qui vivait au troisième ! Comme si ça pouvait intéresser une femme comme elle !

Tu n'es qu'un imbécile, se dit-il. Mon Dieu, qu'elle est délicieuse et comme il a de la chance, son mari !

Quel plaisir ça devait être de l'avoir dans son lit, la nuit... Barbara aussi était mignonne. Mais à quoi bon puisqu'elle lui tournait le dos, sous la couette, avec son bon cul tout près de lui, mais inaccessible, enfermé dans ses propres rêves, à supposer qu'un cul puisse rêver. Elle dormait à ses côtés, avec ses mains rouges et crevassées par les produits capillaires, malgré les crèmes de soin qui encombraient sa table de nuit. Comme il avait commencé à détester ses mains, il essayait de ne pas les regarder. Et, jamais de la vie, Barbara ne penserait à s'habiller d'une robe aussi chic à la maison, et avec des chaussures à talons...

Si seulement elle pouvait prendre un travail à plein temps dans un salon de coiffure, elle aurait été obligée de se pomponner un peu pour être présentable ; cela aurait été un bon point, et il aurait eu la maison pour lui seul dans la journée, ce qui lui aurait permis de résilier le contrat de location de son horrible bureau. Ah, Peggy-Anita Foss... Rien que ce nom... Il aurait pu écrire une chanson sur son nom, il le ferait peut-être un jour, le jour où il pourrait commencer la rédaction de son propre roman et cesser de traduire les mots des autres. Tout tirer de son sein, pour ne pas parler d'un autre organe...

Il conservait pas mal de revues *Cocktail* dans sa cave. Barbara ne supportait pas ces choses. De temps à autre, il s'asseyait sur la pile des valises et se plongeait dans les revues, l'oreille aux aguets.

Il jeta un coup d'œil à sa montre-bracelet. Il avait du temps. Et l'abat-jour n'irait nulle part. Il se rendit dans sa cave et tira bien la porte derrière lui. Ouvert, le cadenas resta suspendu au crochet de la porte : il voulait entendre si quelqu'un approchait et pouvoir réagir avant qu'on ne découvre sa présence.

Il feuilleta rapidement la pile des revues, et en trouva une qu'il aimait particulièrement, celle avec une magnifique série de photos de la blonde qui portait seulement un collier de perles et une paire d'escarpins, allongée sur une peau d'ours blanc devant une cheminée. Il se cala bien sur les valises et sentit la chaleur monter, son cœur battait à tout rompre pour pomper le sang dans toutes les parties de son corps, petites et grandes.

En remontant l'escalier de la cave, Peggy-Anita vit Mme Moe s'escrimer sur la porte d'entrée qu'elle tenait d'une main en essayant de faire entrer le landau de l'autre.

— Attendez, je vais vous tenir la porte.

Mon Dieu, comment elle était attifée ! Les cheveux clairsemés et gras, aucun maquillage, même pas de rouge à lèvres. Elle portait un imperméable beige par-dessus une tenue informe, un pantalon bleu foncé et un pullover en V qui devait appartenir à son mari, le tout pendouillant de ses épaules comme un sac de patates accroché à un poteau.

— Merci beaucoup, dit Mme Moe, en réussissant à faire entrer le landau.

Elle ne savait vraiment pas quoi lui dire. De quoi parle-t-on à un personnage aussi navrant, en charge d'un nouveau-né ou presque ?

— Un vendeur d'aspirateurs est venu ici aujourd'hui. Il y est peut-être encore.

Mme Moe rangea, sans lui répondre, le landau sous les boîtes aux lettres. L'arrière de sa tête était rond comme une boule et laissait apparaître par endroits le cuir chevelu, tant ses cheveux étaient gras.

— Merci beaucoup, glissa Mme Moe d'un souffle de voix, sur un ton indifférent.

Elle ne voulait visiblement pas poursuivre la conversation, en tout cas pas avec elle, et surtout pas au sujet d'un vendeur d'aspirateurs. Elle farfouilla pour trouver l'enfant sous toutes les couvertures, sans doute pour le lui faire admirer. N'était-ce pas le propre de toutes les mères de penser que leur progéniture était le plus beau bébé du monde ? En tout cas, Mme Moe n'avait pas l'air de vouloir exhiber le sien, elle lui tournait ostensiblement le dos, sans un sourire, en feignant d'être très occupée.

Elle remonta donc l'escalier. Sur le palier des Åsen et des Moe, le couvercle du vide-ordures brillait comme un sou neuf. Elle ressentit un énorme soulagement à ne pas être comme Mme Moe. Elle commença à monter les marches quatre à quatre, elle adorait faire ça. Mais si elle entendait une porte s'ouvrir, elle s'arrêtait et faisait semblant de monter normalement. Elle aimait courir à perdre haleine, sentir son diaphragme se contracter pour expirer un souffle chaud et puissant. Et si elle s'achetait un vélo ? Non, les achats, ça suffisait. Ou alors un d'occasion. Le mieux serait une DBS bleu clair, avec un filet de bicyclette tout doux à rayures rouges, bleues et blanches qui couvrait la moitié de la roue arrière, de chaque côté, c'était si joli. Et avec un panier devant, dans lequel elle pourrait mettre une bouteille de jus de fruits, son porte-monnaie et le rouge à lèvres.

Il appela peu après six heures.

— Salut, ma belle.

— Salut, mon chéri. Tu es à l'hôtel ?

— Oui et non, j'appelle ça plutôt un motel. On ne se sent pas vraiment pas chez soi, et encore je suis gentil. Cela dit, pour le dîner, il y avait un très bon gratin de poisson aux macaronis, servi avec du beurre fondu et des lardons. Et j'ai pris une bière en plus, j'ai bien vendu aujourd'hui. Faut dire qu'il y a deux ou trois mois, une maison a entièrement brûlé, parce que la femme qui était en train de préparer une sauce brune a complètement oublié sur la cuisinière la poêle avec le beurre et la farine. Du coup, depuis cet incendie, ma sauce brune pour boulettes de viande s'arrache ici comme des petits pains.

— Tant mieux pour toi, alors.

— Et puis y a pas mal d'hommes célibataires dans les fermes des alentours. Ils ont découvert l'utilité de nos préparations. Le patron de l'épicerie leur serine qu'avoir les placards pleins de sachets Toro, c'est avoir sa propre cuisinière à domicile. J'en ris encore. Nous pourrions peut-être l'utiliser dans une publicité, je vais en parler au bureau à Bergen.

— Donc tout va bien ?

— Ouais... Il fait un temps pourri, mais... Et toi ? Tu profites du soleil et de l'été ?

— Oui, je suis restée un peu au soleil aujourd'hui. Et je range les vêtements d'hiver.

— C'est parfait.

— Et puis, j'ai eu de la visite.
— Ah bon ? De qui ?
— Un vendeur.
— Qui vendait… ?
— Des aspirateurs.
— T'en as acheté un ?
— J'ai signé quelque chose. Mais j'appellerai demain pour dire que j'ai changé d'avis.
— Et pourquoi t'as changé d'avis ?
— Ça fait vingt-neuf couronnes par mois, Steingrim. Et nous avons déjà acheté la fourrure à crédit.
— On en a les moyens. Bien sûr que tu auras ton aspirateur, mon trésor.
— Tu sais, j'ai largement le temps pour faire le ménage, même si c'est d'une façon un peu moins… pratique.

Elle entendit ses propres paroles. Jusqu'à ce jour, pas une seule fois elle n'avait pensé à son ménage comme à un travail pesant, elle avait simplement l'habitude de le faire comme ça, un point c'est tout.

— Non, écoute-moi. Tu ne vas pas annuler la vente. On peut se le payer, je te répète. Je vais aussi commencer un petit travail supplémentaire qui me permettra d'augmenter ma commission.
— Ah ? Quoi donc ?
— Ils ont développé un emballage spécial pour dix sachets et ils veulent que je m'attaque aux collectivités, en plus des épiceries traditionnelles.
— Aux collectivités ? Tu veux dire, les hôpitaux, etc. ?
— Les hôpitaux, les maisons de retraite, les hôtels et les cantines. Il sera alors question d'un tout autre

volume de ventes. Alors, ne t'inquiète pas pour ton aspirateur. Il ne manquerait plus que ça !

— Si tu le dis…

— Je t'assure. Et dans cinq jours je serai à la maison. Ça va me faire du bien de te retrouver. Et en plus, c'est l'été chez nous.

— J'ai eu mes règles aujourd'hui.

Il se tut quelques secondes. Elle l'imagina dans un modeste hall de réception avec de la neige fondue sur les carreaux, la petite Coccinelle déjà couverte de neige. Au moins, il avait bien mangé.

— Maintenant, tu es déçu…

— Bah. C'est comme ça.

— Quand tu rentreras à la maison, on partira faire un tour en voiture. Et si je me mettais à faire du pain ? On pourrait faire des sandwichs avec du pain maison !

Il riait si fort que le téléphone grésillait.

— Alors là, c'est pas demain la veille !

— Je te promets.

— Non, tu as beaucoup trop peur pour tes ongles longs pour faire du pain, mon trésor !

— Dans ce cas, je les couperai un peu.

— Je ne te laisserai pas faire. Non, on fera une virée en voiture avec du pain de la boulangerie et tes beaux ongles rouges.

— Tu me manques, Steingrim. J'ai hâte que tu rentres.

Elle éclata en sanglots dès qu'ils eurent raccroché et que la voix de Steingrim disparut.

Elle devenait toujours émotive avec l'arrivée de ses règles. Mais ce n'étaient que des gamineries, mon Dieu, elle n'avait aucune raison de pleurer.

Comme elle avait mal au ventre, elle prit deux cachets avec un peu d'eau tiède. Tout autour de ses pieds, le sol bleu de la cuisine étincelait.

Elle n'avait qu'à repasser un peu en écoutant la radio, jusqu'à laisser la fatigue l'envahir. Puis elle irait se coucher, écouterait les bruits des appartements en dessous et regarderait les photos d'elle-même sur le mur de la chambre à coucher. Est-ce qu'on pouvait faire du pain avec des gants en caoutchouc ? Pourquoi ne pas essayer ? Elle savait qu'il y avait plusieurs recettes de pain maison dans le livre de cuisine que sa mère lui avait envoyé, après son mariage.

Elle déplia la planche à repasser, brancha le fer à vapeur et posa un cendrier propre sur le plan de travail de la cuisine, c'était le plus près. Elle allait repasser les chemises de Steingrim de manière aussi professionnelle que si elle travaillait dans un pressing.

Contre l'anxiété : un comprimé trois fois par jour

Assise en silence, elle regardait l'enfant enveloppé dans une couverture qui dormait au milieu du canapé. Halvor faisait la sieste dans la chambre à coucher. Tout allait bien, plus rien n'était grave, le comprimé agissait. L'enfant avait un tricot à manches courtes et une brassière à manches longues, une couche propre, de la crème anti-rougeurs sur les fesses, un peu de crème apaisante sur ses boutons au front – dus à une allergie au lait. Mais comment pouvait-il faire une allergie au lait quand elle n'en avait presque pas ?

Elle tenta de respirer au même rythme que l'enfant, mais eut le vertige, ça allait trop vite.

Halvor ne remarquait rien. Il avait assez à faire avec ses voitures. Mais puisque cela faisait trois jours qu'il n'avait pas vendu une seule Coccinelle, il prolongeait la sieste, sans doute pour ne pas y penser. Quelle que soit la durée de sa sieste, il réussissait à dormir la nuit. Il n'y avait qu'elle qui n'arrivait pas à fermer l'œil.

Mais à présent qu'elle avait repris ses médicaments, elle restait éveillée d'une manière agréable ; les yeux fermés, elle avait la sensation de flotter dans de la soie, craignant presque de s'endormir et de perdre ces instants de volupté. La perspective d'être fatiguée le lendemain — pour accomplir ses tâches quotidiennes, elle ne devait pas prendre de comprimés dans la journée — ne pouvait pas même ternir son sentiment d'infinie légèreté et de béatitude.

Elle se leva sans faire de bruit. L'enfant était trop petit pour rouler en bas du canapé, son corps était par ailleurs si mou qu'il bougeait à peine.

Elle alla à la salle de bains, enfila ses gants en caoutchouc et commença à rincer les couches en flanelle qui avaient trempé dans un seau d'eau froide. Ses selles étaient peu consistantes, le peu qu'il faisait avait l'odeur du lait rance et du vomi, et était de couleur jaune moutarde. Quand elle-même était bébé, sa mère avait l'habitude de donner l'eau dans laquelle avaient trempé ses couches à la voisine qui, avec ça, arrosait la terre autour de ses rosiers, c'était le meilleur engrais qui soit, affirmait-elle, tant que le nouveau-né n'était nourri qu'au lait maternel. Quand le bébé commençait à manger de la nourriture normale, mieux valait utiliser du fumier de cheval. C'était presque un peu touchant de penser que ses selles de nouveau-née étaient devenues de beaux rosiers bien fleuris.

Une fois que les couches ne furent plus souillées, elle les mit dans la grande bassine posée par terre dans un coin de la cuisine, avec les couches extérieures en gaze, les petits maillots et les brassières, ainsi que trois barboteuses en coton. Elle porta la bassine sur la cuisinière. Elle la remplirait d'eau plus tard, quand elle ferait la vaisselle.

L'enfant n'avait pas bougé. Évidemment. Et si elle préparait un peu de café ? Cela ferait peut-être plaisir à Halvor, son repas ayant été assez simple. Elle entendit des bruits de pas au-dessus d'elle, ça courait dans tous les sens, quelqu'un tira aussi la chasse d'eau, elle perçut des rires.

Des quenelles de poisson en conserve, dans une sauce grumeleuse, avec des pommes de terre, voilà ce qu'elle lui avait servi ; elle avait oublié d'acheter des carottes, tant elle était pressée de rentrer à la maison.

Elle s'approcha de l'enfant, le prit dans ses bras, caressa son crâne duveteux et posa ses lèvres contre sa peau. C'était ce que les mères faisaient, et maintenant qu'elle l'avait fait, elle pouvait le reposer.

Un homme avait prononcé son prénom dans le bus aujourd'hui. Quelqu'un qui était dans sa classe à l'école Berg, il y a plusieurs années. Cela lui avait fait un drôle d'effet d'entendre son prénom.

Maud. Un prénom peu usité, avec cette diphtongue au milieu. On se donnait des prénoms les uns les autres, on affublait les nouveau-nés d'un prénom sans savoir comment ils vivraient avec par la suite, quand ils seraient adultes. Au moment où l'on donnait au bébé un prénom, on ignorait tout de son avenir. L'adulte qu'il deviendrait n'était alors *personne.*

Elle avait été assise dans le bus pour aller au centre-ville, dans son corps, ses vêtements, son manteau beige qu'elle avait porté aussi pendant sa grossesse.

Elle avait été là en chair et en os. En tout cas, elle avait imprimé un creux dans le dossier de son siège. Elle avait serré les poings, à faire blanchir ses articulations, dans les virages, même si les freins du landau étaient mis et que les toutes nouvelles roues en caoutchouc adhéraient parfaitement au plancher du véhicule en mouvement.

Il n'y avait que des inconnus dans le bus ; si elle avait fermé les yeux, elle aurait été incapable de décrire la moindre personne à bord. Elle avait regardé par la fenêtre. C'était le printemps, avait-elle constaté. Mais quel jour on était ? Peut-être que c'était aujourd'hui qu'elle aurait dû amener l'enfant au suivi postnatal ?

La couverture dans le landau avait à peine bougé.

Et soudain il y avait eu ce son. Un son plaintif et ténu sortant d'une petite gorge rose guère plus grande que celle d'un chaton. Elle avait bougé un peu le landau, même si le bus se chargeait déjà de bercer l'enfant à sa place. Le son s'était éteint. Elle lui avait donné le sein, trois quarts d'heure plus tôt, oui elle avait fait comme il faut, trois quarts d'heure, ça ne faisait pas si longtemps que ça. Mais elle ne savait pas combien de lait il avait pris.

Elle devait descendre dans deux stations. Aurait-elle la force de se lever ? Ce poids contre le dossier du siège, était-ce vraiment son corps, cette chaleur autour des épaules était-elle due à son vieux manteau ? Elle n'avait eu conscience que de sa main. Cette main qui tenait, qui l'enchaînait au landau, la seule main qui eût de l'importance dans ce bus. Elle était réduite à une main, tout son être était concentré dans une main. Comment avait-elle pu faire confiance aux nouvelles roues en caoutchouc et aux freins du landau ? Heureusement qu'elle le tenait, qui sait sinon ce qui aurait pu arriver à l'enfant ? Il aurait pu être volé, lorsqu'elle avait tourné la tête un instant vers la fenêtre et que la porte du bus s'était ouverte, une folle en manque d'enfant aurait pu s'emparer du bébé. Ou bien le landau aurait pu se renverser, faisant rouler l'enfant sur le sol sale du bus et quelqu'un lui aurait ensuite marché dessus.

Elle avait eu mal dans le bras et avait changé de main pour soulager l'autre, veillant à ne pas retirer sa main droite avant que la gauche ait une bonne prise, comme pour passer le témoin dans une course de relais. Qui sait si, au bout d'un moment, la folle ne se serait pas lassée de jouer à la maman et n'aurait pas pris une épingle pour l'enfoncer dans la *fontanelle* de l'enfant ?

Elle s'était mise à penser à la fontanelle, elle y pensait de plus en plus souvent, l'image surgissait dans son esprit quand elle embrassait l'enfant, posant ses lèvres tout contre sa fontanelle. Une vieille histoire était devenue comme une obsession, la certitude d'un danger imminent : celle de cette femme en Angleterre en charge de nouveau-nés abandonnés par leurs mères, et qui récoltait une jolie somme pour la première année, que les nourrissons survivent ou non. La moitié d'entre eux mouraient très vite, la femme n'osait sans doute pas forcer le destin encore au-delà, mais elle les avait tués en leur enfonçant des épingles dans la fontanelle, ces espaces membraneux séparant les os du crâne des nourrissons, qui n'étaient pas encore soudés et laissaient le cerveau tout mou affleurer sous la peau. Trois ou quatre épingles par bébé, disait-on. L'histoire racontait qu'un visiteur s'en était rendu compte, lorsqu'un nouveau-né, par erreur, avait atterri dans cet orphelinat — ce nourrisson avait eu une famille — et que cette personne avait caressé la tête du bébé : il avait alors remarqué des petites boules, il avait tiré dessus et s'était retrouvé avec une épingle à tête, mouillée et luisante, dans la main.

C'était horrible, avait-elle pensé en entendant cette histoire. Elle était alors dans les premiers mois de sa grossesse, toute fière d'être enceinte, elle était une autre femme, une femme capable d'aller au bout de ce qu'elle entreprenait. En repensant à cette histoire, elle fut frappée par le fait que la femme n'ait pas plutôt utilisé des aiguilles à coudre. Une fine aiguille à coudre se serait enfoncée moelleusement à travers la peau sans qu'il y ait de têtes d'épingles au sommet du crâne pour signaler leur présence. Car ils ne devaient pas pratiquer l'autopsie des orphelins en Angleterre, à l'époque : à quoi bon autopsier des bébés que personne ne pleurait ? Mais pourquoi avait-elle utilisé des épingles à tête ? Sur ce, son ancien camarade de classe était monté dans le bus. Est-ce qu'il ne s'appelait pas Ivar ? Si, c'était ça.

Elle n'avait pas lâché le landau, même si elle aurait préféré s'enfuir. Mais elle l'avait reconnu en levant les yeux. Avec le recul elle crut même avoir esquissé un vague sourire, mais elle n'en était pas sûre du tout. Il s'était avancé dans l'allée centrale qu'il remplissait de son corps large et insouciant, avait croisé son regard et était passé à côté d'elle avant de s'asseoir deux rangées plus loin.

Il ne l'avait pas reconnue. Parce qu'elle était devenue une autre. Une ombre. Une main. Oui, elle n'était plus que ça.

Elle avait fixé la couverture dans le landau, c'était le moment de tirer sur le fil pour indiquer qu'elle voulait descendre au prochain arrêt. Il fallait qu'elle sorte de ce bus, elle avait senti des remontées aigres dans le fond de sa gorge, et allait vomir sur la couverture bleu clair que la mère de Halvor avait crochetée de façon compliquée, certaines mailles se redressant comme des bulles sur un fond de points serrés, un motif très travaillé.

Le chauffeur n'avait pas fait mine de vouloir se lever pour l'aider avec le landau. C'était un gros homme écœurant, avec sous sa chemise blanche une bedaine proéminente qui touchait presque le volant. Il avait regardé dehors sur la gauche en évitant soigneusement de jeter un coup d'œil dans le rétroviseur pour ne pas avoir à se lever.

Et il était alors intervenu. Ivar. Il s'était précipité pour descendre avant elle et l'aider en réceptionnant le landau.

— Merci beaucoup, avait-elle murmuré une fois que le landau avait été sur le trottoir.

Il avait levé la tête et l'avait regardée, elle n'avait pas eu le temps de détourner les yeux et avait remarqué une lueur s'allumer dans les siens.

— C'est toi, Maud ? C'est vraiment toi ? Oh, ça fait drôlement plaisir de te revoir, ça doit faire une éternité ! s'était-il écrié en lui adressant soudain un large sourire. Alors comme ça, tu es devenue maman, c'est ton premier ?

Elle avait fait signe que oui. Il devait vite remonter dans le bus, heureusement qu'il n'avait pas prévu de descendre à cet arrêt. À vrai dire, elle non plus, elle allait parcourir tout le chemin du retour à pied, elle n'avait rien à faire en ville de toute façon, un tour au centre-ville n'était qu'une manière de faire passer les heures, parmi des gens avec des vies normales.

— Ça m'a vraiment fait plaisir de te revoir, Maud ! avait-il crié avant que la porte ne se referme et que les grosses roues du bus ne s'ébranlent, à quelques décimètres seulement du landau.

Et si elle-même l'avait renversé juste à ce moment-là ? L'enfant se serait retrouvé sous les roues du bus, n'aurait été plus rien, n'aurait plus bougé. Un corps écrabouillé, aplati comme une galette, avec du rouge qui aurait giclé par les ouvertures des vêtements, des cris, l'évanouissement, le grincement des freins, les sirènes. Il lui avait fait un signe de la main derrière la fenêtre du bus, son sourire avait la largeur de la vitre, elle était restée à la même place, le landau aussi, elle s'y était cramponnée pour ne pas tomber, tenant le guidon des deux mains, il ne fallait surtout pas qu'elle le lâche.

Le landau avait été comme un lourd véhicule auquel elle était accrochée.

L'enfant ne bougeait plus, il avait fermé les yeux, le souffle bref, son petit cœur battait à une vitesse inquiétante, mais elle savait que c'était normal. Elle ne l'aimait pas assez, ce devait être ça la raison. C'était pour ça qu'elle n'avait pas assez de lait et qu'elle n'arrêtait pas de penser à cette fontanelle.

C'est toi, Maud ? C'est vraiment toi ?

Elle avait vomi dans les bosquets derrière un transformateur, pris un peu de papier absorbant au pied du couffin et s'était essuyé la bouche et les yeux. Pas besoin de penser au mascara, cela faisait des mois qu'elle ne se maquillait plus. De quoi avait-elle l'air ? Les cheveux. Elle les avait touchés. Les avait sentis morts et glacés sous ses doigts. Comment des cheveux pouvaient-ils être vivants, des fils si fins qu'il n'y avait pas la place pour le sang ? Ça n'avait pas de sens. Comment était-ce possible ? Pourquoi était-il monté précisément dans ce bus-là et précisément ce jour-là ?

Mais il ne l'avait pas reconnue tout de suite.

Il était passé devant elle sans la voir. Parce qu'elle n'avait été qu'une main. Comment aurait-il pu reconnaître une main parmi la foule des mains dans le bus ?

Elle avait marché comme un automate jusqu'à l'immeuble et son escalier. Comment faisaient les mères pour monter toutes les marches en portant les enfants et les sacs de courses après être restées longtemps sorties ? Elle avait beau n'avoir que six marches à grimper, elle était aussi épuisée à chaque fois.

C'est toi, Maud ? C'est vraiment toi ?

Jamais il ne serait venu à l'esprit de Halvor de dire une telle phrase.

Elle l'entendit tousser dans la chambre à coucher, il était donc réveillé.

Elle se leva et remplit la moitié de la bouilloire à café avec de l'eau, elle tourna la manette de la plaque du fond qui chauffait plus vite que les autres, coupa deux tranches de pain qu'elle tartina de margarine, sortit un pot de confiture du réfrigérateur, dévissa le couvercle, enfonça une cuillère dedans, posa les tranches de pain et la confiture sur la table de la cuisine avec une tasse à café propre. Il fallait qu'elle fasse la vaisselle, elle ne l'avait pas faite non plus ce matin. Elle n'avait pas fait tremper la casserole avec la sauce béchamel, elle le fit maintenant. Elle était en train de mettre du produit vaisselle dans l'eau, quand Halvor surgit dans la cuisine.

— Ça fait du bien de se reposer, dit-il.

Elle sourit légèrement et il s'assit.

— Tu ne prends pas de café ? Tu n'as sorti qu'une tasse.

— Non, j'ai un peu mal au cœur. J'ai beaucoup marché aujourd'hui. Je ne suis pas descendue au bon arrêt.

— Comment t'as fait ?

— J'étais plongée dans mes pensées.

— Hum…

— Je vais m'asseoir dans le salon pour l'allaiter un peu.

— Il est réveillé ?

— Non.

— Tu vas le réveiller pour l'allaiter ?

— Oui, on est bien obligé quand ils sont si petits.

Fatiguée de cette conversation, elle s'affala dans le canapé à côté de l'enfant. La tête lui tournait.

— La bouilloire à café bout ! cria-t-il.

— Oh, j'avais complètement oublié. J'arrive. Mais il n'y a que de l'eau dedans pour l'instant.

Elle versa six cuillères à café moulu avec la cuillère doseur en plastique jaune, remit la bouilloire sur la plaque électrique et attendit qu'il y ait de gros bouillons avant de tourner avec une fourchette pour bien mélanger le tout. Puis elle retira la bouilloire, éteignit la plaque et rajouta un tout petit peu d'eau froide du robinet. Enfin elle la reposa sur la cuisinière avec le bord qui mordait très légèrement sur la plaque éteinte encore chaude.

— Il faut encore attendre dix minutes, annonça-t-elle.

— Je peux utiliser la passoire à thé, dit-il. T'es sûre que tu n'en veux pas ? Je peux très bien t'apporter une tasse pendant que tu allaites.

— Ne te donne pas ce mal.

— Mais ça ne me demande aucun effort, Maud. Alors tu veux du café ou pas ?

— Halvor…

— Comme tu veux. Personne ne t'y oblige.

— Ce n'est pas ça. Je suis juste un peu fatiguée.

— C'est précisément pour retrouver un peu d'énergie qu'on boit du café ! Et puis ç'aurait été agréable de le boire ensemble et de discuter un peu.

— Halvor

— Ça va, j'ai compris. Va retrouver le bébé.

Elle se rassit dans le canapé, appuya sa tête contre le mur en béton recouvert d'un papier peint et sentit le froid la gagner, à l'endroit exact où son crâne touchait le mur. Elle posa la main sur la couverture dans laquelle elle avait emmitouflé l'enfant. Sa respiration faisait monter et descendre imperceptiblement sa main. Mais au moins il respirait. C'était déjà ça.

Elle le dégagea de la couverture, il ne réagit pas. Elle le posa en travers sur ses genoux, la petite tête tomba en biais derrière sa cuisse tandis qu'elle soulevait son pull et baissait son bonnet gauche de soutien-gorge. Elle mit l'enfant au sein. Les yeux toujours clos, il bougea un peu les lèvres, les avança, mais elle vit que celles-ci étaient gercées. De la vaseline… il faudrait lui mettre de la vaseline quand elle lui ferait sa toilette tout à l'heure. Les lèvres entourèrent son téton et essayèrent de s'y accrocher, elle aida du bout des doigts, dressa son téton et le lui enfonça dans la bouche, il téta un peu, toujours sans ouvrir les yeux. Son téton lui brûlait, la peau était en permanence rouge et douloureuse. On lui avait appris à la maternité qu'elle devait passer un peu de lait sur la peau autour quand elle avait terminé d'allaiter, c'était plus efficace qu'une crème, mais il ne sortait pas assez de lait pour qu'elle puisse s'en badigeonner le téton.

Elle sentit monter le lait et l'enfant avala quelques gorgées ; elle faillit s'endormir de soulagement en renversant de nouveau sa tête en arrière, mais c'était l'enfant qui s'était rendormi, d'un coup, il était tout relâché dans ses bras, elle lui prit la tête dans sa main pour le presser contre sa poitrine, il ne fallait pas qu'il dorme maintenant, et son sein droit alors ? Peut-être qu'il y avait un peu de lait là aussi.

— J'avais envie de vous prendre en photo tous les deux.

Elle ne l'avait pas entendu venir, il se dressait là de toute sa hauteur, avec son appareil photo à la main, celui qu'il avait eu en cadeau au travail après avoir vendu cent Coccinelle. Il était toujours le même. Il en avait de la chance.

— Non, se récria-t-elle. Je suis affreuse.

— Mais pas du tout. C'est beau de vous voir ainsi tous les deux, quand tu l'allaites.

Beau… ? Elle baissa les yeux sur l'enfant, vérifia qu'il n'avait pas le nez collé contre sa peau pour respirer librement.

C'est toi, Maud ? C'est vraiment toi ?

En tenant toujours la tête de l'enfant endormi dans sa main, elle leva les yeux, il prit trois photos dont une avec flash.

— Au début, il pleurait quand il avait faim, dit-il.

— Il a grandi et il fait confiance pour mieux savoir que lui quand il doit manger ou pas.

Quel tissu de mensonges… Elle ne savait rien du tout. Alors que lui, jour après jour, devait expliquer à ceux qui venaient pour acheter leur première voiture les avantages de ce modèle de Volkswagen avec ses moteurs boxer et sa tenue de route adaptée à l'hiver, il les voyait aller et venir, réfléchir et prendre des notes, il leur montrait des nuanciers de couleurs pour la carrosserie et le revêtement des sièges, leur vantait les facilités de crédit, il parlait à en avoir la gorge sèche, détaillait les particularités de la boîte de vitesses et des rapports, mettait en avant les qualités de sécurité et de solidité du véhicule, le prix peu élevé des pièces détachées… alors que lui faisait tout ça, elle, elle n'était même pas fichue de lui préparer un repas correct !

Quelle horreur, ce qu'elle lui avait servi aujourd'hui ! Pas étonnant qu'elle-même n'y touche pas. La nausée, elle prétextait toujours qu'elle avait la nausée. Eh bien, lui aussi. Cette femme, cet appartement, cette nourriture infâme lui donnaient la nausée. Il était malade à la pensée des années qu'il allait devoir attendre avant que cet enfant devienne le fils dont il rêvait… Pour l'instant, c'est tout juste s'il pouvait s'en approcher. Il ne voyait de lui qu'une frimousse endormie. Elle voulait être seule dans la salle de bains quand elle lui faisait sa toilette.

Il rangea l'appareil photo dans son étui. Bon, il avait au moins essayé de se racheter pour tout à l'heure, il avait pris des photos d'eux et avait même réussi à mentir en disant que c'était beau de la voir assise avec l'enfant dans ses bras. Mon Dieu, ça allait durer encore longtemps ?

Elle ne supportait rien, elle était redevenue aussi fragile qu'avant de tomber enceinte.

Elle avait disparu dans la salle de bains — il entendait l'eau couler –, alors il alla dans le salon et alluma la télévision. Bizarre que cet enfant ne pleure plus jamais, mais bon, les nourrissons, ce n'était pas son fort. Une image apparut sur l'écran, pour disparaître aussitôt. Il tapa sur le haut de l'appareil et l'image se stabilisa, mais resta tremblée. Il essaya de comprendre de quoi ça parlait, c'était Bjørn Nilsen qui interviewait un type en vareuse, sans doute un programme sur les pêcheurs et la pêche dans le Nord, il n'y avait que ça qui intéressait ce type. Il y aurait après une émission sur le scandale de Kings Bay, ça vaudrait peut-être le coup de regarder.

Il sortit sur le balcon pour fumer une cigarette. Elle n'aimait pas qu'il fume à l'intérieur, à cause de l'enfant. Comme si ça pouvait incommoder des enfants ! Lui-même avait grandi avec des parents qui fumaient tous les deux et qui ne se gênaient pas pour le faire, même quand il était sur la banquette arrière de la voiture. Cela dit, il se souvint que sa sœur n'arrêtait pas de vomir, elle était toujours malade en voiture, elle ne supportait rien, exactement comme Maud.

Et dire que c'était son idée à lui, de faire cet enfant ! Elle voulait attendre, préférait d'abord suivre une formation. Elle avait parlé d'une école de commerce. Mais lui, comme un imbécile, était persuadé qu'elle gagnerait en force et en maturité, une fois devenue mère, qu'elle cesserait de dépendre autant des autres, incapable de penser par elle-même.

Un type changeait la roue d'une Volvo grise au pied de l'immeuble voisin.

C'était un paradoxe que lui qui vendait des voitures n'avait pas les moyens de s'en offrir une. Même s'il pouvait naturellement bénéficier de conditions très avantageuses, cela restait malgré tout trop cher. Il devrait d'abord revendre sa moto Taifun, mais il repoussait toujours à plus tard. Il adorait cette moto, Maud s'y était collée contre son dos, elle avait adoré leurs balades. Dire que tout ça était du passé. Alors qu'on était au printemps, qu'il n'y avait plus de neige ! C'était un temps idéal pour faire de la moto.

Elle était si petite par rapport à lui qu'elle avait pris l'habitude de glisser un petit coussin sous ses fesses, de façon à voir la route par-dessus son épaule. Une fois, la moto avait fait un bond sur une bosse à cause du gel qui avait déformé la chaussée, et le coussin était parti comme un projectile dans les fourrés. Ils avaient dû descendre de l'engin pour le chercher et, finalement, ils avaient fait l'amour debout, contre un tronc d'arbre, elle l'enlaçant avec ses jambes autour de ses hanches... C'était un souvenir merveilleux, c'était la seule fois où ils l'avaient fait à l'extérieur. Ou disons ailleurs que dans un lit.

Tout ça était bien fini, d'ailleurs il n'avait plus envie d'elle. Ses seins appartenaient à l'enfant. Et sa chatte, il n'osait plus la toucher, tellement il l'associait désormais au sang.

Il alla dans la cuisine, se versa une nouvelle tasse de café et voulut manger la dernière tartine avec de la confiture, mais celle-ci avait durci et séché, le pot avait dû rester trop longtemps ouvert sans couvercle. Il laissa couler l'eau jusqu'à ce qu'elle soit brûlante, mit un peu d'eau dans le pot de confiture et remua énergiquement pour que ça s'étale mieux sur son pain. Il inspecta la cuisine du regard pendant qu'il mâchait. Quel bordel ! Ce n'était quand même pas à lui de se taper la vaisselle, alors que Maud n'avait rien d'autre à faire de toutes ses journées ?

Quand elle avait été enceinte, elle avait été merveilleuse. « J'y arrive », disait-elle souvent, et son regard bleu s'illuminait, ses cheveux brillaient, elle avait arrêté de prendre ses cachets pour quand elle se sentait particulièrement nerveuse, elle s'était mis du vernis à ongles rose et avait aussi cessé de fumer, après avoir lu dans un hebdomadaire que cela pouvait nuire au fœtus. Ses seins étaient devenus gros et fermes, il avait été si heureux et fier d'elle. Mais avec son gros ventre, elle ne voulait plus être assise derrière lui sur la Taifun.

Il n'avait plus qu'à la vendre, c'est sûr. Plus jamais elle ne s'assoirait derrière lui.

Il resta à réfléchir, avec la bouillie de pain et de confiture dans la bouche.

Plus jamais. Oui, accepter qu'une page de sa vie se tourne. Plus jamais elle n'enfourcherait sa moto, glisserait le petit coussin sous ses fesses et placerait ses talons sur les cale-pieds, avant de passer ses bras autour de lui et de lui envoyer son souffle chaud dans la nuque.

Plus jamais. Cette pensée lui était insupportable.

Il avait vingt-deux ans et n'aurait plus jamais une femme derrière lui sur sa moto. Ce n'était pas non plus un sujet qu'il pouvait aborder avec elle, ce serait pris comme une critique, forcément. « Je te rappelle que c'est toi qui as voulu », lui dirait-elle. Et elle aurait raison.

Il ouvrit la porte du meuble sous l'évier et cracha dans la poubelle la bouillie qu'il avait dans la bouche, le reste de sa tartine, débarrassa la table, tout en repensant aux yeux éteints de Maud quand il avait pu pour la première fois lui rendre visite après l'accouchement. Ses yeux étaient si morts qu'il avait cru un instant qu'elle avait cessé de respirer. Il n'aurait pas été étonné de voir l'infirmière entrer dans la chambre, fermer ses paupières, et remonter le drap au-dessus de sa tête. Il n'avait rien ressenti à la vue du bout de chair rouge, enveloppé dans un linge blanc. Quelque chose de ratatiné avec soudain une ouverture rose qui avait poussé un cri qui l'avait fait frémir.

Ses yeux morts avaient tout détruit, il n'avait pas réussi à se réjouir, pas plus le soir, quand ses collègues au bureau l'avaient entraîné pour fêter ça à coups de bière et de whisky et l'avaient porté sur une chaise dorée à travers le pub dont la hauteur de plafond n'était pas du tout prévue pour les pères frais émoulus qu'on portait en triomphe. Il avait passé la nuit seul dans le lit conjugal avec une sacrée bosse au front qui battait au rythme de son pouls et il avait compris une chose : rien ne serait plus jamais comme avant.

Mais cette histoire de moto, il n'y avait pas pensé avant. Ah, bordel !

Il était devenu père. Un mari, un père, quelqu'un qui subvient aux besoins du ménage. Les pères et les soutiens de famille ne roulaient pas en moto. Même les gosses savaient ça.

Il saisit la brosse et entreprit de laver la casserole où avaient cuit les quenelles de poisson. L'eau était blanche comme du lait avec de la mousse de savon un peu figée à la surface. Il retira la brosse qui soudain était enduite de sauce et de restes de poisson. Oh, bordel ! Elle n'avait pas vidé la casserole avant de la remplir d'eau ?

Il renversa tout dans l'évier et commença à racler le bord de la casserole avec un couteau. Le fond collait, marron et brûlé, et le couteau dessinait des traînées couleur métal au milieu de tout le marron. Et c'est ce qu'elle appelait un repas !

Elle ne repassait plus ses habits. Il ne lui restait plus qu'à s'acheter des chemises en nylon infroissable qu'on pouvait enfiler telles quelles le matin après lavage et séchage, comme il faisait dans son studio avant de la connaître. Ses chemises étaient toutes élimées maintenant, il en avait eu trois et avait utilisé chacune deux jours de suite, il les avait lavées à la main avec du savon et les avait laissées sécher sur un cintre en étalant quelques journaux dessous, la nuit. C'était un système qui marchait bien quand on vivait à l'étroit, alors pourquoi pas maintenant ?

Si seulement il savait comment la « réparer ». Mais c'était autrement plus compliqué que de changer les bougies ou l'huile ou de nettoyer le carburateur, après quoi, vroom, la bécane repartait pour un tour.

— Tu fais la vaisselle ? dit-elle.

— C'est pas possible de tout laisser comme ça.

— Je pensais la faire maintenant. Il dort.

— Dis-moi, t'es sûre qu'il va bien ?

— Oui, voyons. Donne-moi la brosse.

— Mais il dort tout le temps.
— Les bébés, c'est comme ça.
— Parce que t'en sais long sur les bébés, toi ?
— Allez, donne-moi la brosse, Halvor, et assieds-toi avec ton café devant la télévision.
— Il y a une émission sur Kings Bay ce soir. T'as peut-être envie de la regarder avec moi ?
— Kings Bay ? C'est quoi ?
— C'est là où il y a eu l'horrible accident de mine au Spitzberg, ça va faire trois ans. Gerhardsen a dû donner sa démission après ça.
— Je ne m'en souviens pas, dit-elle.

Ses cheveux étaient si gras qu'on les aurait crus gominés. Et s'il la prenait dans ses bras ? Il lâcha la brosse et la serra contre lui, mais elle se dégagea rapidement.

— Pas encore, Halvor !
— Pas encore ? De quoi tu parles ?
— Nous ne pouvons pas… Oh, tu vois très bien de quoi je parle.
— Mais merde, je voulais juste te donner un baiser !
— Halvor…
— Bon, si tu ne veux pas. Allez, détends-toi. Détends toi *entièrement.*

Au lieu d'aller dans le salon, il s'assit à la table de la cuisine et remarqua qu'elle s'angoissa aussitôt, ne cessant de le regarder tandis qu'elle remplissait d'eau chaude le bac de l'évier.

— Tu ne m'as pas dit que tu voulais regarder la télévision ? lança-t-elle.
— Ça ne commence pas tout de suite. On peut parler un peu en attendant.

— Mais de quoi ?

— De quoi ? Eh bien de ce dont parlent les couples, pardi !

— Tu es fâché ? hasarda-t-elle.

— Non, mais un peu découragé, peut-être.

— Découragé ?

— Je comprends que tu fais de ton mieux, mais…

— Oui, je fais de mon mieux.

Elle se mit à pleurer. Bien sûr qu'elle faisait de son mieux.

— Et je suis tout le temps fatiguée.

— Je le comprends, Maud. Mais moi aussi je suis fatigué.

— Toi, tu as ton travail. Tu vois des gens et…

— À t'entendre, on dirait que je m'offre du bon temps ! C'est juste mon *boulot* !

Il ouvrit en grand une des fenêtres de la cuisine, sortit son paquet de cigarettes de la poche poitrine de sa chemise et s'en alluma une. Elle le regarda sans faire de commentaire. Difficile de croire que la femme qu'il avait sous les yeux s'était laissé pénétrer contre un arbre, elle paraissait avoir l'âge de sa mère. Elle reniflait et avait l'air si pitoyable que l'envie lui prit d'être vraiment méchant avec elle.

— Et si on invitait mes parents ici un soir ? proposa-t-il.

— Non !

— Non ?

— Il faut encore… attendre un peu. La maison n'est pas encore rangée et…

— Ils ne l'ont vu qu'à l'hôpital. Ma mère m'a appelé au travail pour savoir quand ils pourraient venir.

— C'est trop tôt. Il faut d'abord que je range la maison. Ils ont beaucoup de route à faire et ils resteront ici un moment. Sans doute tout le samedi ou le dimanche. Alors il faut que tout soit en ordre.

— Et ce sera quand ?

— Je ne sais pas…

De nouvelles larmes coulèrent sur ses joues.

— Ça ne sert à rien de pleurnicher. Je ne peux même pas te prendre dans mes bras, ça ne te dit plus rien.

— Je ne voulais pas…

— Et ma Taifun, je peux tout aussi bien la vendre. Tu ne monteras plus jamais dessus.

— La Taifun ?

— Mais bordel, tu le fais exprès ou quoi ? Ma moto !

Elle sanglota, se cramponnant des deux mains à l'évier, la nuque courbée, tandis que l'eau débordait.

— Je crois qu'il y a assez d'eau maintenant, dit-il.

Elle se dépêcha de fermer le robinet avant de se cramponner de nouveau à l'évier.

— Oui, je n'ai plus qu'à la vendre, répéta-t-il.

— Mais je ne peux quand même pas… abandonner…

— Qui est-ce que tu ne peux pas abandonner ?

— Qui… ?

— Nous n'avons même pas donné de nom à cet enfant. Il faut qu'on le baptise. Et là en tout cas, mes parents viendront. Les tiens aussi. Mais j'avoue que ça a l'air de leur faire ni chaud ni froid.

— Ils ont la ferme… et ça prend cinq heures en train. Je leur écris des cartes et des lettres…

— Et combien de fois leur as-tu écrit ?

— Euh… deux fois, je crois.
— Je suis sûr que tu ne l'as fait qu'une fois.
— C'est possible. Je ne m'en souviens pas.
— Alors, tu trouves qu'il doit s'appeler comment ?
— Je ne sais pas, dit-elle. Arrête.
— Les prénoms, c'est pas ce qui manque, tu sais. Ketil, Ola, Sigmund, Harald, Kjell, Geir…
— Qu'est-ce qui te prend ?

Elle se retourna et le regarda, le visage baigné de larmes. Il se leva et s'approcha d'elle. Ses yeux avaient perdu leur éclat bleu, ils lui faisaient davantage penser à l'eau de vaisselle dans laquelle il trempa son mégot avant de le jeter dans la poubelle sous l'évier. Il prit soin de ne pas la frôler, même en étant à quelques centimètres d'elle. Si elle s'imaginait qu'il allait maintenant s'installer au salon et qu'elle pourrait enfin faire tranquillement la vaisselle, elle se mettait le doigt dans l'œil : il se rassit à la table de la cuisine.

Elle reprit la brosse et la plongea dans l'eau.
— Halvor, peut-être…
— Tu veux que l'enfant s'appelle comme ça ? dit-il.
— Oui.
— Dans ce cas, ce sera Petit-Halvor. C'est le nom que j'ai porté presque toute ma vie, alors je préfère lui éviter ça. Deux Halvor déjà dans la famille, ça suffit.

Elle agita vainement sa brosse dans l'eau de vaisselle.
— Alors je ne sais pas, dit-elle.
— Pauvre gosse.
— QU'EST-CE QUE TU VEUX DIRE ?

Elle s'était retournée. D'où lui venait cette soudaine énergie ? s'étonna-t-il.

— Qu'est-ce que tu veux dire par PAUVRE GOSSE ?

— Quand sa mère est incapable de lui donner un prénom, oui, même ça…

— Qu'est-ce que tu veux dire par MÊME ÇA ?

— Du calme. Détends-toi. Tu m'as bien entendu. Si tu savais comme j'en ai marre. Oui, j'en ai marre de rentrer pour retrouver ça.

— Qu'est-ce que je devrais dire, moi qui suis ici tout le temps ! C'est toi qui voulais avoir un enfant !

— Je voulais que tu… que tu deviennes…

— Quoi donc ?

— Que tu deviennes un peu *adulte.*

Elle se retourna et se cramponna de nouveau à l'évier, la nuque baissée.

— Je vois, dit-elle.

— C'est-à-dire ?

— Et toi, alors ? répliqua-t-elle.

— Comment ça ?

— Quand est-ce que toi, tu seras adulte ?

— Mais bordel, j'ai un boulot. C'est moi qui ramène l'argent du ménage. Je… Arrête, tu dis n'importe quoi.

— Allez, va dans le salon regarder la télévision. Il faut que je fasse la vaisselle.

— Non, je vais plutôt faire un tour.

— Maintenant ?

— Oui. Maintenant. C'est le printemps. Tout le monde est dehors et fait du vélo.

Il trouva les clés au fond du premier tiroir de la commode dans l'entrée. Il n'avait pas encore fait la révision comme à chaque printemps. Les câbles n'avaient pas été graissés, il n'avait changé ni l'huile ni les bougies, et il n'avait pas chargé la batterie. Le seul problème, c'était la batterie : est-ce que la moto allait démarrer ? D'un autre côté, le local à vélos était chauffé et sa moto n'était pas sortie de l'hiver. Il avait aussi oublié de mettre de l'essence avant de la remiser, mais il en restait forcément un peu dans le réservoir, il ferait le plein plus tard, ce n'était pas plus compliqué que ça. Du moment qu'il arrivait à la faire démarrer pour partir d'ici, après il avait toutes sortes d'options.

— Mais Halvor…

Elle tenait toujours la brosse dans la main.

— Je te signale que tu mets de l'eau partout, dit-il.

— Il ne faut pas… que tu…

— Je vais faire un tour en moto. C'est quoi le problème ? Allez, je t'écoute !

— Tu vas vraiment sortir ? Maintenant… ?

Il ne supportait plus de la voir dans cet état. Il enfila une veste, même s'il se doutait que ce ne serait pas assez chaud. Il n'avait aucune idée de l'endroit où était son blouson en cuir. Elle le retint par une manche.

— Mais Halvor… Est-ce qu'on ne pourrait pas…

— Non ! s'écria-t-il en se dégageant et en claquant la porte derrière lui.

Sa sempiternelle serpillière à la main, la voisine de palier leva la tête. Il lui adressa un léger signe de tête et dévala les quelques marches. Il ressentait un besoin de vivre dangereusement. Tant pis si le manque d'huile risquait d'endommager les joints de culasse, ce qui lui donnerait un boulot de dingue en rentrant. Au fond, c'était peut-être ça qui l'excitait ?

Elle lâcha la brosse par terre. Cela fit un bruit mouillé sur le linoléum. Elle alla ensuite dans la petite chambre dont ils ne se servaient jamais, fourra la main dans un carton rempli de diapositives, rangées dans de petites boîtes jaunes au couvercle transparent. Tout au fond du carton, elle trouva le flacon marron avec les comprimés et en sortit deux. Elle examina un instant le bout de ses doigts qui serraient les comprimés, en laissa retomber un dans le flacon et en mit un dans sa bouche. Ça avait un goût amer mais elle réussit à l'avaler sans eau, sans doute parce qu'elle avait tellement pleuré qu'elle avait des glaires dans la gorge.

Puis elle pénétra dans la chambre à coucher et jeta un coup d'œil sur Petit-Halvor.

— « Deux Halvor déjà dans la famille, ça suffit. » Il a dit ça. Alors que c'est lui qui voulait que tu viennes au monde.

L'enfant ne bougea pas. Elle posa sa main sur la frêle poitrine. Il respirait.

La femme si attirante du deuxième ou troisième étage était dans sa cave et prenait des cartons qui semblaient très légers. Elle portait une robe mais pas de bas nylon. La peau nue, c'était presque désagréable à regarder. Des taches de rousseur constellaient la peau blanche à l'arrière des mollets. Ses gestes étaient sûrs et précis, elle savait ce qu'elle faisait, il n'y avait aucune raison pour entrer en conversation avec elle. C'est pourquoi il traversa presque au pas de course le couloir dans la cave, il y faisait sec et froid, et ça sentait si bon ici, à cause de toutes les choses que les gens stockaient dans leurs box.

Il arriva à l'endroit où étaient rangés les vélos. Sa moto était bien là.

Il allait déverrouiller la porte qui donnait dehors, quand il entendit des bruits : des grattements dans le mur. Ils étaient ténus mais bien réels. Et merde ! Ça n'allait pas recommencer ! Il n'y a pas si longtemps, ils avaient eu une année à lemmings. Tous ces immeubles avaient été construits sur des terres prises à des paysans mécontents, avait-il entendu dire. Ce devait être encore ces affreux rongeurs, des lemmings. Ils étaient si *répugnants.*

Il agrippa le guidon de sa Taifun, perçut sous sa paume la fine poussière qui s'y était déposée pendant l'hiver. Dire qu'il l'avait laissée seule tout ce temps sans lui rendre visite ! Mais maintenant il était là.

Il tira le starter à fond, donna trois coups de kick, et la quatrième fois, hourra, le moteur démarra ! Après quelques pétarades et toussotements, le moteur commença à ronfler. Il mit un petit coup de gaz avant d'enlever le starter et ouvrit grand la porte ; enfin il rentra la béquille et sortit la moto, avant de refermer la porte à clé derrière lui.

Elle fit toute la vaisselle en remplissant d'eau la bassine avec un doseur d'un litre, avec des gestes au ralenti, presque soyeux, des enfants qui jouaient dehors essayèrent de grimper sur le balcon, elle s'approcha d'eux en souriant et ils se sauvèrent. Maintenant il s'amusait avec sa moto, et elle était heureuse pour lui. Oui, vraiment.

Elle retourna dans le salon et alluma la télévision. en appuyant sur le petit carré couleur ivoire qui était si récalcitrant que l'appareil reculait chaque fois un peu.

Il y eut un grand calme quand l'écran devint noir. Un calme absolu. Elle n'entendit même pas de bruit en provenance de la famille de cas sociaux du rez-de-chaussée, de l'autre côté du mur. Bizarre. Ou peut-être pas finalement. Parfois les comprimés atténuaient tous les sons. Elle aurait dû accepter aujourd'hui qu'il la prenne dans ses bras. Mais si elle avait fondu en larmes, elle aurait tout fait voler en éclats, à l'image des nouveaux verres qui s'étaient brisés, non pas en deux ou trois mais en *mille* morceaux, semblables à des diamants, sauf que ça n'en était pas…

Il rentrerait bientôt à la maison et serait d'humeur joyeuse, comme toujours après une balade à moto où il pouvait rouler à toute allure.

DEUXIÈME PARTIE

Comme ça on évite d'avoir de la visite

C'était à n'y rien comprendre.

Quel boulot génial !

Ses copains, à supposer qu'ils le soient vraiment, n'avaient qu'une vague idée de ce qu'il faisait, heureusement ! Il avait une peur bleue qu'ils ne lui fassent concurrence, pas question de partager, maintenant qu'il avait trouvé la poule aux œufs d'or.

Sa mère pourtant n'y croyait pas. Pas une seconde. Quand il lui avait dit ce qu'il allait toucher, elle avait éclaté de rire en disant qu'il rêvait éveillé, c'était normal quand on était jeune de croire que l'argent allait arriver sans qu'on ait besoin de lever le petit doigt.

Au fond, tant mieux qu'elle n'en croie pas un mot. Comme il continuait à vivre à la maison et qu'il avait déjà dix-neuf ans — ce qui en soi n'était pas très glorieux –, il pouvait en son for intérieur être plus que fier du boulot lucratif qu'il avait trouvé presque par hasard.

Elle faisait le ménage et rangeait sa chambre tous les jours, lavait ses affaires et les lui déposait repassés dans son armoire ; lui et son père n'avaient plus qu'à mettre les pieds sous la table quand ils rentraient à la maison.

C'est pourquoi après avoir eu l'inconscience de lui dire ce qu'il *pourrait* gagner, il n'avait pas cru bon de lui apprendre qu'il avait *effectivement* gagné tout cet argent.

Si elle avait su ! Il profitait pleinement d'être le petit dernier et n'ignorait pas que sa mère n'avait aucune envie de le voir quitter le nid, vu la façon dont elle le couvait. Comme si c'était lui qui avait décidé de venir au monde en dernier ! Cela dit, les avantages n'étaient pas négligeables. Seul son père le harcelait de temps en temps, après quelques verres, pour savoir quelle formation il allait suivre. Il répondait de façon évasive qu'il allait faire un apprentissage… quelque part… dans quelque temps… quand l'occasion se présenterait.

« Faire un apprentissage ». Ces mots faisaient mouche chaque fois et son père lui fichait la paix. Il n'y avait pas un seul artisan dans la famille. Ses deux frères, beaucoup plus âgés que lui, étaient l'un avocat dans la police et l'autre médecin. Il avait du mal à les considérer comme ses frères ; pour lui, ils n'étaient que deux versions plus jeunes de son casse-pieds de père.

Il savait que son père, au fond, n'était pas si pressé que ça de le voir quitter la maison. Ses parents avaient tous les deux passé la soixantaine : sa mère avait soixante-deux ans et son père soixante-cinq. Elle l'avait mis au monde à l'âge de quarante-trois ans, c'était presque *une honte*, l'avait-il entendue murmurer à sa sœur au téléphone.

Toujours est-il qu'ils ne regrettaient pas de l'avoir, *maintenant*. Il sentait bien qu'ils étaient soulagés de le voir rentrer le soir dans le salon, entrer dans la cuisine pour dîner ou sortir dans le jardin quand ils enlevaient les feuilles mortes et les mettaient dans la brouette. Comme si tout devenait plus simple, plus gai, une fois qu'il était là. Il connaissait son rôle, faisait le pitre, racontait des blagues et ça les faisait éclater de rire, ils se regardaient d'un air si heureux, ah, comment feraient-ils sans lui ? Ils avaient tellement besoin de lui. De fait, c'étaient eux qui avaient surtout besoin de lui et non le contraire. Et puis, ce n'était pas l'espace qui manquait, à la maison.

Sa mère avait tant de pièces vides dans l'immense appartement qu'elle passait son temps à déplacer les meubles et les objets d'une pièce à l'autre. Un jour, elle installait un atelier de couture, déplaçait la machine à coudre Singer et sa table grâce à des roulettes, avec des rouleaux d'étoffes et des corbeilles remplies de chutes de tissus. Le lendemain, elle voulait avoir sa garde-robe d'hiver dans une autre pièce, ou la transformer en buanderie. Ou encore elle repeignait en blanc tous les murs d'une autre pièce et plaçait une lampe à bronzer sur un guéridon instable au milieu du plancher, avec un fauteuil devant.

Toute cette agitation le rendait malade, pourquoi elle n'arrêtait jamais ? Elle était âgée, elle pouvait rester assise à vieillir en paix et laisser les autres tranquilles. Après ses séances de bronzage, ses rides devenaient plus profondes et d'un brun bleuté, c'était affreux à regarder.

Mais ils n'étaient ni assez riches ni irresponsables au point de l'entretenir à ne rien faire. C'est pourquoi il avait enchaîné toutes sortes de petits boulots depuis qu'il avait arrêté l'école à la fin du collège sans avoir l'intention de suivre une formation, au grand dam de ses parents et de ses frères aînés aux carrières si glorieuses.

Il avait travaillé comme manœuvre dans différents garages, livreur de journaux, agent d'entretien municipal, avait tondu les pelouses en été, il avait même nettoyé les réservoirs en béton d'un élevage de truites à Trolla, avec des traînées d'algues qui s'accrochaient aux balais. Chaque fois, il ne se projetait pas au-delà de deux mois, en réalité d'un seul. Mais de temps en temps, il pensait à cette histoire d'héritage, qu'ils pouvaient mourir, ses vieux, à tout moment. Et là il décrocherait le gros lot. Peut-être.

Non, ses frères s'arrangeraient pour tout rafler, c'était couru d'avance. Il ne pouvait pas les voir en peinture. Ils avaient presque vingt ans de plus que lui, autant dire que c'étaient aussi des croulants. Des adultes infects, engoncés dans leurs costumes stricts et moches, qui puaient la transpiration, avec des barbes taillées de façon bizarre, portant tous les deux les chevalières qu'ils avaient reçues en cadeau de leur père pour leur confirmation. Hans-Erik, l'aîné, celui qui était avocat, avait tellement grossi qu'il devait la porter à son petit doigt. Sa bonne femme était une petite chose craintive, une vraie mauviette qui n'osait jamais regarder quelqu'un dans les yeux. Quant à leurs trois mômes, ils tressaillaient comme des visons apeurés.

Oh, il lui resterait forcément quelque chose en héritage. Un tiers. Même s'il était jeune. La maison devait valoir une petite fortune…

Ah s'ils avaient su ! C'était trop incroyable…

Il gardait l'argent dans une boîte à chaussures au fond de son armoire, souvenir du meilleur cadeau de Noël qu'il eût jamais reçu : une paire d'Adidas junior Telstar II TRX FG à crampons. Il en avait rêvé depuis qu'il les avait vues en ville dans la vitrine de Ballangrud. Aussi cette boîte était-elle pour lui synonyme de chance et de succès. Ça faisait un bail que ses chaussures étaient usées, il avait réussi à tirer plus de vingt buts grâce à elles. C'était toujours la pointe de la chaussure qui s'abîmait en premier, et la dernière fois qu'il avait shooté avec, le bout de sa chaussure était partie dans la même direction que le ballon.

Quand il entrait chaque mardi dans le bureau de Henriksen, le responsable des ventes, et qu'il recevait l'argent en liquide en échange des bons de commande correspondant aux judas vendus, il voyait toujours les trois bandes Adidas en biais sur le visage de Henriksen, penché au-dessus des billets qu'il lui remettait.

Une fois chez lui, après avoir soulevé le couvercle de la boîte à chaussures et déposé les nouveaux billets et les pièces, il faisait toujours les comptes. À présent il possédait presque onze cent couronnes. Si sa mère avait trouvé cet argent, elle aurait cru qu'il avait braqué une banque.

Il pouvait faire la grasse matinée. Les vendeurs qui comme lui vendaient au porte-à-porte devaient attendre qu'il soit midi avant d'entrer en action. À cette heure-là, les femmes étaient rentrées de leurs courses. Le soir était aussi un bon moment pour démarcher, tant qu'il évitait l'heure du journal télévisé. Mais il préférait travailler dans la journée. Les hommes, moins curieux que les femmes, avaient tendance à considérer qu'un judas était une dépense superflue.

Chaque matin, il se réjouissait à l'idée d'aller travailler. La plupart des gens achetaient des billets de loterie, ou des dixièmes, et jouaient aux courses, tout ça dans l'espoir d'un gain dont ils ne verraient jamais la couleur. Alors que lui pouvait se la couler douce, travailler à son rythme, manger des tartines avec des œufs durs tranchés et des anchois marinés, boire du lait en mettant de grandes cuillerées de Nesquik dedans, tout en écoutant — ou plutôt *en n'écoutant pas* — le monologue ininterrompu de sa mère. Ensuite il enfourchait son vélo pour aller dans le quartier choisi pour la journée et il tirait les numéros gagnants à chaque coup, sous forme de bons de commande. Son vélo Crossmaster avec son guidon de type Speedway était devenu trop petit pour lui, mais il l'aimait bien. Les deux fanions en plastique de BP et de STP avaient perdu leurs couleurs et le garde-boue était très abîmé, mais peu importe. Son père avait proposé de lui acheter un vélo pour adulte, un modèle normal de la marque DBS avec une barre, mais il avait dit non. Il lui avait raconté qu'il économisait pour s'acheter une petite cylindrée, c'est pourquoi il préférait avoir de l'argent plutôt qu'un nouveau vélo. Son père avait été pris d'une crise de fou rire, se demandant comment son fils avait l'intention de financer son permis moto et l'achat d'un engin avant ses trente ans, vu son instabilité professionnelle.

Ah, ça lui en boucherait un coin !

Car presque tout le monde achetait !

La facture arrivait par la poste plus tard, mais aucun client, *jamais*, ne regrettait son achat. Il avait pourtant pris soin de leur expliquer qu'il pouvait revenir sans problème pour enlever le judas, reboucher le trou avec de la pâte à bois, puis poncer et vernir le tout. La porte serait comme neuve, leur affirmait-il, et ils n'auraient rien à débourser. Personne ne se douterait par la suite qu'il y avait eu un judas à cet endroit-là. Il aimait développer et donner toutes sortes de détails, tous théoriques puisqu'il n'avait encore jamais eu à réaliser cette opération.

Quand toutes les portes de la ville seraient équipées d'un judas, il irait vendre des jumelles à la campagne. N'était-il pas un vendeur-né ? À la campagne, tout le monde voudrait certainement avoir une paire de jumelles sur le rebord de la fenêtre dans la cuisine ou encore dans le salon. Et pourquoi pas aux deux endroits ? Il pourrait aller d'une ferme à l'autre en fonçant sur son bolide. Ah, ça serait simple comme bonjour. Mais vu la vitesse à laquelle on construisait des immeubles, ce n'était pas demain la veille. En effet, il ne croyait pas une seconde à la prophétie de Henriksen pour qui la poule aux œufs d'or n'allait pas durer.

— Il faut que tu te dépêches, Lars, disait-il quand le jeune homme passait encaisser l'argent. Il ne faut pas relâcher la pression. Ça ne va pas durer. Quand les fabricants auront compris que tout le monde veut avoir un judas, ils produiront un modèle de porte standard avec judas intégré, et on n'aura plus qu'à fermer boutique.

— Mais il y a des tas d'immeubles construits avec des portes sans judas, j'ai largement de quoi faire. Faut pas s'inquiéter, monsieur Henriksen !

Les maisons individuelles ou mitoyennes ne constituaient pas un marché, car les habitants pouvaient regarder par la fenêtre d'un couloir ou celle du premier étage. Parfois il y avait même une grande fenêtre avec un rideau dans la porte d'entrée. Alors à quoi bon un judas ?

En revanche, dans les immeubles, on n'avait aucun moyen de savoir qui sonnait à la porte : on était obligé d'ouvrir pour voir. Et il pouvait s'agir d'un vendeur qu'on n'avait pas envie de laisser entrer, d'une belle mère venant à l'improviste inspecter l'appartement ou d'un inconnu à l'allure louche. Et une fois la porte ouverte, c'était trop tard, on avait montré qu'on était à la maison. D'où l'utilité d'un coup d'œil discret dans le judas.

Il n'était pas peu fier de lui. Fallait voir le volume des ventes qu'il avait réalisé en moins de deux mois ! Il avait indéniablement la bosse du commerce et pouvait faire confiance à son intuition. Il aimait parler avec les gens, il faisait en sorte d'apparaître naturel et jovial. Très tôt, il avait décidé de ne pas ressembler au vendeur lambda. Pour le travail, il ne portait jamais le pardessus qu'il avait eu à sa confirmation et qui lui allait encore, et encore moins de chapeau. Il essayait d'avoir l'air d'un artisan pressé et mal attifé. C'était sans doute la raison pour laquelle sa mère était persuadée qu'il ne gagnait pas d'argent.

Il se présentait comme un simple artisan inoffensif, avec sa ceinture de menuisier, quelqu'un qui sonnait comme si on n'attendait que lui. Il tutoyait aussitôt tout le monde et les clients se sentaient finalement obligés de l'imiter. « Bonjour, me voilà ! » disait-il d'emblée en les prenant un peu au dépourvu, les hommes comme les femmes. La perceuse pendant à sa ceinture et les judas dans un sac en plastique à part, le mètre et le crayon, et le carnet de commandes dans la poche arrière du pantalon. Ah, il savait y faire.

« C'est mon mari qui t'a demandé de venir ? l'interrogeaient d'abord les femmes au foyer. Ou c'est la copropriété qui t'envoie ? »

Comme tous les immeubles étaient neufs, il y avait toujours des ouvriers qui intervenaient quelque part, des plombiers ou des électriciens, il fallait changer un conduit dans tous les tuyaux de cheminées ou autre chose, non Henriksen se trompait lourdement : ceux qui construisaient ces immeubles avaient mille autres choses en tête. Un judas était bien le cadet de leurs soucis.

Pendant une semaine, il s'était occupé des nouveaux logements pour jeunes couples, et aujourd'hui il allait démarcher le deuxième immeuble situé un peu plus loin, en commençant par le dernier escalier.

Dans le premier immeuble, tous avaient acheté un judas, sauf l'appartement au rez-de-chaussée à droite où un homme venait de décéder. Un visage en larmes lui avait ouvert la porte et l'avait refermée aussitôt. Des gamins lui avaient expliqué que l'homme qui habitait là était tombé, la tête la première, d'un échafaudage, sur une bétonneuse qui en tournant lui avait arraché justement la tête. Ils avaient tous parlé plus fort les uns que les autres, en étant intarissables. Il avait été obligé de sortir la perceuse et de les menacer avec, pour s'épargner davantage de détails sur la décapitation et les quantités de sang répandu. Sans oublier tout le ciment gâché parce qu'il n'avait pas eu la bonne couleur.

Mais maintenant il s'attaquait au prochain immeuble.

Tous ces logements pour jeunes couples avaient deux appartements par palier, sur trois étages et trois escaliers, soit vingt-quatre appartements par immeuble. Le client était facturé dix-neuf couronnes par judas et sa commission à lui s'élevait à cinq couronnes. Un immeuble comme celui-ci lui assurait donc un revenu de cent vingt couronnes. Certes, cette somme était imposable, mais ça lui faisait quand même, net, plus de quatre-vingts couronnes à mettre dans sa boîte à chaussures. D'ailleurs il se demandait si Henriksen redonnait bien la différence aux impôts. Mais bon, tant pis. C'était déjà une somme faramineuse.

Il grimpa pour arriver vers l'immeuble où s'étaient installés des jeunes couples. Il connaissait bien le coin car il avait utilisé les allées d'ici comme raccourcis lorsqu'il avait démarché dans les nouvelles constructions à Moholt, il y a un mois.

Tout le quartier était encore marqué par les divers chantiers qui s'étaient succédé. Les bulldozers abandonnés sur le côté avaient laissé de profondes tranchées, les rues bituminées étaient noires et sentaient l'huile, de l'eau jaillissait d'endroits où l'on n'aurait jamais imaginé qu'il y en eût, tout était étrangement aplani et neuf. Les arbres fraîchement plantés s'alignaient, encore minuscules. Ce n'était pas vraiment beau. La seule chose qui rappelât la vie normale, c'étaient les boutons d'or qui s'étaient frayé un chemin à travers le sable du chemin ou qui émaillaient ici et là de taches jaunes les pelouses.

Les immeubles d'habitation ressemblaient à des cubes de construction, longs et plats, et les gamins en âge scolaire grouillaient sur les aires de jeux aménagées entre chaque immeuble. Des femmes avec landaus ou sacs de courses, ou les deux à la fois, se promenaient, vêtues de robes moches, les cheveux attachés en un chignon serré. Ce serait peut-être plus difficile de vendre à présent qu'il faisait si chaud. Que ferait-il si tout le monde était dehors et que personne ne lui ouvre la porte quand il allait sonner ?

Il avait demandé à sa mère à quel moment les femmes commençaient à se mettre au soleil pour bronzer. On était début mai.

— Certaines ont déjà commencé, dit-elle, sur une chaise longue dans leurs jardins. Pourquoi tu me poses cette question ? Tu le sais bien, non ?

— Mais pas dans les immeubles ?

— Comment veux-tu que je sache ? avait-elle répondu.

— Ils ont chacun leur balcon. Alors c'est peut-être là qu'ils prennent des bains de soleil ?

— On ne peut pas bronzer sur un balcon, avait-elle rétorqué. Ils ne sont pas construits en surplomb des façades, ils se font de l'ombre les uns les autres.

Sa mère avait comme solarium un terrain de deux arpents où, allongée sur un transat à rayures bleues et blanches, le corps et le visage couverts de Nivea, elle prenait le soleil.

— On doit être bien sur un balcon.

— Un jardin, c'est mieux. Pauvres gens.

— Pourquoi tu dis ça ?

— On trouve un peu de tout, parmi ceux qui habitent dans ce genre d'immeubles. Ils n'ont pas les moyens d'avoir un pavillon. Ça en dit long sur eux. Même s'il y a toujours des exceptions, évidemment.

Il commença par le rez-de-chaussée gauche. La plaque indiquait « Åsen ». Il dut sonner trois fois avant qu'on lui ouvre et qu'un visage apparaisse dans l'entrebâillement de la porte : un front en sueur au-dessus de deux yeux étonnés.

— Bonjour, me voilà ! Je viens pour installer un judas sur ta porte. Ce sera fait en un rien de temps !

— Un judas ? Qu'est-ce que tu entends par là ?

— Un trou qui te permet de voir tout ce qui se passe sur le palier sans ouvrir la porte.

— Mais comment c'est possible ? Tout le palier ?

Il sortit un judas du sac plastique qu'il avait accroché à sa ceinture.

— Tiens. Regarde là-dedans, tu comprendras.

Elle colla son œil droit dessus et referma l'œil gauche.

— Oh, tout est comme étiré sur les côtés, j'ai l'impression de tout voir…

— Exactement. Comme ça, on évite d'ouvrir la porte quand on ne veut pas avoir de visites. Tu vois qui a sonné, sans avoir à ouvrir. Il y a toujours des gens louches qui traînent.

— Ça, c'est sûr, dit-elle. Mais il me semble que je t'ai déjà vu dans le coin.

— Il n'y a rien d'étonnant : je travaille dans ces immeubles depuis une semaine.

— Non, ça fait plus longtemps que ça. Tu fonçais comme un fou sur ton vélo dans les allées ici, en plein après-midi.

Il sourit.

— Ah oui, ça devait être quand je travaillais à Moholt…

— Je n'en sais rien, mais en tout cas, tu roulais bien vite.

— Peu importe, maintenant je suis ici, reprit-il avec le sourire.

Elle était plutôt grosse, mais ça lui allait drôlement bien. Ses seins étaient immenses sous la robe tablier. Il décida qu'il y repenserait plus tard, pas maintenant qu'il était au travail. Il montra de la tête le judas qu'elle tenait toujours à la main.

— Tous ceux de l'immeuble plus bas en ont acheté un, tout le monde voulait en avoir un comme ça. Sauf ceux chez qui il y a eu un décès.

— Le monsieur avec la bétonneuse ?

— Exactement.

— Et ça coûte combien un judas de ce genre ?

— Dix-neuf couronnes seulement. La facture arrivera par la poste. Et en cas de regret, pas de problème, je reviens l'enlever, je rebouche le trou, je ponce pour qu'on ne…

— Je ne crois pas que je regretterai. C'est vraiment ingénieux, dit-elle. J'avais lu un article là-dessus, mais je n'avais pas bien compris… Eh bien, entre.

— J'en profite pour me présenter, dit-il en lui tendant la main. Lars Lockert.

L'appartement sentait l'eau de Javel. Les portes qui donnaient sur le salon, la cuisine et une petite chambre étaient grandes ouvertes. Son regard fut aussitôt attiré par une sorte de fontaine dans le salon, entourée de plantes vertes.

— Ça alors ! s'exclama-t-il en tendant le doigt.

— C'est une fontaine d'intérieur, expliqua-t-elle en souriant.

— J'avoue qu'elle fait de l'effet, admit-il. Il faudra que j'en parle à ma mère.

— C'est spécialement joli en hiver quand il fait sombre dehors, puisqu'il y a de la lumière à l'intérieur, ajouta-t-elle.

— Ah oui, j'imagine bien. C'est toi aussi qui fabriques des tapis ?

Sur l'un des fauteuils se trouvait un tapis presque terminé, et sur les bords de la table on voyait des bouts de laine dans différentes teintes de bleu.

— Non, c'est mon mari. C'est son passe-temps préféré. Ce tapis-ci est bientôt achevé, ça fait un moment qu'il y travaille. Mais il y a pas mal de choses à faire au printemps, le nettoyage des trottoirs et tout ça. Et puis, on a aussi un chalet, et quand la neige fond, ce n'est pas le boulot qui manque.

— Belles couleurs, dit-il. On dirait une explosion de bleus.

— Oh, il fait des tapis dans plein d'autres couleurs aussi, précisa-t-elle en joignant le geste à la parole.

Il découvrit alors des tapis partout, sur le sol et aux murs.

— Il a réalisé tous ces tapis tout seul ? Quelle patience !

— Il adore. Il fait ça pendant qu'il regarde la télévision.

— Il aurait presque pu en faire son métier.

— Non, parce que dans ce cas, ce ne serait plus un passe-temps. Il travaille à la Spareskillingsbank.

— Ah, très bien. Et il est de taille normale ? Je veux dire, un peu plus grand que toi ?

— Pourquoi tu demandes ça ? s'étonna-t-elle en reculant d'un pas dans la cuisine.

— Normalement, on perce le trou à un mètre soixante-cinq centimètres de hauteur. C'est trop bas pour les enfants, mais c'est une hauteur qui convient à la plupart des adultes, même si certains doivent se baisser et d'autres se mettre sur la pointe des pieds.

— Ah, c'est pour ça ! Euh, ça me paraît bien. Et on n'a pas d'enfants. Pas encore.

— Il risque d'y avoir un peu de sciure par terre quand je vais percer.

— Ça ne fait rien. Tu peux y aller.

Il mesura la hauteur et mémorisa le milieu de la porte. Ce serait pareil pour les autres puisque toutes les portes étaient identiques. Il traça une croix avec son crayon plat de menuisier et prit la perceuse à sa ceinture. Il fit rapidement un trou, souffla dedans et y passa un doigt. Puis il dévissa en deux le petit cylindre en métal, vérifia qu'il ne se trompait pas de sens et glissa chaque partie sur un côté de la porte, tourna d'abord avec les doigts puis effectua les dernières rotations avec une petite pince de plombier à l'extérieur tout en poussant le cylindre de l'intérieur pour qu'il reste en place.

— Et voilà, dit-il. Maintenant tu peux regarder.

Il referma la porte et elle colla aussitôt son œil dessus.

— C'est incroyable ! Je vois *tout*…

— Maintenant je vais ressortir et sonner. Comme ça, tu verras l'effet que ça fait quand il y a quelqu'un.

Il sortit et appuya sur la sonnette. Le trou devint sombre. Elle ouvrit la porte avec un large sourire.

— Fantastique ! s'exclama-t-elle. Mais ton visage était un peu bizarre. Et très grand !

— Oui, n'est-ce pas ? C'est à cause de l'optique qui agrandit. C'est ce qui permet de voir un champ aussi large à partir d'un petit trou.

— Mais les gens dehors, est-ce qu'ils voient que je les observe dans le judas ? Au cas où je voudrais faire semblant de ne pas être à la maison.

— C'est pas sûr. Peut-être.

Évidemment qu'ils s'en rendaient compte, mais il ne voyait pas l'intérêt de le dire à une cliente satisfaite.

— Bon. Je vous enverrai la facture par la poste, dit-il. Mais il faut que tu remplisses ce papier. L'adresse, je l'ai déjà. Écris ton nom en entier avec ta date de naissance et celle de ton mari ici en haut, avec ta signature ici en bas. Mais ne t'inquiète pas, c'est lui qui recevra la facture !

Ils rirent tous les deux.

— Oui, les factures, c'est le travail des hommes ! lança-t-elle.

Elle posa le carnet sur la machine à laver et s'appliqua pour écrire joliment. Il arracha la feuille du haut et garda pour lui la copie au carbone. Et voilà cinq couronnes de plus dans sa boîte.

— Maintenant que c'est fait, je vais aller sonner en face.

— Chez les Moe ?

Il regarda la plaque.

— Ah oui, c'est leur nom.

— C'est pas sûr qu'ils en veulent un. Ils... ne vont pas très bien, je crois. D'abord il a eu un accident de moto, et puis leur bébé est mort.

— Ils étaient avec leur bébé en moto ? Dans le side-car ou comment ?

— Mais non, il était tout seul. Et ça s'est passé à quelques jours d'intervalle, je crois.

— Ça n'empêche pas qu'ils ont peut-être envie de voir qui sonne chez eux.

— Tu peux toujours essayer.

Elle ferma la porte. Le judas s'obscurcit aussitôt. Naturellement, elle allait rester là et l'inaugurer quand il sonnerait chez les Moe.

Un homme avec une béquille ouvrit au bout de quelques minutes. Les hommes qui restaient chez eux dans la journée étaient toujours désagréables et méfiants, puisque neuf fois sur dix ils étaient en arrêt maladie. Il était clair que celui-ci ne faisait que confirmer la règle.

— Qu'est-ce que vous voulez ?

— Je m'appelle Lars Lockert, je peux t'installer un judas dans ta porte. Un comme celui que Madame Åsen vient d'acheter.

Il se retourna pour le montrer du doigt. L'œil de Mme Åsen s'écarta sur-le-champ.

— Ah, je vois. Mais je ne sais pas si...

— Comme ça, tu n'es pas obligé d'ouvrir aux gens à qui tu ne veux pas parler. Et à tous les gamins qui vendent des fleurs de mai ou des billets de tombola.

— Effectivement, cela mérite réflexion.

— Qui c'est ? demanda une frêle voix de femme à l'intérieur.

— Ce n'est qu'un vendeur ! Combien ça coûte ?

— Dix-neuf couronnes seulement. Et je perce un trou et installe ça en un clin d'œil. Là, tout de suite.

— D'accord.

— Mais il faut que je rentre, parce que je perce de préférence de l'intérieur.

— Bien sûr.

M. Moe ouvrit grand la porte.

Sa femme était assise dans la cuisine, les mains contre son ventre. Comme elle n'avait devant elle ni tasse de café ni journal ni travail manuel, ça faisait une drôle d'impression. Puis il se souvint de cette histoire de bébé. C'était certainement affreux quand un bébé mourait, même si on ne le connaissait pas vraiment. Mais ça ne pouvait pas se comparer à un jeune ou un adulte. On n'avait qu'à en faire un autre, de bébé.

Il avait envie de lui poser des questions sur la moto. Car peut-être qu'elle était à vendre, puisqu'il marchait avec des béquilles et ne pourrait pas s'en servir avant un moment. Mais M. Moe n'avait pas l'air très causant, de plus il n'était pas censé être au courant de cette moto, alors c'était un peu délicat. Le prix d'une neuve tournait autour de trois mille, alors pour mille il aurait pu en avoir une d'occasion… mais cette histoire de bébé mort faisait tout foirer. Quel manque de bol !

Il s'attaqua au travail, il allait leur réciter son couplet sur la fameuse hauteur, mais ce n'était pas la peine de mentionner que c'était trop haut pour un môme. Il ne vit aucun jouet nulle part, ni petites chaussures dans l'entrée ; le bébé mort était sûrement leur seul enfant.

L'homme fumait, appuyé contre l'évier, tandis qu'il s'activait. Il ne devait guère être plus âgé que lui. Et déjà il avait une bonne femme sur les bras, un gosse mort, une moto et un appartement. Ah, le pauvre !

— Ça va faire un peu de sciure, prévint-il.

— On nettoiera après, dit l'homme.

La femme regardait par la fenêtre. Elle avait les cheveux fins et si gras qu'ils luisaient presque. La cuisine était rangée, mais impersonnelle ; on aurait dit une cuisine de chantier. Certes, il y avait tout ce qu'il fallait, mais rien de plus. Et ça sentait la cigarette et le renfermé, alors qu'il faisait beau et chaud dehors. Pour rien au monde il n'aurait aimé être à la place de ce type, flanqué d'une bonne femme aussi éteinte et laide ! Pour sûr, ce n'est pas elle qui occuperait ses pensées plus tard quand il…

— Voilà, c'est fait. Et en cas de regret, pas de problème, je reviens l'enlever, je rebouche le trou, je ponce et…

— Ça ira, merci beaucoup. Au revoir.

— Tu dois remplir ici ton nom et prénom, etc. et mettre ta signature. L'adresse, je l'ai.

Dix couronnes.

La prochaine plaque au premier étage indiquait « Rudolf ». C'était donc aussi un nom de famille ? À moins que ce fût le prénom d'un célibataire. Non, peu probable. Cet immeuble était habité par de jeunes couples, dont la plupart avec des enfants de toutes les tailles. Il opta pour le nom de famille.

Heureusement, ce fut une femme adulte qui ouvrit.

— Bonjour, me voilà ! J'installe un judas dans ta porte. Ça prend une minute !

— Mais à quoi ça sert ?

— Eh bien… Ça te permet de voir qui est dehors. Et tu n'es pas obligée d'ouvrir si tu n'en as pas envie.

— Avec ce genre d'judas ?

— Oui.

Il lui en sortit un de son sac et elle le porta aussitôt à un œil.

— Oh, c'est incroyable ! Et ça coûte combien, cette chose-là ?

— Dix-neuf couronnes. Et en cas de regret, pas de problème, je reviens…

— Depuis le temps que je souhaitais avoir quelque chose comme ça ! Cela m'évitera d'ouvrir la porte aux vendeurs de livres, car mon mari achète comme si c'était *gratuit* !

— Je crois que grâce à ça tu vas pouvoir faire des économies.

— Exactement. Entre donc ! À moins que tu ne l'installes de l'extérieur ?

— Non, il faut que je tienne un peu la porte des deux côtés.

— Ne fais pas attention au désordre. Nous fêtons la confirmation de notre fils dimanche prochain.

Les plans de travail dans la cuisine étaient couverts de choux tranchés fin, de pelures de pommes et d'oranges, de casseroles, de bols et de bocaux en verre, tandis que des morceaux de choux et de fruits écrasés jonchaient le sol. Le tapis avait été roulé sous la table.

— Je prépare du *surkål*[15]. En faisant tout moi-même. Et il en faut, du chou, pour un tel plat.

— Ça oui.

— Je comptais servir un bavarois en dessert, mais j'ai récupéré tellement de fruits que je vais plutôt faire une salade de fruits, avec des noisettes et de la crème.

— Je suis sûr que ça sera délicieux.

— Mon mari est chauffeur pour Gartnerhallen, tu comprends.

— Alors tu reçois plein de nourriture gratuitement.

— Et comment ! C'est même beaucoup trop. Tu veux peut-être une orange ?

— Volontiers, mais quand j'aurai terminé. Ce sera vite fait. La facture vous sera envoyée ultérieurement.

— Est-ce que je dois signer quelque part ? Parce que dans ce cas, il faut que je me lave d'abord les mains.

Il posa le carnet sur la machine à laver et glissa son carton sous les deux feuilles suivantes. C'était pour éviter d'écrire sur tous les autres papiers carbone. Elle se lava les mains et les essuya consciencieusement avant de trouver un stylo à bille et de remplir le document.

— Écris aussi le nom de ton mari, dit-il.

— Oui.

Puis elle inscrivit quelque chose sur un bloc-notes accroché au mur sur une sorte de tablette avec des fleurs peintes dessus.

— La liste des courses, expliqua-t-elle. Il me vient toujours quelque chose à l'esprit. Comme les serviettes.

15. Plat traditionnel, cousin de la choucroute, préparé avec du chou blanc ou rouge, des pommes, du cumin, du vinaigre et un peu de sucre.

— Vous serez si nombreux que ça ? demanda-t-il en traçant une croix sur la porte.

Il ne se donna pas la peine de lui demander quelle était la taille de son mari. La plupart des gens étaient normaux.

— Seulement huit. On fera ça à la maison.

Il faudra qu'il raconte à sa mère qu'on pouvait même célébrer une confirmation dans un petit appartement.

— Mais on mangera dans le salon. On nous a prêté une table plus grande. On sera un peu à l'étroit, mais…

Une vraie pipelette. Comme sa mère. Il ne l'écoutait que d'une oreille tandis qu'il perçait la porte et mettait en place le cylindre dans le trou.

— Maintenant tu peux jeter un coup d'œil, annonça-t-il.

Elle se précipita et colla son visage contre l'œilleton.

— C'est pas possible ! Je vois… tout. Je vois même mon paillasson. Maintenant il y a une personne qui aura une surprise quand elle lavera les escaliers des autres !

— Ah ?

— C'est sans importance. Tiens, voilà Rickard qui rentre !

Elle ouvrit en grand la porte.

— Je t'ai vu ! s'écria-t-elle.

— Et alors ? Je n'ai rien fait

— Je t'ai vu derrière la porte ici ! À travers le judas !

Le jeune homme, nullement intéressé, passa devant eux, se débarrassa de ses chaussures et disparut dans la petite pièce, celle où, chez leurs voisins du rez-de-chaussée, il y avait un canapé. Ce devait être lui qui faisait sa confirmation. Il claqua la porte derrière lui.

— Ah là là… Il est à un âge difficile… je suis là et j'essaie de tout arranger, mais il ne faut pas s'attendre à un merci, non. AU FAIT, POURQUOI TU RENTRES SI TÔT ?

— On n'a pas eu cours en dernière heure.

— POURQUOI ?

— Comme si je savais ! On n'a pas eu cours, c'est tout !

Puis on entendit de la musique : The Animals avec *The House of the Rising Sun.*

— Je crois que j'abandonne, dit-elle.

— Moi aussi j'étais comme lui à son âge.

— Ah bon ? Tu as quel âge ?

— J'ai dix-neuf ans.

— Tu parais plus jeune. Ah oui, tu voulais une orange. Et n'oublie pas ton carnet.

Qu'allait-il faire de cette orange ? Comme il ne pouvait pas la glisser dans sa ceinture de menuisier, il la garda à la main, tandis qu'il traversait le palier pour aller sonner chez les Larsen, comme c'était marqué sur la plaque.

— Attends, j'arrive ! dit Mme Rudolf en se pressant derrière lui.

De sa main gauche elle tenait une grosse tête de chou serrée contre sa poitrine, ou plus exactement contre son tablier taché, et, dans sa main droite, elle avait deux oranges.

Une femme avec des bigoudis ouvrit la porte, derrière elle arriva une autre femme avec des gants en caoutchouc enduits d'un produit marron. Un mélange d'odeurs de fumée, de savon, de parfum et de divers produits chimiques lui parvint.

— Je suis en train de faire une couleur ! Oh, bonjour Karin ! Qui est ce garçon ?

La femme avec les rouleaux disparut de nouveau dans la cuisine. Incroyable ! C'était un salon de coiffure à domicile ! Sa mère n'en reviendrait pas quand il le lui dirait.

— Il vend des judas ! expliqua Mme Rudolf. Il perce juste un trou dans la porte et l'installe tout de suite, c'est un truc drôlement malin et ça ne coûte que dix-neuf couronnes, tu reçois la facture par la poste.

— Dix-neuf couronnes ? Je ne sais pas. Nous…

— Ça t'évitera d'ouvrir la porte à des gens que tu ne veux pas recevoir, Barbara. Tout le monde en achète un, n'est-ce pas… comment tu t'appelles déjà ?

— Lars Lockert.

— Je t'ai apporté un peu de chou, et ces oranges sont pour les enfants. Comme ça tu pourras leur préparer ta bonne cabby-soupe !

— *Cabbage soup*, Karin. Entrez donc, dit Mme Larsen avec ses gants de caoutchouc tout marron.

— Merci. Tu en veux un aussi ? demanda-t-il.

— Oui, j'en veux un, répondit Mme Larsen en se dépêchant de rejoindre une dame qui avait la moitié de ses cheveux tout collants châtain clair et l'autre moitié châtain foncé.

Mme Larsen avait de l'allure. Dans cet escalier, il y avait un grand échantillon de femmes. Bien sûr, c'étaient des femmes ordinaires, mais elles en jetaient, autant celle aux formes généreuses du rez-de-chaussée que celle-ci. La femme aux bigoudis ressemblait davantage à une sorcière, comme on en trouve dans les livres de contes, oui celle dans *Hansel et Gretel*, la sorcière qui voulait les manger. Difficile de juger la femme avec la sauce brune sur les cheveux, on aurait dit qu'elle portait autour des épaules une sorte de chemise de nuit rose, pour qu'il ne puisse pas voir ses seins. Le visage n'était pas mal, un peu ennuyeux peut-être. Mais lui, c'est le corps qui l'intéressait. Peu importait le visage si le corps était beau.

— Ça alors, on a de la visite ? Et, qui plus est, d'un charmant jeune homme…

— Hé hé !

— Tu as une petite amie, joli cœur ?

— Tu as quel âge ? Je suis sûre que tu n'es pas si vieux que ça !

Il aimait flirter avec les femmes mûres. Les filles de son âge ne faisaient que pouffer de rire en mâchant du chewing-gum, elles avaient des jambes trop maigres, des petits seins, des chaussures plates et trop de maquillage. Elles devenaient hystériques dès qu'il effleurait les attaches de leur soutien-gorge dans le dos ! D'ailleurs, il ne les croisait plus guère, étant donné qu'il n'allait plus à l'école, mais démarchait dans les appartements des gens pendant la journée. Il n'avait jamais eu de vraie petite amie, mais avait couché avec deux filles, toutes les deux suédoises, et chaque fois ça s'était passé en vacances en Suède, dehors, dans un camping, avec la peur d'être surpris, ce qui avait été très excitant.

Il se sentait plutôt expérimenté pour son âge, c'est pourquoi il aimait flirter avec des femmes qui n'étaient pas des oies blanches. Elles étaient mariées, elles couchaient certainement sans arrêt avec leurs maris, sauf peut-être celle du rez-de-chaussée avec son gosse mort, ou peut-être que c'était justement le contraire et qu'elle n'arrêtait pas de le faire pour se consoler un peu et pour en mettre en route un nouveau.

Il croyait qu'il fallait avoir de l'expérience pour aimer faire la cour aux femmes et que celles-ci le remarquaient. Il avait un membre plus gros que la moyenne, en tout cas autant qu'il avait pu en juger en se comparant aux autres garçons sous la douche, après la gym, même si leurs zizis étaient ratatinés. Chaque fois avec les Suédoises, son corps avait su d'instinct ce qu'il fallait faire, que ce soit son sexe, sa bouche ou ses mains. Il avait entendu parler de premières fois très gênantes où le type éjaculait avant même de pénétrer la fille ou encore n'arrivait pas à dégrafer le soutien-gorge ou avait enfilé le préservatif à l'envers. Sans parler de ceux dont les appareils dentaires s'emmêlaient et qui étaient obligés de se rhabiller en vitesse avant de demander de l'aide.

Dès la première fois, il avait su comment s'y prendre, lui. Il en avait l'absolue certitude.

Dans l'*ABC de l'amour* qu'il avait volé à la librairie en le coinçant rapidement sous son pantalon, il avait lu des choses sur le comportement des filles au moment de l'orgasme et les deux Suédoises avaient montré plusieurs signes qui allaient dans ce sens. « Alors on avait été un bon amant », disait le livre. L'une avait eu le cou rouge et les yeux un peu révulsés quand elle avait gémi tout à la fin. Pas très séduisant, à vrai dire. L'autre avait fermé les yeux très fort et poussé des sortes de grognements qu'elle n'aurait jamais laissés sortir si elle avait pu se contrôler, et sa chatte s'était contractée si violemment qu'ils avaient joui en même temps.

Il était capable de se retenir longtemps ; il l'avait prouvé les deux fois. Alors, oui, il se considérait comme un garçon expérimenté. Il ne lui restait plus maintenant qu'à se procurer des capotes. Son père était abonné à la revue *For Alle*, et il avait vu à l'intérieur une publicité pour en commander. Mais ça poserait des problèmes. Le père verrait qu'il avait découpé l'annonce. Dire qu'il pensait son fils incapable d'avoir de quoi s'acheter une modeste moto !

Et s'il recopiait l'annonce pour éviter de la découper ? Un paquet contenait une douzaine de préservatifs et on avait une réduction de dix pour cent si on en commandait deux d'un coup, mais qu'est-ce qu'il en ferait ? Vingt-quatre capotes, ce n'était pas demain la veille qu'il aurait besoin d'une telle quantité ! Et puis comment choisir parmi tous les différents types ? Il y en avait des allemandes, des anglaises et des américaines ! Les capotes américaines s'appelaient *World's Best* et les plus chères coûtaient treize couronnes le paquet de douze et s'appelaient *Natural m/hyg.oil.* Il n'avait aucune idée de ce que ça voulait dire. Est-ce qu'il devait *lubrifier* les femmes ? Les *World's Best*, les moins chères, ne coûtaient que huit couronnes le paquet et portaient le joli nom de *Douzaine Soie.* Comment s'y retrouver ? Impossible de faire un choix. Il n'était nulle part question de taille. Merde ! Et il ne pouvait pas poser la question dans une pharmacie ou dans un magasin, sa mère avait des amies *partout*, autant laisser tomber.

— J'ai dix-neuf ans, répondit-il.

— Mon Dieu, dix-neuf ans, Barbara, s'écria la femme avec la sauce brune dans les cheveux.

— Et je n'ai pas encore de petite amie, non. Je suis libre comme l'air !

Il prit sa perceuse et la tint dans la main en souriant et en les regardant l'une après l'autre.

— C'est ici un salon de coiffure, à ce que je vois ? Vous avez l'intention d'être des stars de cinéma ?

Ça les fit toutes rire, Mme Rudolf surtout qui avait l'impression qu'il était un peu son protégé puisqu'il était d'abord venu chez elle.

— Non, nous sommes *déjà* des stars ! s'exclama Mme Larsen en plongeant quelques secondes son regard dans celui de ce charmant jeune homme.

Elle venait de parler de *soup*, elle devait être anglaise ou américaine. Et s'appeler *Barbara*… Il y avait un type qui avait de la chance de rentrer chez sa femme et de *se servir*. Rien que d'y penser…

— Alors, comme ça tu vends des *peepholes* ? Ça fait un moment que ma mère à Bristol en a un. Eh bien, il était temps que ce pays rattrape son retard ! déclara Mme Larsen.

— Ça s'appelle comme ça en anglais ? dit-il en lui adressant un clin d'œil.

Elle rougit et baissa les yeux. Ça alors, il avait réussi à la troubler !

Il posa l'orange sur sa machine à laver. Dans ces immeubles, tout le monde l'avait installée au même endroit, à cause de l'emplacement du robinet et du deuxième bac pour évacuer l'eau.

— Dans ce cas, je commence le travail... avec cette perceuse-là ! dit-il en l'agitant en l'air.

Une nouvelle salve de rires accueillit ses propos.

— Toi, tu n'as pas froid aux yeux ! s'exclama Mme Larsen. Je crois que j'ai besoin d'un café pour me calmer.

— J'ai apporté des *mazariner*[16] du boulanger, annonça la femme aux bigoudis. Il y en aura assez pour tout le monde. Pour toi aussi, Don Juan !

— Merci. Peut-être après. Mais je veux bien un verre d'eau tout de suite, je n'ai pas l'habitude de voir autant de belles femmes sur un seul plateau !

— Prends un verre dans le placard, dit Mme Larsen en le désignant du coude.

Il laissa l'eau couler un peu avant de boire deux verres d'un trait. Mme Rudolf eut droit au carnet de commandes pour le remplir à la place de Mme Larsen. La teinture des cheveux ne devait pas traîner apparemment, puisqu'elle ne pouvait pas s'octroyer de pause avant que ce soit terminé. Mme Rudolf inscrivit là où il fallait toutes les dates de naissance et les noms bien orthographiés. Elle commençait à avoir l'habitude !

Il sortit la perceuse et aiguisa un peu la mèche, il fallait qu'elle morde bien dans le bois dès le départ, sinon le trou pouvait être de travers. Et il n'avait pas l'intention de broder sur ce thème-là devant toutes ces dames, ce serait pousser le bouchon un peu loin. Flirter était une chose, entrer dans les détails en était une autre...

16. Petits gâteaux suédois ronds à base d'amandes et recouverts d'un glaçage.

Il remarqua qu'elles l'observaient pendant qu'il perçait. Quand il avait commencé ce travail, il avait trouvé dans le grenier à la maison une vieille salopette qui lui allait parfaitement. Le fait qu'elle soit très usée lui donnait l'apparence d'un artisan chevronné. Il retroussait aussi les manches de sa chemise à carreaux en flanelle, il trouvait que ça lui donnait un air plus viril. Le sourire aux lèvres, il leur fit un clin d'œil, elles rirent en rougissant. Il régnait sur la table de cuisine un désordre invraisemblable : tasses à café, plats avec des miettes, cendriers, paquets de cigarettes, boîte d'allumettes, magazines… Les fenêtres étaient sales, mais ça il ne le préciserait pas à sa mère, qui était une fanatique du nettoyage des vitres, affirmant que toute la pièce paraissait sale quand les carreaux n'étaient pas propres. Il lui raconterait plutôt que le sol était jonché de mèches de cheveux.

Quand le cylindre fut en place, la teinture devait aussi avoir été posée sur les cheveux de l'autre femme car Mme Larsen avait enlevé ses gants en caoutchouc et revint, une cigarette à la main, pour jeter un coup d'œil dans le judas.

— Oh, c'est magnifique ! dit-elle. Maintenant je vais pouvoir suivre aussi qui vient *te* rendre visite, Karin !

Les mains de Mme Larsen étaient rouges et affreuses et il en éprouva une forme de soulagement.

— Tu as bien mérité ton gâteau, beau gosse ! lança la dame aux bigoudis.

— Il faut d'abord que je me lave les mains, répondit-il.

— Hé hé, un jeune homme propre sur lui ! Voilà ce qu'aiment les femmes !

— Propre ? Et comment ! Je prends une douche et je change de slip tous les jours, moi !

Une salve de cris de joie accueillit ses paroles, elles *crièrent* réellement pendant plusieurs secondes avant de se remettre à glousser.

Il mordit dans son gâteau et sortit une cigarette qu'il alluma tout en mâchant la pâte à base d'amandes et le glaçage au sucre.

— Ça alors ! Tu fumes et tu manges en même temps ? dit Mme Larsen.

— Grands dieux, quel jeune homme glouton ! s'écria la dame avec la sauce dans les cheveux

Une sorte de plastique couvrait à présent sa tête et ce qui ressemblait à une chemise de nuit était posé sur le dossier de la chaise. Ah, il aurait bien aimé mordre dans ces seins hauts et fermes sous leur tricot turquoise, avant d'y enfouir son visage !

Après avoir écrasé son mégot dans le grand cendrier déjà plein, il obtint la signature de Mme Larsen sur son carnet de commandes.

Vingt couronnes.

Il remarqua qu'il bandait déjà, même si la vue des mains rougeaudes l'avait un peu refroidi. Il prit l'orange sur la machine à laver, sentit la rondeur du fruit frais, ah si seulement il avait pu s'allonger dans un fossé près d'un camping ! Il en avait marre de bander, marre de se laisser allumer aussi facilement par la gent féminine. Penser à la moto et à l'argent, il n'y avait que ça pour chasser ces visions torrides. Il faudrait qu'il se concentre là-dessus le restant de la journée. Était-ce à cause du printemps ? Est-ce qu'on bandait plus facilement au mois de mai ?

— Ce n'est pas tout, mais il faut que je continue ma tournée ! Merci pour cette agréable conversation, mesdames !

Il s'inclina de manière théâtrale et ouvrit la porte. Ah, cette foutue orange ! Il ne pouvait pas la laisser non plus sur une marche. Mais si, justement ! Il la posa donc sur la dernière marche avant d'atteindre le palier supérieur, à l'abri des regards de Mme Rudolf.

« Berg ». Quel nom ennuyeux, typiquement norvégien ! Se balader et s'appeler Berg, autrement dit « montagne », au secours !

Le verre d'eau, le flirt et le gâteau l'avaient mis dans un drôle d'état. Déjà vingt couronnes et il n'était qu'une heure et demie ! Il débandait doucement à la pensée de la boîte à chaussures dans son armoire à la maison, lorsque la porte s'entrouvrit et qu'un visage craintif apparut.

— Nous n'avons besoin de rien, dit-elle tout bas avant qu'il ait le temps d'ouvrir la bouche.

— Mais tu ne sais même pas ce que je viens faire ! s'exclama-t-il en écartant les bras.

— C'est la copropriété qui t'envoie ?

— Pas tout à fait. Je vends des judas pour dix-neuf couronnes, je les installe maintenant et la facture arrive plus tard. C'est fait en un clin d'œil.

— Pourquoi ?

— Comment ça ?

— À quoi ça me servirait ?

— Eh bien, à voir qui sonne ! À travers le judas ! Ça t'évite ainsi d'ouvrir la porte si tu n'as pas envie de recevoir de visite !

— Mais… mais… Je branche et coupe déjà la sonnette avec un interrupteur.

— Pourquoi ?

— Pour supprimer la sonnerie… Alors je n'entends pas qui sonne à la porte, et…

— Maman ! Il y a de la fumée !

— Mais tu n'as pas envie de savoir qui c'est ? eut-il le temps de dire avant qu'elle lui claque la porte au nez.

Il attendit quelques minutes avant de faire une nouvelle tentative. Elle accourut aussitôt.

— Tout le monde en achète, se hâta-t-il de dire. Peut-être que ton mari est à la maison ?

— Non.

— Je suis sûr qu'avec les avantages qu'aura votre porte, votre mari voudra avoir la même.

— Je ne sais pas… Dix-neuf couronnes. Je…

— Si tu changes d'avis, je reviens l'enlever, je rebouche le trou, je ponce et je remets tout comme c'était avant. Et vous serez remboursés.

— Tous les autres, tu dis ?

— Oui, tous les autres. Et c'est fait en un clin d'œil. À monter comme à démonter. Je te garantis que ton mari sera content d'avoir ça. Tu n'as qu'à dire que c'est une décision de la copropriété.

C'était rare qu'il soit obligé de faire autant de baratin. Une moue froissa son visage, elle fixa quelques secondes le paillasson. Il comprit qu'elle avait besoin de temps pour réfléchir et il garda le silence. C'était une femme quelconque, les cheveux à peine bouclés, ou plutôt une femme sans aucun rayonnement. Elle paraissait plus morte que vivante. Il n'avait pas de bol, son mari.

Lorsqu'elle releva enfin son visage, il dit :

— Vous ne le regretterez pas. Tout le monde veut en avoir un de nos jours. Et ça t'évitera d'ouvrir la porte à n'importe qui.

— Est-ce que tu ne peux pas revenir demain ? Comme ça j'en aurai touché un mot à mon mari.

— Ça tombe mal. Je suis dans cet escalier seulement aujourd'hui. C'est maintenant ou jamais.

— Dans ce cas… dit-elle en le laissant entrer.

L'appartement sentait le brûlé et ce n'était pas une odeur de cigarettes. Deux petits garçons, attablés devant leurs tartines et un demi-verre de lait, le dévisagèrent en silence. Les vitres des fenêtres étincelaient et la cuisine était parfaitement rangée, si ce n'était que sur une planche à repasser traînait une chemise. Il aperçut sur la partie dos la marque brune du fer à repasser, mais s'abstint de tout commentaire. Il sortit son mètre.

— Est-ce que ton mari est de taille normale ?

— Pardon ? demanda-t-elle en lui jetant un regard effrayé.

— C'est pour savoir à quelle hauteur je dois installer le judas pour lui éviter d'avoir à trop se pencher ou au contraire de se mettre sur la pointe des pieds.

— Il mesure un mètre quatre-vingt-sept, répondit-elle.

Elle l'avait dit avec une pointe de fierté. Mais quelle femme était-elle pour être si fière de la taille de son mari ? Il y avait là quelque chose qui lui échappait. Faut croire qu'il lui restait encore des choses à apprendre sur les femmes.

— S'il est aussi grand, je vais l'installer à un mètre soixante-dix.

— Mais je viens de te dire…

— Tu dois aussi pouvoir regarder dedans, dit-il.

— Mais…

— Ton mari n'aura qu'à se pencher de dix-sept centimètres. Il penchera un peu la tête, c'est tout, tu verras, c'est tout simple, expliqua-t-il en souriant.

Elle hocha la tête sans sourire et lui tourna le dos. Elle saisit la chemise et disparut dans la plus petite des chambres à coucher. Au bout de quelques secondes, elle revint avec une nouvelle chemise, apparemment identique à la première.

Les deux petits garçons n'avaient toujours pas dit un mot. Entre eux, sur la table, il y avait un magazine posé sur des bandes dessinées. L'un but sans bruit une gorgée de lait, en tenant le verre des deux mains, comme l'aurait fait un enfant beaucoup plus jeune.

Des gouttes de sueur perlèrent au front de cette femme quand elle écrivit lentement les renseignements demandés. Il avait hâte de fermer la porte derrière lui. Il éprouvait comme un malaise dans cette maison, où la radio n'était même pas allumée. Peut-être qu'elle était malade ? Les gamins ne pipaient mot pendant qu'elle écrivait, comme si elle accomplissait une tâche solennelle. Tout était si bizarre ici.

— Désolé, mais il faudra que tu balaies la sciure que j'ai fait tomber, je n'ai pas ce qu'il faut avec moi.

— Ce n'est pas grave, dit-elle.

Il avait à peine mis le pied dehors qu'elle referma la porte derrière lui et tourna la clé dans la serrure. Il s'alluma une autre cigarette, il l'écraserait dans la boîte d'allumettes après, mais il avait vraiment besoin d'en griller une. Il inhala la fumée et écouta les bruits qui résonnaient dans l'escalier : des éclats de rire provenant de l'étage en dessous. Il se doutait de qui elles parlaient... Il soupçonnait les femmes de penser et de parler autant des hommes que lui le faisait à propos des femmes.

« Salvesen » était le nom de la famille habitant à droite. Salvesen, bof, chacun son goût. Mais au moins sur leur seuil on entendait de la musique, sortant d'une radio. C'était bon signe.

Une femme souriante lui ouvrit la porte.

— Bonjour, me voilà ! Je viens installer un judas dans ta porte ! C'est fait en un clin d'œil.

— Un judas ?

— C'est fait en un rien de temps, pour dix-neuf couronnes seulement, la facture arrive par la poste. Comme ça tu peux voir qui sonne et tu n'es pas obligée d'ouvrir si tu n'as pas envie !

— Ah bon ?

— Tout le monde en achète, tout le monde dans cet escalier en a acheté. Enfin, tous ceux chez qui j'ai été.

Mme Salvesen jeta un rapide coup d'œil à la porte des Berg pour vérifier ses dires.

— Oui, les Berg. Et ceux du dessous, ajouta-t-il. Il ne me reste plus que les deux à l'étage au-dessus.

— Alors tu crois qu'il y a des gens à qui je n'ai pas envie d'ouvrir ?

— Il y a de nos jours tellement de gens qui font du porte-à-porte…

— Mais c'est bien ce que tu fais, non ? rétorqua-t-elle en souriant.

— Oui, mais…

— Ça m'intéresse. C'est une bonne chose à avoir. Entre donc, jeune homme. J'allais sortir en ville pour rendre des vêtements, mais cela ne prendra pas longtemps, tu as dit ?

— Non, c'est fait en un clin d'œil ! Je me présente : Lars Lockert, dit-il en tendant la main.

Elle non plus n'était pas son genre de femme : elle était trop du genre « épouse », on sentait clairement qu'elle appartenait à quelqu'un d'autre. Et sa gaieté n'incitait pas du tout au flirt, il remarqua aussitôt que ça lui était complètement égal qu'il soit ou non expérimenté avec les femmes. Ah, c'est fou ce qu'elles pouvaient être différentes entre elles ! Quand il pensait au nombre de femmes qui existaient sur la Terre, à leurs différences, et à toutes celles qu'il rencontrait, il y avait vraiment de quoi perdre la tête. Comment un homme pouvait-il se résoudre à s'en tenir à une seule et renoncer à toutes les autres ? Ces hommes-là pouvaient regarder et baver d'envie, mais jamais aller plus loin, ah les pauvres.

— Combien mesure ton mari ? C'est pour savoir à quelle hauteur je dois installer le judas.

— Je dirais, un peu plus grand que moi. Un mètre quatre-vingts, peut-être ?

— Parfait. Je vois que tu fais de la couture ?

La table de la cuisine disparaissait sous les étoffes et les patrons. Sa mère était parfois prise d'une envie irrésistible de couture et s'y adonnait dans une des pièces de la maison.

— On est bientôt le 17 mai, il faut des vêtements neufs pour toute la famille.

— Tu couds des *vêtements* ?

Sa mère cousait des rideaux, des coussins, des taies d'oreillers, des housses de couettes, des mouchoirs, bref tout ce qui était carré. Mais celle-ci, dans un de ces immeubles qu'elle décriait tant, cousait la garde-robe de fête de toute la famille. Ah, quand elle apprendrait ça !

— Oui, ce n'est pas si difficile et ça permet de faire pas mal d'économies.

— Mais est-ce que le résultat est aussi joli ?

— Oui, je trouve. Et parfois, mieux. Les coutures sont bien solides. Et puis c'est amusant de le faire soi-même.

— Bon, alors je commence le travail.

C'était une femme qu'il aurait préféré vouvoyer, finalement. Il se serait senti plus à l'aise. Mais il était obligé de s'en tenir au style direct qu'il avait adopté pour entrer plus facilement en contact dans ces immeubles. Peut-être devrait-il ne pas se cantonner au tutoiement ? Il était un vendeur, cela ne pourrait pas lui nuire d'introduire quelques variantes ? Il affinerait pour ainsi dire sa *technique*. Tandis qu'il soufflait de l'extérieur dans le trou qu'il avait percé dans la porte, il aperçut le salon… et tout au fond des bouteilles ! Qu'est-ce que ça voulait dire ? Il retourna dans l'entrée, Mme Salvesen lui tournait le dos, il découvrit alors un bureau avec, mais oui ! un bateau en bouteille ! Son père lui avait dit que son propre père s'amusait à faire ça.

Il glissa les parties du cylindre qu'il prit soin de bien visser.

Il n'avait jamais eu l'occasion de rencontrer son grand-père de son vivant, mais son père n'arrêtait pas de lui raconter des histoires à son sujet et ils possédaient plusieurs de ses bateaux en bouteille à la maison et dans leur chalet. Il avait longtemps été marin, d'où ce passe-temps. Avant de devenir agent immobilier, il gagnait de l'argent comme il pouvait. Il avait par exemple remarqué que les grands hôtels servaient à leurs clients de petits oiseaux rôtis, appelés grives, qu'ils leur faisaient payer un bon prix. Alors le grand-père s'était mis à tirer des passereaux qu'il vendait ensuite par sacs entiers à l'hôtel Britannia. Hum, c'était peut-être de lui qu'il tenait son sens des affaires ?

— Voilà, c'est fait. Le judas est installé. Il n'y a plus qu'à l'essayer, déclara-t-il.

Elle sourit lorsqu'elle colla son œil contre le trou.

— Comme c'est amusant, dit-elle.

Il sortit son carnet de commandes et lui montra la partie qu'elle devait remplir. Il ne pouvait pas faire de commentaires sur les bateaux en bouteille, cela ne le concernait pas directement, il éprouvait une forme de gêne qui lui était inhabituelle.

Une petite fille entra avec des nattes et un cartable à rayures écossaises.

— Tu es à la maison, maman ? Je croyais que tu devais aller en ville aujourd'hui.

— Ça tombe bien que tu sois là ! Oui, j'ai été un peu retardée, mais c'est pour de bonnes raisons. Nous avons à présent un judas sur la porte, tu n'as pas remarqué ?

— Non !

Et elle retourna dans l'entrée en courant.

— Ah, j'arrive juste à la hauteur si je me mets sur la pointe des pieds ! Et maintenant je vois Nina !

Elle ouvrit la porte et il entendit des chuchotements à l'extérieur.

— Irene ! dit Mme Salvesen. J'ai pensé à quelque chose. Ça te dirait de venir en ville avec moi ? Je dois rendre ces vêtements et après on pourrait manger quelque chose toutes les deux.

— Mais papa ? rétorqua la fillette en entrant dans la cuisine tout en enlevant le cartable qu'elle avait sur le dos.

— Il travaillera tard ce soir, alors on lui préparera quelque chose de bon pour le dîner. Que voulait Nina ?

— Savoir si elle pouvait aller aux toilettes.

— On va d'abord lui demander si elle veut manger un morceau avant qu'on parte.

— Elle avait une orange, alors je pense que c'est pas la peine. Son père va bientôt rentrer, elle ira aux toilettes chez eux.

— Dans ce cas, je vais seulement balayer après le travail de ce jeune homme, puis si nous partons tout de suite après, ma chérie, on pourra attraper le prochain bus.

Il prit congé en lui tendant poliment la main.

— Merci beaucoup, dit-elle. Mon mari construit des immeubles. À la réflexion, toutes les portes d'entrée devraient être équipées d'un judas comme ça. Je vais lui en parler, ça c'est sûr !

Il sortit en même temps qu'une fillette qui tenait son orange de tout à l'heure. Il la reconnut à cause de l'étiquette blanche et turquoise, elle ne le regarda pas, mais monta avec lui au troisième étage. C'était drôle de voir enfin le plafond, puisque l'escalier n'allait pas plus loin. S'il ne tenait qu'à lui, il aurait bien aimé qu'il se prolonge à l'infini, comme dans le conte *Jack et le haricot magique* que sa mère lui avait lu dans son enfance. C'était vraiment pas de bol ! Elle allait en toucher un mot à son mari... *Merde !* Et si Henriksen avait finalement raison ?

Trente couronnes jusqu'ici. Trente, trente, trente...

Il soupira et regarda les plaques des portes.

— Tu t'appelles Foss ou Karlsen ? demanda-t-il à la petite fille.

— Karlsen. Mais il n'y a encore personne à la maison.

— Personne à la maison ? Mais tu es là, toi.

— Oui, mais je n'ai pas la clé.

— Ah.

Oui, merde ! Comment aurait-il pu se douter que derrière une de ces portes il allait tomber sur la femme d'un de ceux qui participaient à la *construction* de ces immeubles ? Il pensait que ce genre de type vivait plutôt à Singsaker. Oui, il était vraiment dans la merde ! Pas la peine d'en parler à Henriksen : il ferait une attaque.

La fillette s'assit sur la dernière marche à côté de son cartable sale au motif en pied-de-poule et d'un journal, puis enfonça un doigt dans la peau de l'orange pour l'éplucher. Ses doigts étaient maigres et couverts de taches d'encre bleue. Son corps malingre ressemblait à une baguette de bois, de la largeur d'un trait de crayon de menuisier. Combien d'années lui faudrait-il avant d'être formée ? On aurait dit la version miniature de la bonne femme qu'avait épousée son frère avocat. Peut-être que certaines femmes restaient sèches et maigres comme un clou toute leur vie ? Beurk !

Une porte s'ouvrit à l'étage au-dessous, il entendit des bruits d'eau, sans doute Mme Berg qui nettoyait après le forage du trou. Ensuite une autre porte et la voix de Mme Salvesen qui avait eu une idée capable de ruiner à jamais ses plans de prospérité : « Nous pouvons aller au Neptun Café, qu'est-ce que tu en dis, Irene ? Bon après-midi, madame Berg. »

Et Mme Berg, d'une voix quasi inaudible, répondit : « Bon après-midi. »

Assise sur les marches, la gamine dont il avait oublié le nom avait terminé de peler l'orange qu'il avait laissée. Elle aussi tendait l'oreille.

— Tu l'as trouvée où ? demanda-t-il. Sur une marche plus bas, non ? Et tu as cru qu'elle était tombée d'un sac de courses, c'est ça ?

La fillette courba la nuque, se recroquevillant comme un bébé. Qu'est-ce que ça voulait dire ? Et elle ne répondit rien, pas un mot.

— C'était pour rire. Elle est à toi, l'orange, rien qu'à toi. J'ai plus urgent à penser qu'à cette orange. J'en ai plein à la maison. Sans parler des pommes, des poires et des raisins. Parce que moi, tu vois, je ne vis pas *en appartement.*

Il se tourna vers la porte des Foss et sonna. Il s'agissait de ne pas louper cette vente.

Il aperçut d'abord seulement la moitié d'un visage et, curieusement, un genou nu.

— Bonjour, me voilà ! Je viens installer un judas sur ta porte. C'est fait en un clin d'œil !

— Eh bien, dis donc !

— Ça ne coûte que dix-neuf couronnes et la facture arrive par la poste. Comme ça tu peux voir qui sonne et tu n'es pas obligée d'ouvrir si tu n'as pas envie !

Il sentit que sa gorge se serrait. Ah, si seulement il avait pu fumer une cigarette !

— J'ouvre à tout le monde. Alors je n'ai pas vraiment besoin de…

— Tu ne devrais pas. On ne sait jamais qui peut sonner, dit-il.

— C'est vrai, tu as raison, admit-elle.

— Il y a beaucoup de vendeurs qui cherchent à te vendre des choses qui ne t'intéressent pas.

— Mais il faut bien leur ouvrir pour savoir ce qu'ils ont à vendre. Je viens de le faire tout à l'heure.

— Tout le monde veut avoir un judas. Tu es l'avant-dernière. Je parle de cet escalier. Tiens, tu n'as qu'à jeter un coup d'œil dans ce judas, dit-il en sortant un cylindre du sac attaché à sa ceinture.

— Il faut d'abord que j'enfile quelque chose. Un instant, dit-elle en refermant la porte.

Une odeur lui parvint aux narines. On aurait dit de l'alcool. Il baissa les yeux sur la fillette en train de manger son orange en un temps record ; le jus ruisselait sur ses doigts.

De l'alcool ? Est-ce que Mme Foss nettoyait quelque chose avec de l'alcool ou est-ce qu'elle buvait ?

En pleine journée ?

Ça augurait mal. Déjà qu'elle n'avait pas de vêtements sur elle, ou en tout cas pas *assez*, puisqu'elle devait « enfiler quelque chose ». Était-il possible que des personnes — des *adultes* — puissent traîner plus longtemps au lit que lui ?

Il tripotait le cylindre entre ses doigts et réfréna son envie de cigarettes. Cela eût paru trop vulgaire et peu professionnel. Et s'il partait, tout simplement ? Si elle buvait... Une vieille bonne femme de plus de cinquante ans au moins, dans les nouveaux immeubles en contrebas, à Buran, avait essayé de l'enfermer à clé dans la salle de bains, lorsqu'il avait demandé à emprunter ses toilettes après lui avoir installé un judas. Elle était complètement saoule et déchaînée, elle portait une tenue de jogging bleu foncé, n'avait ni seins ni fesses et affirmait qu'elle voulait avoir « plein de judas » dans sa porte pour voir les gens de différentes tailles. Elle lui avait saisi les couilles au point de lui faire mal et il avait pris son haleine alcoolisée en pleine figure avant de réussir à se dégager.

Mme Foss ouvrit à cet instant la porte :

— Entrez donc, jeune homme.

Oh bordel ! cette femme était une vraie *bombe* ! Il détourna vite les yeux, mais c'était trop tard, il avait eu le temps de voir tout ce qu'il fallait. C'était dingue à quel point les yeux étaient rapides dans ce cas-là . Il eut l'impression de recevoir un coup de poing enrobé dans du velours en plein entrejambe... Son pantalon n'était pas moulant, mais dans une telle situation...

— C'est une très bonne idée, ces judas. J'ai lu un article là-dessus, dit-elle en allant dans la cuisine, tandis qu'il restait dans l'entrée, avec le petit cylindre entre les mains.

Il n'avait qu'à dire qu'il se sentait mal et déguerpir.

Elle était pieds nus dans sa robe de chambre, avec du vernis à ongles rouge vif sur les orteils, les jambes lisses et bronzées. Ses tétons pointaient sous l'étoffe, le col de la robe de chambre descendait profondément dans le sillon entre ses seins. Sa peau était toute bronzée, les cheveux mi-longs, dépeignés, ses ongles de la main étaient longs et peints eux aussi en rouge vif. Elle alluma une cigarette.

— Lars Lockert, annonça-t-il en sortant son carnet et en lui tournant le dos, avec l'air de chercher quelque chose dans sa ceinture, un stylo peut-être.

— Peggy-Anita Foss, dit-elle. Prends une cigarette, tu dois en avoir besoin si tu as été dans tous les appartements de cet escalier.

— Cela s'est très bien passé, s'empressa-t-il de dire.

Ça ne se faisait pas de demander la permission d'aller aux toilettes alors qu'on venait à peine d'entrer chez les gens. Il ne pouvait pas non plus faire semblant d'avoir oublié quelque chose en bas, où se serait-il caché pour se branler ? Il y avait des gosses partout, quel scandale si ça s'était su ! Être accusé d'exhibitionnisme, ça serait le comble ! Ah, il était comme qui dirait dans de beaux draps !

— Mais est-ce que ça t'intéresse d'en avoir un ? demanda-t-il, assez déconcerté.

— Un judas, tu veux dire ? Oui, tu peux y aller.

Il put observer à loisir son intérieur pendant qu'il détachait la perceuse de sa ceinture. Tous les appartements avaient le même linoléum au sol, mais le sien dans la cuisine paraissait plus bleu et plus brillant que les autres. Sous la fenêtre, dans un coin, il aperçut un aspirateur, rouge comme une blessure, le tuyau traînait par terre et la prise était sortie, comme si elle venait de s'en servir.

— J'espère que je ne te dérange pas en pleine activité, dit-il tout en aiguisant de nouveau la pointe de la mèche avant de reposer l'outil par terre.

Bon sang, il allait oublier de mesurer d'abord. Il commençait à faire n'importe quoi !

— Non, j'ai toute la journée pour moi.

Mon Dieu, est-ce qu'elle vivait *seule* ? Célibataire. Ce n'était pas possible.

— La hauteur… du judas a une certaine importance. Cela dépend de l'utilisateur et de ceux qui habitent ici, balbutia-t-il.

— Détends-toi, tu es si… solennel, Lars Lockert !

Il lui jeta un bref regard. Ah, il ne s'était pas trompé. Sur la table de la cuisine se trouvait un grand verre rempli de ce qui ressemblait à du soda au gingembre dilué. Un *pjolter*. Ce que buvait son père. Il n'aurait jamais pensé que des femmes en boivent. Sa mère ne buvait que de minuscules verres de ce qu'elle appelait un « lieutenant-capitaine », à savoir du sherry avec une pointe de cognac.

— C'est mon travail, c'est tout, dit-il.

— Je mesure un mètre soixante-deux, et mon mari mesure un mètre quatre-vingt-deux.

Sa main droite trembla quand il traça une croix sur la porte à un mètre soixante-cinq. Dans cette position, il lui était impossible de cacher son érection, il entendait presque le bruit du tissu du pantalon qui se tendait. Pourquoi n'allait-elle pas dans le salon ? Des femmes comme elle, ça n'existait que dans les revues, jamais en vrai… et en tout cas, pas en Norvège.

Il se racla la gorge.

— Tous les appartements ont exactement le même revêtement au sol, dit-il. La même couleur de linoléum.

— Ah bon ? Je ne sais pas, je n'ai pas été chez les autres dans cet escalier. Je trouve toutes ces bonnes femmes trop… comment dire ? Tu me comprends. Tu n'es pas de mon avis, toi qui viens de les voir ?

— C'est-à-dire que…

— Allez, tu penses comme moi, Lars Lockert !

— Mais c'est une belle cité, commenta-t-il pour changer de sujet.

Il souleva sa perceuse en espérant qu'il toucherait la croix du premier coup.

— Tu as envie d'un *pjolter* après ?

— Quoi ? Non, je…

— Tu es en voiture, peut-être ? le taquina-t-elle.

Ah, s'il avait pu dire : « Presque, j'ai ma *moto* qui est garée en bas ! »

— Je suis à vélo.

— Tu as quel âge ?

— J'ai dix-neuf ans.

— Quand tu auras mon âge, tu pourras boire des *pjolter* toute la journée si tu veux. Surtout quand tu t'ennuies à mourir et que tu as juste envie d'écouter la musique à la radio pendant que tu traînes à la maison.

— Mais la radio n'est pas allumée, objecta-t-il.

— C'est l'heure des nouvelles. Je déteste les nouvelles. Cet appartement est une zone où il est interdit de parler du Vietnam ou de Cuba. J'ai eu ma dose avec le débarquement de la baie des Cochons. Je ne veux plus entendre parler de la guerre.

— Ah, je comprends.

— Je ne le supporte plus. Ça me fait peur. Terriblement peur.

Il perça au bon endroit et vite. Puis enleva la sciure des deux côtés. La fillette, toujours assise dans l'escalier, ne leva même pas les yeux. Elle avait un livre d'école sur ses genoux. Oui, il allait procéder ainsi : quand il lui dirait de regarder dans son nouveau judas, il en profiterait pour lui demander la permission d'utiliser ses toilettes. Comme ça, il ferait sa petite affaire dans le calme, puis il reviendrait pour lui faire remplir le carnet.

Il vissa bien fort le cylindre des deux côtés, serra avec la pince de plombier avant de refermer la porte et de lui dire :

— Maintenant tu peux venir voir. Au fait, est-ce que je peux emprunter tes toilettes ?

Il était bien sûr obligé d'attendre qu'elle réponde oui avant d'y aller, mais elle ne dit rien et s'approcha de lui avec toutes ses odeurs, sa peau, ses cheveux, son vernis à ongles… Elle colla son œil droit au judas et il n'osa pas bouger.

— Je ne crois pas, répondit-elle enfin.

— Qu'est-ce… qu'est-ce que tu ne crois pas ?

— Que tu aies besoin d'aller aux toilettes. Et de détruire ça.

En disant ces mots, elle lui avait effleuré l'entrejambe, plus exactement le tissu devant son sexe en érection. Il ferma les yeux, c'était comme dans les revues, les revues interdites, elle n'en avait visiblement rien à faire de ce mari qui allait bientôt rentrer du boulot.

Il se retourna lentement vers elle, vers cette odeur d'alcool, de sueur, de parfum et de fumée.

— J'ai trop bu, je le sais, dit-elle.

Son visage se trouvait tout près du sien, leurs lèvres ressemblaient à des larves rouges et humides qui s'approchaient en déséquilibre.

— J'ai trop bu, Lars, parce que je m'ennuie à mourir et que je ne sais pas comment remplir tous ces jours qui se suivent et qui se ressemblent.

— Mais ton mari…

— Il n'est presque jamais là. Il est à Mo i Rana aujourd'hui. Regarde-moi donc !

Il ne faisait que ça, mais elle voulait sans doute croiser ses yeux.

— Est-ce que tu sais embrasser, Lars Lockert ?

— Je ne sais pas.

— Essaie pour voir.

— Je risque d'avoir…

— Aucune importance. Tu es jeune. Tu banderas de nouveau dans dix minutes. Si tu as envie. Si *nous* avons envie. Tu veux ?

— Oui, dit-il.

Il pressa sa bouche contre la sienne, la prit en même temps par la taille, sentit qu'elle n'avait même pas de petite culotte, elle devait être toute nue sous sa robe de chambre. Soudain elle dégagea son visage et sa bouche.

— Non, tu ne sais pas embrasser, dit-elle.
— Hein ?
— Je vais te montrer.
— Je ne vais pas réussir à rester debout bien longtemps.
— Je vais t'épargner cela, pauvre Lars Lockert.

Le mur de la chambre à coucher était couvert de photographies, apparemment collées à même le papier peint. Il leur jeta un vague regard, de temps en temps, tandis qu'elle lui montrait comment on embrasse, avec les têtes penchées selon différents angles, avec les langues et les lèvres dans des rythmes variés, avec plus ou moins de points de contact. Et il observait ces photos tandis qu'elle l'aidait à raccourcir le temps d'attente pour être en dessous des dix minutes. Les rideaux étaient tirés, mais il vit bien que c'étaient des photos d'elle, presque toutes sauf une où on voyait un type avec un chapeau, dont il se fichait éperdument. Elle lui dit qu'il était merveilleux, qu'il était beau, qu'il était un « pur-sang » — c'était drôle, ce truc, à dire — et qu'il apprenait vite. Puis ils prirent une douche ensemble, il se tenait dans la petite salle de bains avec une déesse couverte de mousse devant lui et contre lui, il eut du savon dans la bouche, puis il accepta un *pjolter*, lui qui ne buvait jamais, mais il fit semblant de trouver ça normal, il trempa ses lèvres et but, nu comme un ver, attablé devant une table en formica et elle lui répéta, enveloppée de nouveau dans sa robe de chambre :

— Personne ne peut voir ce qui se passe au troisième. Sauf ceux qui habitent au troisième étage des autres immeubles, évidemment, mais comme les bâtiments sont construits de biais les uns par rapport aux autres, personne ne peut voir chez moi, puisque nous habitons le dernier escalier.

Nous. *Nous* habitons.

Le voilà fixé.

Mais il s'en fichait royalement. Cet homme pouvait aller au diable, d'ailleurs il y était déjà, à Mo i Rana, ce coin paumé. Il lui sourit, sirota la boisson infecte. Ils fumèrent. Le cendrier était vert foncé et très grand. Était-ce l'effet du *pjolter* ou elle qui lui fit regarder le soleil qui entrait par les fenêtres avec d'autres yeux ? Depuis quand les rayons ordinaires du soleil étaient-ils beaux ? Merde, il bandait de nouveau.

— Il va falloir que tu t'en ailles, dit-elle. Les bonnes femmes vont savoir à quel moment tu redescendras l'escalier. Il faut que tu partes maintenant.

— Maintenant ? Là, tout de suite ?

— Oui, ça vaut mieux. Je…

Elle éclata en sanglots, prit son visage entre ses belles mains bronzées et aux ongles peints en rouge, comme s'il avait tenté de la tuer.

Il se leva.

— Non ! Assieds-toi ! cria-t-elle.

— Mais je ne veux pas que tu…

— Il ne s'est rien passé. Rien du tout. Tu dois t'en aller maintenant. Et tout de suite.

Elle alluma une cigarette dont elle tira des bouffées en la tenant devant son visage.

Il trouva ses vêtements dans la chambre et se rhabilla, attacha sa ceinture de menuisier autour de la taille. Le tissu de son pantalon à l'endroit de l'entrejambe était trempé et foncé : c'en était fini des ventes pour la journée. Plus question d'aller chez Karlsen de l'autre côté du palier ni dans les autres escaliers. Mais bon sang, qu'est-ce qu'elle avait à pleurnicher ? Elle avait joui en poussant des petits cris, oui, même si elle avait pressé un oreiller sur son visage puisque les murs étaient si minces ici, lui avait-elle expliqué après. Faut dire qu'il n'avait pas tant d'expérience que ça dans ce domaine, en tout cas, il ignorait comment fonctionnait la mécanique féminine. Mais à présent, il en connaissait un rayon. Il ne s'agissait pas seulement de mettre la langue dans la bouche de l'autre…

Bon sang ! Il ne lui avait pas fait remplir son carnet de commandes ! Mais lui faire écrire le nom et la date de naissance de son mari à cet instant… le moment était vraiment mal choisi. C'était perdu d'avance. D'un autre côté…

Mais oui, du moment qu'elle signait, il n'aurait qu'à inventer le reste et remplir. Henriksen ne le saurait jamais. Elle ne pouvait pas deviner qu'elle devait avoir un récépissé. Et lui ne pouvait pas le lui donner puisque le papier n'était pas rempli convenablement. Mais pas question de renoncer à ses cinq couronnes. Non, jamais de la vie !

Dans la cuisine, il trouva un stylo posé sur un magazine. Il le prit et le plaça devant elle avec le carnet de commandes. Il n'osait pas la toucher. Ni ses cheveux, ni rien d'autre. C'était elle qui habitait ici, elle qui décidait. Elle avait allumé une nouvelle cigarette qu'elle tenait près de son visage, la cendre tombait sur le formica de la table.

— Il faut… que tu signes ici.

— Quoi ?

Elle lui jeta un bref regard, avant de remarquer le bloc.

— Ah oui.

Sa voix aurait pu être celle de la fillette assise sur les marches. Comment une femme pouvait-elle se transformer aussi vite ? D'abord en chasse comme une vraie lionne, puis une amante déchaînée au lit, et enfin une gamine qui pleurnichait ? Il y avait clairement des choses qui lui échappaient. C'était normal qu'elle lui demande de partir. Il n'avait pas non plus envie de s'éterniser. Il avait envie de rentrer chez lui et de distraire sa mère en lui parlant d'histoires de tapis noués, de salon de coiffure et de costume de confirmation.

— Bon, eh bien je vais m'en aller.

Il ouvrit la porte et sortit. La fillette dans l'escalier avait disparu et ça sentait fort le poisson bouilli derrière la porte des Karlsen. Il sortit une cigarette et l'alluma.

Était-il un imbécile ?

Il ne pouvait pas s'en aller comme ça, sans se laisser une chance de peut-être…

Il se retourna et sonna à la porte. Il s'écoula bien une minute avant que le nouvel judas s'obscurcît une seconde et qu'elle entrouvrît la porte. Son visage était toujours aussi baigné de larmes, les yeux injectés de sang. De longues traînées de mascara avaient coulé sur ses joues, jusqu'aux commissures des lèvres.

— Va-t'en, je t'ai dit !

— Je rentre directement à vélo à la maison, je ne peux pas me présenter dans cet état, bredouilla-t-il avec un demi-sourire en regardant sa braguette. Et il me reste encore Karlsen ici. Que dirais-tu si je repassais demain chez lui pour lui mettre un judas et que j'en profitais pour vérifier que *le tien* fonctionne bien ?

Elle referma la porte à clé.

Il fit le code de l'antivol qu'il avait fixé sur la roue arrière. Au moment où il dégageait son vélo derrière le local à poubelle, un rat bondit de l'herbe haute sur une de ses chaussures avant de disparaître dans une anfractuosité du mur.

— Ça par exemple !

Mme Åsen pencha la tête par la fenêtre, à un mètre au-dessus de lui.

— Qu'est-ce qu'il y a ? demanda-t-elle.

— C'était un rat ! Ah bordel…

— Arrête de dire n'importe quoi, il n'y a pas de rats ici ! Les immeubles sont tout neufs ! Et ne roule pas trop vite dans les allées !

Dire qu'il avait eu l'intention de penser aux seins de cette femme, quand il prendrait sa douche à la maison ! Il eut l'impression qu'une éternité s'était écoulée depuis.

Son vélo beaucoup trop bas fut une bénédiction. En restant assis dans la descente, il eut l'entrejambe glacé, enfin.

Et puis trente-cinq couronnes, ça faisait une jolie somme après tout.

TROISIÈME PARTIE

Les rats

Il ferait sans aucun doute plus frais à la cave.

— Barbara ? dit-il en frappant à la porte de la salle de bains.

— *In a minute, honey !*

— Non, je ne veux pas entrer. Je te préviens juste que je descends à l'atelier. Tu as besoin que je répare ou bricole quelque chose ?

— *More lampshades ? I think we have enough.*

— Je suis d'accord, mais tu es sûre que tu n'as besoin de rien ?

— Si, je te l'ai déjà dit *a thousand times*, il faudrait quelque chose sous le *tiny fridge*.

— OK.

Il faisait vingt-neuf degrés à l'ombre et il n'y avait pas un souffle de vent. Il sentait la sueur lui perler à même le crâne : quand il se passait la main dans les cheveux, il avait le bout des doigts tout mouillés. Impossible de rester dans son bureau en ville, la fenêtre donnait plein sud et il ne pouvait pas faire de courant d'air.

Dans son immeuble, toutes les fenêtres étaient grand ouvertes. En regardant l'immeuble en face, il avait l'impression que toutes ces fenêtres béantes lui faisaient la moue.

Bon, quelque chose à mettre sous le réfrigérateur. Un petit meuble avec des étagères. Il pouvait fixer une tringle à rideaux : ainsi elle pourrait y suspendre un peu de tissu et ça servirait de petit placard. Voyons voir les matériaux dont il disposait. Où y avait-il des planches de bois qu'il aurait pu assembler ? Ah, oui ! Au fond du local à vélo, à l'autre bout de l'immeuble, il se souvint soudain que la famille de cinglés de l'escalier B avait jeté des cadres et des têtes de lits superposés. On les reconnaissait bien là. Un appartement gratuit, la sécurité sociale, pas besoin de travailler, alors ils balançaient des trucs en bon état et en réclamaient des tout beaux tout neufs. Ils n'avaient même pas pris la peine de les entreposer dans leur propre cave. Ils avaient dû perdre la clé du cadenas.

Un de leurs gamins était tombé de son lit superposé et s'était mordu la langue ; le tas de planches qui se trouvait à présent dans le local à vélo était peut-être lié à cet épisode. Mais il n'était pas homme à se mêler de ce qui ne le regardait pas, il allait seulement prendre un peu de bois pour faire plaisir à Barbara. Il adorait voir sa croupe quand elle se baissait devant le réfrigérateur, mais bon, il allait fabriquer un meuble qui l'empêcherait de profiter du spectacle, puisque c'était ce qu'elle voulait. Ils avaient couché ensemble à trois reprises les deux derniers mois, mais elle n'avait pas joui une seule fois.

Il ouvrit le cadenas de sa porte de cave. Oui, il faisait résolument plus frais ici. Il prit ses outils et les porta dans la pièce commune qui lui servait d'atelier.

Il aperçut le jeune fils boutonneux des Rudolf, que Susy allait voir de temps en temps. À moins qu'elle reste dans la cuisine avec sa mère ? Toujours est-il qu'elle revenait immanquablement avec des modèles de vêtements de poupée découpés dans leurs magazines.

Le garçon était assis dans le coin du fond, à même le sol en béton, tout près de la prise de courant, avec une guitare électrique — il en avait rarement vu d'aussi moche — et un tourne-disque posé par terre à côté de lui.

— Bonjour !

Ça ne donnait rien du tout. Il avait beau mettre le son au plus bas, il entendait quand même que c'était affreux. Il n'y arrivait pas, un point c'est tout. Ces chansons, il les avait écoutées des milliers de fois, il connaissait le moindre son de guitare, savait exactement où les accords devaient tomber. Il avait cru qu'il suffisait de se procurer une guitare électrique pour arriver à reproduire les sons à l'identique, et laisser le tourne-disque faire une sorte de musique de fond pour son propre jeu de guitare. Mais ça ne marchait pas.

— Salut.

Le père de Susy était bizarre, il ne ressemblait pas aux autres papas. On aurait plutôt dit un grand garçon, il ne mettait même pas de chapeau. Il lâcha un tas d'outils sur l'établi et disparut de nouveau dans le couloir. Mais, pour sûr, il allait bricoler quelque chose ici, alors autant laisser tomber et remonter dans sa chambre.

Beibi youkèn draille maille carre — dai-dai-dai-dai-dai…

Il se souvint soudain de la circulaire à l'intention de la copropriété, posée sur la table de la cuisine, informant que le gardien avait besoin de tous les vieux morceaux de bois qui traînaient chez les habitants, pour le feu de la Saint-Jean, dans quelques jours. Il suffisait de les déposer devant l'immeuble, il les ramasserait avec sa remorque. Les gens n'avaient qu'à apporter tout ce dont ils n'avaient plus besoin, ce serait une bonne action pour la collectivité, il n'y avait déjà pas beaucoup de place dans le local à vélos, même si la moto de M. Moe avait été déplacée et était garée dans l'atelier, apparemment pour y être réparée. Cela allait faire deux mois maintenant que l'épave était là, même si M. Moe pouvait marcher sans béquilles depuis plusieurs semaines. Oh, il y avait beaucoup de travail à faire sur cet engin : la direction en avait pris un sacré coup, le réservoir était cabossé, les cale-pieds tordus et le pot d'échappement complètement arraché. Mais M. Moe ne devait pas avoir le cœur à réparer sa moto, avec l'hospitalisation de sa femme. Tout le monde savait que c'était dans un hôpital psychiatrique, depuis qu'une des clientes de Barbara avait une belle-sœur qui travaillait là-bas. Ces dames-là en parlaient beaucoup entre elles, quand elles allaient se faire coiffer. Le contraire eût été étonnant. Quelle mère avait-elle donc été pour ne pas se rendre compte que son bébé mourait peu à peu de faim ? C'était M. Moe, semble-t-il, qui avait retrouvé l'enfant mort. Ils s'étaient réveillés tard ce dimanche-là, juste après qu'il avait eu son accident de moto. Ils avaient dormi et ils n'avaient pas entendu l'enfant depuis la veille au soir. Selon Barbara, à sa mort, le bébé pesait moins qu'à la sortie de la maternité. Combien de temps faudrait-il à cette femme pour retrouver son équilibre psychique après une histoire pareille ? Barbara se demandait même si elle ne l'avait pas fait exprès, parce qu'elle refusait d'admettre qu'une mère puisse être aveugle *à ce point*. Le fait d'être jeune et que ce soit son premier enfant n'était pas une excuse. Et il n'était pas loin d'être de son avis.

Il prit les planches dont il avait besoin et porta le reste devant l'immeuble, il suait comme un beau diable, le sel de la sueur lui brûlait les yeux.

En revenant dans la salle commune, le garçon rangeait ses affaires : il remettait le disque dans sa pochette, posait l'enceinte sur le tourne-disque et fermait les attaches métalliques de chaque côté de l'appareil.

Il eut soudain pitié du jeune homme.

— Tu répétais ? Je t'ai peut-être dérangé.

— Ça n'a pas d'importance, de toute façon, je n'y arrive pas.

— Qu'est-ce que tu jouais ?

— C'était juste des chansons des Beatles.

— Tu aimes les Beatles ?

— Les Beatles, c'est les meilleurs.

— Qu'est-ce que tu as apporté comme disques ?

— *Rubber Soul* et *Help*, leur dernier album. Et puis j'ai pas mal de 45 tours. Dans ma chambre.

— Ah, je comprends. Tu viens d'avoir ta première guitare ?

— Oui, il y a un mois. J'en ai acheté une d'occasion avec l'argent que j'ai eu pour ma confirmation. Je n'avais pas les moyens de m'en acheter une neuve. C'est une guitare de merde, l'ampli aussi. Mais j'ai changé les cordes.

— Et tu t'exerces ici en bas.

— C'est presque impossible là-haut. Je n'ai pas le droit de la brancher. Et ils se tiennent de l'autre côté de la porte pour écouter.

C'était facile de parler avec lui. Ce qui était rare avec les adultes. On frappa à la porte de la cave, le père de Susy alla ouvrir, il reconnut la voix de Susy.

— T'avais la clé de la cave, papa, dit-elle. Est-ce que Rickard est là ?

— Oui.

— Salut ! lança-t-elle en souriant.

Il n'eut pas le courage de sourire à son tour, même si le père de Susy devait être au courant qu'elle venait parfois chez lui.

— J'ai fini de répéter, dit-il.

— Ta mère m'a dit que tu étais en bas, je voulais t'écouter.

— Il n'y a rien à écouter.

— Est-ce que tu sais jouer *I Should Have Known Better* ?

— Non, pas encore.

Il détestait qu'elle parle aussi bien anglais. Il prit les disques et le tourne-disque sous un bras, suspendit les cordons autour de son cou et saisit la guitare et l'ampli avec l'autre.

— Je peux t'aider à porter, dit-elle.

— C'est pas la peine.

— Je peux venir quand même avec toi ?

— Non. J'ai… un truc à lire.
— Un truc à *lire* ?
— Salut.

Il commença à mesurer les planches sous le regard de Susy. Le réfrigérateur faisait soixante centimètres de large.

— Tu fabriques quoi ? voulut-elle savoir.

— Une sorte de placard pour mettre sous le réfrigérateur pour éviter à ta maman d'avoir à se baisser.

— Elle a encore vomi ce matin en se levant, alors c'est bien si elle n'est pas obligée de trop se baisser.

— Ah bon ?

Barbara ne lui avait rien dit, mais il avait compris. Et la nouvelle ne le réjouissait pas vraiment. Encore que les choses seraient plus simples dans cet appartement moderne que lors de la naissance de Susy et d'Oliver. Tant pis, il louerait un autre bureau, un bureau qu'il aimerait davantage, comme ça il pourrait s'échapper au quotidien. Mais côté finances, ça serait juste, elle ne pourrait pas coiffer tellement de clientes une fois que l'enfant serait né. À la pensée de tout le désordre qu'il y avait déjà à la maison, il se demanda comment ça allait être, elle qui n'arrivait toujours pas à faire les choses en temps et en heure…

Il allait s'entraîner pour avoir l'air d'être heureux le jour où elle lui annoncerait elle-même la nouvelle. Peut-être qu'il pourrait se dégoter un autre travail ? Les traductions étaient si mal payées. Pourquoi ne pas enseigner, par exemple ? Ou devenir professeur par correspondance, tout en traduisant à côté ?

— C'est bête qu'on ne puisse pas ouvrir les fenêtres de la cave, déclara Susy. Il fait si chaud.

— Non, vaut mieux pas, si on ne veut pas se retrouver avec un rat dans la nuque.

— Ah quelle horreur ! Pas *dans la nuque* ! Mais sinon, je les trouve mignons, moi.

— Mignons ? Personne n'apprécie que toi et Oliver vous leur jetiez de la nourriture par le balcon, il faut arrêter avec ça, dit-il.

— Mais c'est si amusant ! C'est seulement pour voir jusqu'où ils osent s'aventurer sur la pelouse ! répliqua-t-elle en riant aux éclats.

Elle trouvait ça si drôle qu'elle devait se cramponner à l'établi. Ah, sa fille, comme elle ressemblait à sa mère !

— C'est vrai que c'est la responsabilité de la copropriété.

— En tout cas, ils ne touchent pas au poison. Ils sont intelligents, tu sais, papa.

Le gardien faisait un tour d'inspection chaque soir et versait du poison rose dans tous les trous des fondations, et il y en avait ! Pour l'instant, seul cet immeuble était infesté. Il ne pouvait pas répandre du poison sur le sol, en raison de tous les gamins qui auraient pu être tentés d'en avaler à cause de la couleur. Mais rien n'y faisait, les rats n'arrêtaient pas de se multiplier. Tous étaient à présent informés qu'il fallait absolument tenir la porte du hall fermée à toute heure du jour et de la nuit, et que les bébés ne pouvaient pas rester dormir dans les landaus dehors. Mais que des enfants nourrissent les rats, ça ne se faisait pas. À partir de dix heures du soir, ils commençaient à sortir de leurs trous pour chercher la nourriture oubliée sur la pelouse après que les femmes se furent allongées au soleil toute la journée, avec du café, de la limonade, des tartines, des gaufres et des biscuits.

Personne ne voyait les rats dans la journée. Comme ils préféraient l'herbe haute, il fallait veiller à tondre régulièrement et partout. Quand les rats sortaient de leurs trous, les enfants se tenaient prêts — c'étaient les vacances — et aucun d'eux ne voulait aller au lit sans les avoir vus.

Lui-même s'était posté et avait attendu pour les voir. C'était incroyable d'avoir envie d'attendre ça. Assis sur le balcon, il avait fumé et observé le spectacle. Certains gamins leur avaient jeté des cailloux et les rats avaient foncé droit dessus en croyant que c'était de la nourriture. Ils avaient trouvé ça drôle. Un soir, il avait compté quatorze rats, de là où il était assis. Ce temps chaud leur convenait parfaitement. Selon le gardien, les nappes phréatiques étaient hautes dans le coin, ils avaient dû se creuser une piscine et avaient accès à une source d'eau potable bien fraîche.

— Il s'appelle donc Rickard, celui que tu vas voir de temps en temps chez les Rudolf. Et vous parlez de quoi ?

— On lit des revues, ce genre de choses. Mais c'est un secret qu'on est amis. Rickard ne veut pas que ça se sache.

— Ah bon ?

— Je ne sais pas bien pourquoi. Bon, je vais faire un tour.

M. Åsen était en train de laver le trottoir. Il avait effacé les traits de la marelle qu'elle et les autres filles de l'escalier C avaient dessinée plus tôt dans la journée.

Mais ça n'avait pas d'importance. Il faisait trop chaud. Son épouse lui parlait, penchée à la fenêtre.

— Je suis sûre que c'est possible, dit-elle. J'ai lu un article là-dessus, c'était en Angleterre et ça a marché.

— Je vais lui en parler de toute façon, répondit M. Åsen.

— C'est au gardien de le faire, pas à toi. Mais tu peux toujours le lui proposer, Egil.

— Et pourquoi tu ne t'en chargerais pas ? Tu pourrais lui en toucher un mot un jour que tu le rencontrerais.

— Il passe tous les jours pour mettre du poison et tu es à la maison à cette heure-là ! Il prêtera davantage l'oreille à un homme, moi il ne m'écoute pas. Et après il n'aura qu'à demander à M. Rudolf.

— On verra.

Irene et Nina sortirent. La première tenait à la main un élastique à sauter.

— Tu viens, Susy ? demanda Irene.

— Je peux tenir l'élastique, je n'ai pas le courage de sauter, il fait trop chaud.

Nina n'avait pas l'air comme d'habitude, ses yeux étaient plus gais et elle portait une robe jaune en tissu éponge qui avait l'air neuve. Elles se placèrent à l'ombre, au bout de l'immeuble, à côté d'un tas de planches qu'on avait déposées là.

— Nous, on part demain, annonça Irene.

— Moi aussi, dit Nina.

— Ah ! Vous allez où ?

— Je pars avec maman en vacances chez mes grands-parents sur l'île d'Innerøya, répondit Irene.

— Et moi je vais à Rissa chez les parents de papa, dit Nina.

— C'est maman qui a cousu la robe de Nina, précisa Irene. J'ai la même, mais je ne la porterai pas avant le départ demain, pour ne pas la salir.

— Ça ne fait rien, répliqua Nina qui tenait l'élastique à l'autre bout. Ma grand-mère la lavera, elle est si gentille. J'ai un cadeau pour elle.

— Nina va voyager seule, son père s'est trouvé une nouvelle amoureuse, expliqua Irene en sautant de chaque côté de l'élastique sans rater une seule fois.

Nina sourit.

— Ouais, je préfère ne pas y penser.

— C'est un peu normal aussi puisque ta mère est morte. Tous les hommes veulent avoir une femme à eux. Raconte donc à Susy ce que c'est comme cadeau, la pressa Irene.

— Je l'ai reçu de Peggy-Anita Foss, enchaîna Nina. C'est un flacon de parfum qui s'appelle « quarante-sept onze », et il n'a même pas été ouvert.

— Elle l'a eu en cadeau de son mari, glissa Irene. Mais elle a tellement la nausée qu'elle n'en supporte pas l'odeur.

— C'est comme ça que je l'ai eu, renchérit Nina. Elle me l'a donné, tu te rends compte !

— Allez, raconte ce qu'elle t'a dit ! insista Irene.

— Je l'ai eu parce qu'elle trouve que je suis si mignonne, répondit Nina.

— Dis aussi le truc bizarre qu'elle a ajouté ! s'obstina Irene.

— Je ne m'en souviens pas vraiment, mentit Nina.

— Mais si ! Elle a dit que c'était de sa faute si vous n'aviez pas eu de judas sur votre porte et qu'elle en était désolée.

— Ça a beaucoup contrarié papa, reconnut Nina. Car il n'aime pas que les gens sonnent à la porte.

— Sauf quand c'est son amoureuse ! s'exclama Irene en arrêtant de sauter.

C'était un élastique de pantalon qui était bien attaché, le nœud était derrière les chevilles de Nina.

— Mon Dieu, quelle chaleur ! gémit Irene. C'est bête de ne pas lui avoir demandé ce qu'elle voulait dire par là.

— Je ne l'ai pas dit à papa, avoua Nina. Il aurait certainement sonné à sa porte pour l'interroger.

Presque tout le monde allait partir. Ça aurait été bien d'aller en Angleterre chez *nana and grandad*, mais ils n'avaient pas les moyens. Mme Berg était partie en train dans le Nord avec ses deux petits garçons qui n'ouvraient presque jamais la bouche, M. Berg était seul à la maison, plus fâché que jamais. Mais Rickard resterait à la maison, ils recevaient de la visite d'Allemagne en juillet. Et M. et Mme Åsen seraient dans leur chalet presque chaque week-end. Mais l'été, c'était bien quand même, parce que Oliver avait le droit de rester dehors plus longtemps et qu'elle n'était pas obligée de lui courir après, comme tous les autres jours de l'année.

— Bon, j'en ai assez de sauter, déclara Irene. Et si on demandait à Monsieur Åsen de nous asperger un peu avec le tuyau d'arrosage ?

— Moi, je ne veux pas d'eau sur moi, dit Nina. Pas quand j'ai ma belle robe.

M. Åsen discutait avec le gardien devant l'escalier. Le gardien avait derrière sa petite voiture une remorque dans laquelle s'entassaient des chaises de cuisine, des étagères et une commode blanche avec un tiroir en moins. M. Åsen avait enfoncé l'embout du tuyau sous la haie dans la terre où l'eau jaillissait en bouillonnant. Le gardien retira son bob en coton bleu qu'il ne quittait jamais et passa une main dans ses cheveux trempés.

— C'est une bonne idée, dit-il. Au point où on en est, il faut tout essayer. Surtout qu'on a annoncé des températures tropicales pour les semaines à venir.

— Demandez-le-lui, dit M. Åsen.

— Je vais le faire tout de suite, répondit le gardien. J'ai plein de sacs de jute dans la cave, je m'occupais de livrer du bois avant, et je n'ai pas eu le cœur de les jeter.

Le gardien entra dans la cage d'escalier, elle le suivit, Nina et Irene aussi, le gardien ne faisait pas attention à elles, les adultes ne s'intéressaient de toute façon jamais aux enfants des autres. Il monta et sonna chez les Rudolf. C'est Mme Rudolf qui ouvrit la porte.

— Excusez-moi, mais j'aurais besoin de parler à votre mari, déclara le gardien.

— Ah, c'est vous ?

— Mais vous m'avez bien vu dans le judas, non ? dit-il avec un petit sourire. Il n'est pas encore passé chez nous, ce vendeur.

— OWE ! cria Mme Rudolf.

— C'est un vendeur ?

— Non ! Le gardien !

— On va se poster devant ta porte, chuchota Irene, et on va faire semblant d'être occupées à quelque chose.

M. Rudolf vint à la porte et leur jeta un rapide coup d'œil. Il était pieds nus dans ses pantoufles, les cheveux tout dépeignés.

— Nous avons eu une idée, expliqua le gardien. Car maintenant il faut tout essayer avec ces rats…

— Oui, ces fichus rats, l'interrompit M. Rudolf. Ils montent jusqu'à l'arrière de mon camion la nuit.

— Je pensais justement à votre camion, reprit le gardien.

— Ah ?

Dans la chambre de Rickard, on entendait de la musique à fond.

— RICKARD ! BAISSE LE SON ! cria M. Rudolf. Mon camion, vous disiez ?

— Oui, les gaz d'échappement, répondit le gardien. Nous allons boucher toutes les issues sauf une, et on va envoyer les gaz d'échappement dans tout le réseau infesté par les rats. Votre camion est idéal pour ça.

— C'est possible, admit M. Rudolf. Effectivement…

— Je vais chercher des tas de sacs. Et j'ai des tuyaux en caoutchouc que je peux fixer à votre pot d'échappement.

— Hein ? Maintenant ? On va le faire ce soir ?

— Pourquoi pas ? Ce serait bien d'en être débarrassé avant la Saint-Jean, je n'arrive plus à fermer l'œil de la nuit quand je pense à ces fichus rats. Ce n'est qu'une question de temps avant qu'ils n'envahissent les autres immeubles. Je suis le gardien de toute la copropriété ici et je n'ai déjà pratiquement pas un seul jour de congé. De toute évidence, le poison que j'ai mis ne leur fait rien.

— Mais personne ne doit être dans les caves quand on va faire ça, au cas où il y aurait des fissures dans les fondations, avertit M. Rudolf. Tout le monde doit se tenir dehors, sur les balcons. Par mesure de sécurité. Nous n'avons qu'à envoyer les filles sonner à toutes les portes pour prévenir les habitants. Tout peut être prêt dans moins d'une heure. J'ai pris quelques petits verres d'alcool, mais pour déplacer un peu le camion, ça ne devrait pas être un problème. Les filles ! Faites sortir tout le monde sur les balcons, dans les trois escaliers !

Enfin il se passait quelque chose. Il retira ses pantoufles, mit ses sandales, celles auxquelles Karin trouvait un air de ressemblance avec une tête de chat. Pourquoi pensait-il soudain à ça ? En attachant la lanière de ses sandales, il sentit son pouls battre jusque dans ses oreilles. Les gaz d'échappement. Est-ce que c'était aussi simple que ça ?

— Rickard !!

— J'ai baissé le son ! C'est bon…

— Viens, il faut que tu m'aides ! On va s'occuper des rats ! Tous comme un seul homme !

C'était la petite fille dans l'escalier qui avait sonné, Nina. Dans une robe jaune qui avait l'air toute neuve. Elle était heureuse de lui avoir donné ce parfum, même si Steingrim lui avait plusieurs fois demandé si elle avait commencé à s'en servir.

— Tout le monde doit être sur son balcon dans une heure ! Nous allons envoyer les gaz d'échappement dans le sous-sol pour tuer les rats, mais ces gaz peuvent aussi pénétrer à l'intérieur des appartements, c'est pourquoi tout le monde doit se trouver sur le balcon ! C'est Monsieur Rudolf qui va le faire avec son camion !

— Nous qui avions justement l'intention de sortir faire un tour, tant pis. On ne va quand même pas rater ça !

Elle avait déjà préparé des tartines et allait faire du café, mais ils n'auraient qu'à pique-niquer sur le balcon, comme ça ils ne manqueraient rien du spectacle. Le seul point positif avec ces rats, c'était que pour la première fois elle se félicitait d'habiter au troisième étage, malgré toutes les marches qu'elle devait monter.

— Papa ! PAPA !

Il ouvrit la porte de la cave.

— Il faut que tu remontes. Tout va être plein de gaz d'échappement ici en bas. On va tuer tous les rats avec le camion de Monsieur Rudolf !

— Oh là là ! Mais ça tombe bien, je viens de terminer, il ne me reste plus qu'à fixer un bout de tringle et…

— Allez, viens !

Elle leur servit du café. Les morceaux de sucre qu'ils emportaient en balade étaient toujours rangés dans une ancienne boîte de vitamines. Elle avait posé les tartines sur un plat et enlevé les feuilles de papier sulfurisé intercalaires ; il n'y avait presque plus de place sur la petite table du balcon.

— Mais… je croyais qu'on allait faire un tour en voiture ? s'étonna-t-il en sortant de la douche dans son peignoir à elle, après avoir prolongé la sieste.

Elle-même était en sous-vêtements et avait très envie de boire une bière. Il fallait qu'elle le lui annonce, il serait si heureux, alors autant se préparer. Il lui avait demandé aujourd'hui s'il y avait quelque chose qui n'allait pas, puisqu'elle n'avait pas joui. Pourtant elle avait changé les draps au moins dix fois depuis ce jour-là, et aspiré les matelas au moins autant.

— Il va se passer des choses. Les rats vont être gazés grâce au pot d'échappement du camion de Monsieur Rudolf, au premier étage. Il ne faut pas manquer ça, dit-elle.

— Ah ! Je comprends. Les rats. Encore heureux qu'on habite au troisième.

Ça grouillait de monde en bas de l'immeuble. Des gens et des gosses couraient avec des sacs en toile de jute. Le bruit s'était répandu qu'il allait se passer quelque chose, elle reconnut les habitants, adultes et enfants, de l'immeuble d'en face. En souriant, elle prit une tranche de pain garnie de cervelas et d'un œuf dur.

— J'ai plutôt envie d'un *pjolter* que d'un café, dit-elle.

— Bonne idée, dit-il. On peut très bien boire les deux. On dirait qu'on va s'amuser tout autant ici que si on avait pris la voiture. Et tu as pu recharger tes batteries, ma toute douce. Mais…

— Je vais à l'intérieur préparer tout ça, fit-elle.

Est-ce qu'elle éprouverait de nouveau du plaisir ? Pourvu que oui. Lorsque la facture du judas était arrivée par la poste, adressée à un certain *Helge* Foss, elle avait réussi à prendre ça à la légère, en se disant que le vendeur avait dû mal entendre au moment de remplir le formulaire. Quelle importance, d'ailleurs, à partir du moment où le nom de famille était juste ?

Elle but d'un trait la moitié de son verre et refit le plein avec encore de la bière. Puis elle resta immobile pour sentir le liquide atteindre son estomac, et elle alluma une cigarette. Il faudrait qu'elle le lui annonce ce soir. Bientôt. De préférence tout de suite.

Elle posa les bouteilles vides d'eau gazeuse sous l'évier. S'ils avaient eu un congélateur, elle aurait pu mettre des glaçons dans les verres. Si l'entreprise Toro qui employait Steingrim réussissait à s'agrandir, ils auraient peut-être les moyens de s'en acheter un. Mais où le placeraient-ils ? Ils seraient obligés d'utiliser aussi la plus petite des chambres. Elle tint la cigarette sous l'eau du robinet puis la jeta dans la poubelle, car elle avait la nausée.

Elle apporta les verres.

— Ça, c'est gentil de ta part. Il ne manque plus maintenant que tu te mettes à faire le pain… Trêve de plaisanterie, je préfère que tu gardes tes jolis ongles longs et rouges.

— Il nous manque surtout autre chose, mon chéri.

— Tu repenses à cette histoire de congélateur ? Eh bien, je crois qu'avant la fin de l'année, j'aurai réussi à mettre assez de côté pour…

— Je pensais à… un enfant.

— Un enfant ? Mais Peggy, nous…

— Je suis enceinte. Je vomis chaque matin et mes seins me font mal. C'est pour ça que je n'ai pas réussi à… tu sais…

— Mon Dieu, c'est vrai ? Tu ne dis pas ça pour me faire plaisir ?

Il tourna vers elle un visage si rayonnant qu'elle détourna les yeux.

— Moi qui croyais qu'on…

— Tu t'es trompé, Steingrim. On a réussi.

— Viens par ici.

Elle fit le tour de la table sur la terrasse et s'assit sur ses genoux, le visage enfoui dans sa nuque ; elle avait envie de pleurer mais n'osait pas. Puis elle se rappela qu'on pouvait aussi pleurer de joie.

— Oh, ma chérie, toi qui es la femme de ma vie. On va être parents ! Tu pleures ?

Il la serra très fort.

— C'est de bonheur, murmura-t-elle.

— Je crois que c'est le moment d'allumer un de ces cigares de Noël qui sont dans le buffet du salon, déclara-t-il.

— Je vais te les chercher, dit-elle. Il faut de toute façon que j'aille aux toilettes.

Il se leva, avec un grand sentiment de bien-être dans le corps, s'accouda à la rambarde du balcon et regarda en bas. Le vieux camion de M. Rudolf s'était avancé sur la pelouse et l'arrière était rempli d'enfants qui criaient, fous de joie, tandis qu'il faisait tourner le moteur à plein régime : les rats n'avaient aucune chance de s'en sortir. Le soleil bas du soir donnait à la pelouse l'allure d'une fourrure verte. C'est ici qu'ils habitaient, ici qu'ils se sentaient chez eux, lui et Peggy-Anita. Il lui revint soudain en mémoire ce qu'elle lui avait dit quand il l'avait demandée en mariage : « Je ferai de toi un homme heureux, Steingrim. »

Voilà ce qu'elle lui avait dit.

Et à présent ses paroles se transformaient en actes.

Cris et chuchotements

Prix : 9.10 € Parution : janvier 2013

« La romancière norvégienne dévore la vie et dissèque la famille à belles dents... Un pavé bien saignant ! »

Elle

Cet ouvrage a été imprimé
en mars 2013 par

CPI
FIRMIN-DIDOT

27650 Mesnil-sur-l'Estrée
N° d'impression : 117401
Dépôt légal : janvier 2013

Imprimé en France